Fan-Tan

Fan-Tan

MARLON BRANDO
&
DONALD CAMMELL

TRADUÇÃO
SANTIAGO NAZARIAN

EDIÇÃO E POSFÁCIO
DAVID THOMSON

INTRODUÇÃO
CHINA KONG

EDITORA
NOVA
FRONTEIRA

Título original: FAN-TAN

EDITORA NOVA FRONTEIRA S.A.
Rua Bambina, 25 – Botafogo – 22251-050
Rio de Janeiro – RJ – Brasil
Tel.: (21) 2131-1111 – Fax: (21) 2537-2659
http://www.novafronteira.com.br
e-mail: sac@novafronteira.com.br

CIP-Brasil. Catalogação-na-fonte
Sindicato Nacional dos Editores de Livros, RJ.

B822f Brando, Marlon, 1924-2004
Fan-Tan / Marlon Brando, Donald Cammell; tradução Santiago Nazarian. – Rio de Janeiro : Nova Fronteira, 2006

Tradução de: Fan-Tan
ISBN 85-209-1884-0

1. Piratas – Ficção. 2. História de aventuras. 3. Romance americano. I. Cammell, Donald, 1934-1996. II. Nazarian, Santiago. III. Título.

CDD 813
CDU 821.111(73)-3

SUMÁRIO

INTRODUÇÃO

China Kong

O ANO ERA 1982, O LUGAR, Teti'aroa, Taiti, a ilha de Marlon, seu santuário. Aqui ele sentia que podia ser ele mesmo, não era como em Los Angeles. Não era preciso disfarce.

Eu conhecia o excêntrico e elétrico Marlon desde a infância, antes de saber, realmente, o que um ator fazia. Então não fiquei surpresa quando me descobri em Teti'aroa com meu marido Donald Cammell, um escocês, escritor e cineasta com sua própria reputação escandalosa, um homem com o qual Marlon tinha uma afinidade especial.

Os dois eram amigos desde o final dos anos 1950, quando se conheceram em Paris. A carreira de Marlon no cinema estava bem encaminhada e Donald, com vinte e poucos anos, já era um pintor de retratos estabelecido. A simpatia entre os dois foi imediata, mas ficou mais sólida anos mais tarde, depois que Marlon assistiu ao filme de Donald *Performance*.

Donald escreveu e co-dirigiu *Performance* no Reino Unido. Foi um filme que quebrou todas as regras do cinema, especialmente, a técnica de edição: Donald brincava com o tempo, quebrava-o, de uma forma muito estruturada (*Pulp Fiction*, de Quentin Tarantino, é um exemplo contemporâneo desse método não-linear de contar histórias). Foi considerado revolucionário e tornou-se parte da linguagem do cinema. Marlon viu a revolução e chamou Donald imediatamente para propor uma idéia que os dois pudessem desenvolver juntos.

A amizade deles se prolongou por quatro décadas, através de inúmeros projetos e vários tipos de conflito — como os casamentos de Liz Taylor, sempre esperando descobrir uma combinação secreta para fazer com que funcionasse daquela vez. Eles respeitavam o talento um do outro. O que era óbvio. Era pessoal, "uma coisa de família". Marlon gostava de dizer.

Teti'aroa era um paraíso, com certeza, mas um paraíso do jeito do Marlon: salpicado de quiosques com telhado de sapê, cada telhado formado por ramalhetes perfeitos de junco amarrados, juntinhos, vigas e pilares unidos sem um único prego, conchas gigantes usadas como pias, lençóis tão macios que você não queria sair da cama nunca mais e, acima de tudo isso, um *chef* francês que preparava nossas refeições. Era a mais requintada fantasia de paraíso.

Então, esses dois personagens encontravam-se toda manhã, comigo a reboque, e tomávamos café da manhã com papaia, manga, as frutas mais frescas da ilha, tudo essencial para o projeto de Marlon e Donald. Então começavam o trabalho.

Escreviam diariamente: falando, atuando, gravando, tornando os personagens vivos.

A visão deles dois subindo e descendo a pista de pouso privativa da ilha era impressionante: uma silhueta delgada e outra levemente maior, Marlon, acredite ou não, com sua camiseta branca rasgada *à la Um bonde chamado desejo*, e Donald com sua marca registrada, o chapéu de palha panamá. Donald amava correr, com sol ou com chuva, não fazia diferença. Enquanto corria, conversava sobre a história, o enredo, *Fan-Tan*, este livro, e isso era considerado tempo de folga!

Eles eram amigos não-conformistas, que tinham uma fascinação pela cultura e pelas mulheres asiáticas. Marlon estava feliz de verdade em Teti'aroa, então o tempo que passavam trabalhando juntos era algo a se testemunhar. Este livro é um relance daquela obsessão, uma pérola da colaboração dos dois.

Poucas vezes vi Marlon tão satisfeito, quando suas melhores qualidades emergiam, sua natureza travessa — me lembrando de quando eu era uma garotinha.

Ele era amigo dos meus pais, e nós, crianças, vagávamos como um bando, "a tripulação", Marlon nos chamava. Ele se divertia nos ajudando a entrar em cinemas com filmes para adultos (ele próprio se disfarçava com uma peruca loira) e nos levando para a Disneylândia. Ele adorava o monotrilho e às vezes nos acordava no meio da noite para que passeássemos pelo parque. Acho que os funcionários faziam isso especialmente para Marlon, porque éramos sempre as únicas pessoas no trem. Ele parecia nunca se cansar disso: indo e voltando, indo e voltando, ou talvez fôssemos nós que nunca nos cansávamos, e ele gostasse de nos assistir.

Espero que você curta este livro no espírito que foi intencionado: um conto de amor, injúria e aventura, com uma grande parte de história e um grande acerto de contas, que faça a diferença e tire uma lasca do paraíso. Uma história que combina com seus autores: ousados e emocionantes.

CAPÍTULO 1

A PRISÃO

Sob uma nuvem negra, a prisão. E dentro da prisão, um rebelde brilhante. Os muros eram extremamente altos; embora isso fosse impossível, parecia até que se inclinavam para dentro e ao mesmo tempo arqueavam para fora, e eram cobertos com um glacê luminoso de cacos de vidro. Vista das alturas do modesto morro chamado monte Vitória — da residência de verão do governador da Colônia Britânica de Hong Kong — a prisão deveria ter um ótimo aspecto.

— Se o sol algum dia brilhasse — disse Annie para o portuga —, o vidro provavelmente brilharia. Pareceria com um colar de diamantes, Lorenzo. Ou uma grande margarita num cálice quadrado.

O sol não brilhava desde novembro. Era dia 2 de março, "No Ano do Senhor" (palavras de Annie novamente) 1927. A vasta nuvem, com diversas centenas de milhas de diâmetro e quase tão grossa quanto, apossou-se da ilha pouco sedutora e mijou sobre sua prisão.

Annie Doultry (chamado de Anatole por causa de Monsieur France, o romancista) estava passando pelo 180º dia de uma pena de seis meses. Nascido em Edimburgo, no ano de 1876, ele aparentava a idade, cada minuto dela.

Seu pai havia sido um tipógrafo, um escocês de inclinações românticas cujas mãos brincavam com palavras, um homem que amava trocadilhos e tragédia, *Rei Lear* e Eduard Lear. Sua mãe era uma mulher incomum, amável e estimada, mas não muito respeitável. Era uma MacPherson, mas tinha um lado volúvel. Ela tivera amantes, da mesma forma que algumas famílias têm animais de estimação. Criada com lógica, senso comum e uma economia rigorosa, vez ou outra ela se arriscava em apostas absurdas — uma delas, seu marido. Posteriormente, os Doultrys foram para Seattle, o menino e a avó paterna rebocados como muitas famílias de Midlothian naqueles tempos (quando ao menos havia lugares para onde ir). Entretanto, a história completa é vaga, e Annie não refletia muito sobre sua infância. Sua memória era uma bagunça e tinha tantos buracos quanto uma meia velha. A Escócia significava apenas um jeito de falar que ele amava.

Por outro lado, ele pensava muito no futuro.

— É uma das minhas características, Lorenzo — disse com firmeza para um portuga vagabundo que ocupava a parte de cima do beliche, mergulhado em suas próprias e nocivas reflexões. Annie conservava, assim por uma questão de princípio, uma forma de resistir ao perigo de pensar silenciosamente sobre seus pensamentos. Isso poderia levar a outros pensamentos e assim em diante, para uma espiral potencialmente perigosa de regressões, o tipo da coisa com a qual se devia ter cuidado no presídio Vitória. Homens enlouqueceriam ali.

— Se você pensa como um prisioneiro — disse Lorenzo —, torna-se um prisioneiro para a vida toda.

— Não eu — dizia Annie Doultry.

— Mas você está aqui — disse o portuga, e isto era inegável. Annie que amava a liberdade, que era imprevisível e espontâneo, estava tão confinado como qualquer outro na prisão.

— Logo você estará velho, homem — zombou Lorenzo. — As pessoas envelhecem rápido aqui.

Aquele aviso o atingiu. Ajudava a explicar seu ar pensativo. Uma vez na prisão já era demais. Annie Doultry tivera pouco tempo de perguntar a si mesmo "o que você fez da vida? Você será um pássaro engaiolado ou um homem de verdade?" Ele se prendeu à segunda opção, mas estava velho demais para ficar adiando. Pode-se dizer que foi a prisão que o tornou um fatalista de corpo e alma — e que o tornou perigoso.

Esse homem tinha um nariz levemente torto para a esquerda. E isso foi o que ele escreveu a lápis em primeiro de março, ontem: "Dizem para seguir seu nariz. Se eu seguisse o meu, acho que seria um bolchevista. Mas o meu é um nariz que sabe quem manda." Lá, suas palavras aludiam a isso: num plano além dos meros trocadilhos, o nariz ficava em sua cartilagem danificada como uma espécie de memorial à zombaria de um nome que poderia ser dado a uma bela mulher escocesa. "Annie Doultry, rima com Poultry, ave doméstica", repetia ele algumas vezes, testando seus tampões de ouvido feitos de cera de vela enquanto os enfiava. Nada de errado com as orelhas, seus lóbulos pendiam de uma forma que indicava sabedoria, de acordo com os chineses, mas os órgãos principais correspondiam mais às formas de um queixo protuberante, notório por sua insensibilidade. "Um rosto que afunda milhares de navios", dizia Annie sonoramente, como um julgamento final; e com a satisfação daquele que não pode mais ouvir a si mesmo a não ser com notas de violoncelo em seus ossos.

Para mudar da vida particular de um homem para sua situação tridimensional: a parte de baixo de um beliche numa cela no bloco "D" dois metros por um e meio com seus costumeiros complementos severos, um balde para cagar e uma janela minúscula, sem vidro, mas com barras grossas, metro e meio acima do chão de concreto, tornando diabolicamente difícil para um chinês olhar para fora. Não tão difícil para Annie Doultry, entretanto, porque ele era um homem alto e com músculos terrivelmente grandes. Peito grande, polegares grandes e sobrancelhas também, tendões grandes nos pulsos e abaixo da rótula do joelho na inserção dos tendões, posses de valor para um homem violento, um pouco além dos anos de elasticidade da juventude, quando ser jogado em grades escada abaixo eram apenas excursões risíveis. Tinha uma barba grande também. Tentaram fazer com que a raspasse, mas ele travou uma luta mental com eles, do barbeiro ao vigia chefe e até o próprio governador. E ele venceu. Então cortaram seu cabelo, mas deixaram sua barba. Subseqüentemente, cada fio nasceu com mais orgulho, apesar de nitidamente mais cinza. Era um cinza incomum, com o tom de cuprita que o bronze desenvolve quando ganha o que os operários do metal imperial chamam de pátina da água.

Annie costumava se olhar no espelho — até perdê-lo. Era um espelho de metal, não muito antigo. Aço inoxidável, com um buraco para pendurar, 15 cm, provavelmente feito em Pittsburgh, para trocar com nativos da Polinésia. O espelho era amistoso e receptivo, como um caro amigo. Enfatizava tanto a ilusória juventude e petulância da boca de Doultry como a inexpressiva e hesitante beleza de seus olhos. Hesitante porque eles nunca olhavam para si mesmos, naquele ou em qualquer outro espelho. Inexpressivos porque ele não queria expô-los de modo algum. Belos pelo lado de sua mãe provavelmente, porque seu pai era um sujeito feio; ou talvez apenas pelo contraste com o estrago que era o nariz.

Seu cabelo não era tão cheio, logicamente, e era aparado repulsivamente curto atrás e nos lados. Esse penteado era moda em toda prisão, porque negava espaço de vida para a hiperpopulação de piolhos.

A próxima coisa era colocar as meias da maneira correta. As partes deviam se encaixar umas nas outras, o pulso no calcanhar da meia; mas o último era formado por lacunas gigantes e a luz era pouca. A tarefa tinha de ser cumprida. Nada mais protegia das baratas.

O portuga gemia, o que significava que ele estava dormindo. Nenhum tampão de ouvido era páreo para aquele som.

— Ele está na temerosa presença de um sonho jesuítico — disse Annie, suavemente. Ele queria poder escrever isso em seu caderno, mas as meias tornavam impossível. — Ou talvez ele esteja rezando. — A danação é o que o homem quer evitar a qualquer custo, ele tinha comentado isso com Annie. Mas o que fazia seus gemidos mais impressionantes era a coincidência de sua precisão harmônica com um tipo de gemido chinês, direto da garganta, em mi bemol, saindo de uma boca escancarada e depois pela janela da ala hospitalar. Esse poço de sofrimento estava no andar térreo no bloco "A" logo ao lado do beco. Aquele que gemia havia sido açoitado dois ou três dias atrás, seus ferimentos ulceravam. Mas é preciso deixar claro que o problema para Annie não era emocional ou espiritual: era um problema de sono, porque os prédios ficavam espremidos um ao lado do outro e a acústica era excelente.

Annie deitou-se com as meias nas mãos. No enorme monte peludo de seu peito havia uma velha caneca de chá, com o esmalte azul todo mosqueado com perfusões escuras, como machucados internos que envelhecem, prometendo coisas piores. Mesmo assim, Annie a adorava, porque era a única posse que restava nessa tumba de prisão. As outras coisas — um isqueiro Zippo sem a pedra, o espelho de metal, uma fivela de metal com uma cabeça de camelo — ele havia perdido nas corridas de baratas. Além disso, Annie gostava de chá, e o cabo Strachan, vigia chefe do bloco "D", colocava um extra para ele nessa caneca, a mesma de Annie. Agora, entretanto, estava vazia como um pecado não recompensado. Em cada lado dela havia uma grande mão coberta pela meia, cinza como pedra, *manos de piedra*, na verdade, cujos nós dos dedos eram protuberantes mas os dedos impressionantemente delicados, considerando pelo que passaram.

Ele ficou parado. Ao redor de sua caneca de chá, seu peito estava decorado com pelotas secas de sorgo (um troço farináceo) aromatizado com gengibre. Esse era um sabor muito apreciado pelas baratas. Sua extensa barriga levava uma trilha dessas bolotas além do umbigo através de fendas em suas calças de lona sujas até seus pés descalços. Os grandes dedos do pé descansavam com uma aparência de dignidade cansada na armação enferrujada da cama. Ao longo dela, havia uma atraente linha de isca para baratas, como o detonador de um barril de dinamites.

Annie Doultry estava deitado esperando por sua presa com toda a meticulosa preparação de um caçador de tigres e leopardos, usando sua própria pessoa como isca em vez de uma cabra. Porque essa era a idéia essencial do seu plano: seu magnetismo pessoal para os bichos em questão. Se há um prato que uma barata chinesa prefere a sorgo com gengibre é a pele seca de um pé branco. Elas não sonhariam em devorar epiderme viva, elas não procuram encrenca, mas adoram calosidades como um rabino epicurista adora arenque defumado.

Ressentir-se delas — as baratas — por isso seria puro preconceito, mas o fato é que havia um pé vulnerável, desnudo de sua proteção natural. Os pés se tornavam pequenas máquinas de sensibilidade. No caso de Annie, era ainda pior, porque as baratas mordiscavam seus dedos durante a vigilância entorpecida da noite — oh, quão delicadamente elas arrancavam as cascas das impressões digitais! Nunca o acordavam, a circunspeção era o lema delas. Sem dúvida o tamanho assustador do homem as fazia pausar.

— Não o acorde — elas suspiravam uma para a outra enquanto satisfaziam seus desejos. Por isso as meias em suas mãos.

De forma estática, Annie Doultry esperava. A luz diminuiu, a nuvem negra se espessava com a noite. Sob a nuvem, a prisão.

A cela de Doultry não era diferente em forma ou tamanho das outras 312. Mas em *status* era uma das poucas selecionadas, como se Primeira Classe estivesse escrito em letras douradas num antigo e pavoroso trem de carga russo. A vista do andar de cima incluía o estrato superior do monte Vitória e a residência de verão do governador, com sua bandeira Union Jack pesando sobre a atmosfera úmida como um orgulhoso pano de prato. A bóia era melhor também, carne de porco duas vezes por semana, o que era duas vezes mais do que os outros tinham. Sendo os outros chineses, eram uma raça menor e menos necessitada de carne, de acordo com a doutrina colonial (e quem diria que eles estavam errados? Muito porco estragava as roupas íntimas dos colonos e a tapeçaria dos batimentos cardíacos).

O andar de cima do bloco "D" era chamado de seção "E"; o que não confundirá o estudante que lembrar que E vem de Europa, ou europeu. O nobre E aparecia em sinais mórbidos como no vestuário institucional de Annie Doultry, estampado na lona em pano vermelho sobre uma longa seta. A seta apontava para a letra com orgulho ou acusação, dependendo do seu ponto de vista. No caso de Annie, era sem dúvida com indignação, porque ele era americano, um verdadeiro americano desde os cinco anos ou por aí (apesar de que, em seu coração, ele sabia que seria sempre um celta, da terra das névoas, um viajante).

Doultry não era o primeiro ianque a ser registrado com um E. Como o superintendente explicou pacientemente a ele, o E não se referia à geografia, mas à raça. E, na visão do serviço carcerário, um branco ou americano branco era indiscutivelmente um E. Havia quinhentos As e 14 Es encarcerados em 27 de março, incluindo aqueles em prisão preventiva que aguardavam julgamento. Essa representação proporcional era surpreendentemente próxima à da Colônia como um todo. Novamente, isso podia ser visto como louvável, apontando para o orgulho cego da justiça britânica, ou como vergonhoso, por razões óbvias.

Mas chega de especulações morais; voltemos aos fatos, mais cegos do que a justiça. Annie, prostrado no beliche, com as meias nas mãos e todo coberto com isca para baratas, encarando com seu rosto de couro a curvatura parabolóide do colchão do portuga, se pronunciando como um fungo terrível através da armação corroída do beliche, um instrumento que cantava sons de desespero a cada virada do pobre companheiro. Uma grande mancha parecida com o mapa da Austrália pressionava-se sobre os olhos de Annie com todo o peso daquele continente substancioso, que ele havia visto mais do que o suficiente no percurso de suas viagens erráticas. E pensar que isso era nada além do lado de baixo do colchão! O que deveria ser por cima? Próximo das costas peludas, das nádegas murchas, do esfíncter do portuga que vazava?

Sentiu-se mal só de pensar.

Apesar de um certo superintendente fingir que o presídio Vitória recebeu esse nome por causa da soberana sob a qual o sol nunca se punha, não foi assim. O nome era de segunda mão, legado à prisão pela cidade de Vitória, erguida de forma confusa na ilha de Hong Kong. Havia muito pouco do velho orgulho imperial sobre o projeto; um lugar para fazer algumas trapaças, era tudo o que havia por trás deste nome. Percebendo o andar sorrateiro dos ingleses, os escoceses se mexeram e organizaram as coisas com inteligência. A Colônia era administrada por eles, que assinavam a burocracia e possuíam as lojas mais ricas. Eles administravam as docas e os motores dos navios nos mares da China.

Entretanto, apesar de já ter sido escocês, não era o futuro da cidade que martelava no cérebro de Annie Doultry, nem o futuro do mundo. Seu futuro, era isso, ou seria. A realidade a ser esperada, os fatos. Mas existe algo como um fato do futuro? Havia para o sr. Wittgenstein. O senso comum respondia “Sim!”. A lógica gritava “Não!”. Para o inferno com a filosofia, pensava Annie. Fora um excesso de reflexão que o levara para lá em primeiro lugar, muito pensamento e pouca ação.

— Se ao menos eu tivesse atirado no bastardo — trovejava ele sob o vil colchão do Portuga —, em vez de ficar parado lá, pesando os prós e os contras! Deus me cegue por minha compaixão. Senhor, me ouve agora? Aja, maldita coragem! AJA! — A pequena caneca em seu peito dançava ao som de suas recriminações, o grande soluço que ele não permitia emergir chacoalhava seu fundo esmaltado. Annie superou o soluço e o filtrou como uma espécie de suspiro, ou uma respiração mais vigorosa. — Ah, aquela era uma boa arma de fogo. Aquela Luger. Nove milímetros de parabélum, desastroso para a carne como qualquer 45 e com um diabo de uma mira precisa. — Pausa. — Mas apesar de tudo isso, ninguém faz o metal azul como Smith e Wesson. — (Ele acariciou o esmalte falhado de sua caneca.) — A cor da tristeza da noite. Há pérolas dessa cor, Lorenzo. — (Manuel era seu nome, mas não importava.) — Como tinta no couro de um avental.

O portuga dormia, gemendo nos pântanos de seus próprios sonhos.

Aquela era grande também: umas três polegadas e meia. Ela ficou na armação enferrujada da cama ao lado do pé no beliche de Annie. Olhou para Annie e então avançou sobre o dedo do pé. O dedo, o pé todo, Annie pensou em lavá-lo para torná-lo o mais apetitoso possível. Mas essa criatura ignorava as riquezas espalhadas à sua volta. Ela, ele, como, em nome de Cristo, pode-se dizer o sexo de uma barata? (Bem, Hai Sheng poderia; e mais tarde o fez, dizendo se tratar de um macho.)

Aos olhos da barata, o tamanho 44 de Annie deve ter tido a aparência daquele pé do Buda de dez metros de comprimento, talhado na garganta cinza clara de uma montanha do Sri Lanka. Seus calos e calosidades já estavam bem curtidos por visitantes anteriores, o terreno estava macio e doce como uma garota adolescente. A barata avançou, pela calça e sobre os joelhos até o *canyon* da virilha, onde certos pedaços de isca de sorgo, umedecidos para ficar grudentos, aguardavam numa fenda. Mas a besta ignorava esse banquete. Com passos cautelosos, mas sem hesitar, ela desviou das crostas de sujeira até a braguilha — a falha na crosta do mundo que (Annie pensava, com respeito) uma barata normal evitaria. A própria fenda bocejava, entediada, sem dúvida, com assustadores cachinhos bronze-acinzentados, sem vergonha e sem botões (porque Annie perdeu os botões no jogo). A esplêndida antena da criatura sentiu a umidade e sua carapaça brilhou como a couraça de Belzebu, a perfeita cor de alcatrão fresco. Ela olhou para dentro, nas sombras. E a vista deve tê-la deixado tonta, porque ela não parecia ouvir o suspiro de Annie:

— Você não é um cavalheiro, senhor. — Annie disse isso para que ninguém falasse depois que ele não disse nada, que aquilo havia sido uma quebra de confiança. Então o escuro caldeirão da caneca desceu como uma mortalha acabando com o barato dos passos da barata, tornando-a prisioneira também.

As corridas aconteciam numa sarjeta de cerca de oito metros de comprimento que atravessava o pátio de exercícios. Por convenção, essa sarjeta separava a Europa da Ásia. Era de concreto, oito polegadas de largura por quatro de profundidade e cercada de um tom esverdeado vulgar que Doultry gostava de chamar de "A relva esmeralda" ou, às vezes, "o gramado do grande e velho Epsom", tente entender, por favor: ele estava tentando ser britânico.

Ao som do gongo (que era uma travessa fina), as baratas eram soltas com muito barulho e exortações vindas do norte. Quase sempre elas decidiam seguir retinho, encorajadas pelos pés que batiam de cada lado. Com uma brisa para ajudar, as melhores atingiam desbaratinadas (ou baratinadas) 15 milhas por hora, a velocidade de um homem com o diabo nos calcanhares. Era imperativo pegar os bichos antes que eles escapassem pelo ralo além da linha de chegada, exceto nos casos em que a preguiça de um corredor fizesse com que seu fim pela sola de um pé decepcionado fosse um destino provável, então o ralo tornava-se santuário da vida.

— Elas são um grupo fatalista — disse Annie para Hai Sheng, também um proprietário. — Elas preferem a desonra do que a morte em qualquer dia da semana.

Hai Sheng cuspiu com um som forte, o que significava que ele aprovava essas palavras. Ele falava pidgin, mas entendia inglês consideravelmente. Sua criação, presa no arame, "Magnífico Pássaro da Esperança", nunca tinha perdido. Seus ganhos estavam bem além dos dez dólares em dinheiro naquela temporada, que começara a não mais de dois meses. As chuvas não começaram propriamente até junho, então dá pra ver o lucro que podia ser feito com uma boa barata no presídio Vitória.

Além da sarjeta, a maior parte do pátio era dedicada ao trabalho duro dos presos, num sistema de turnos. Eles desfaziam velhas cordas, muitos quilômetros delas. O cânhamo desfibrado, geralmente chamado de estopa, era aparentemente destinado a calafetar fendas nos cascos de carvalho dos navios de Sua Majestade. Entretanto, já estamos em 1927, e a Marinha constrói navios de aço há mais de cinqüenta anos. Então a estopa era guardada para o dia em que os muros de madeira se erguessem novamente das profundezas de Trafalgar e da baía de Tientsin, onde uma fragata havia afundado em 1857 sob as velhas armas das fortalezas do Dragão Imperador.

O trabalho com as cordas era inútil, mas eles fingiam ser necessário. Era oficialmente chamado de Trabalho Pesado Número 2. O canto leste do pátio era onde a nata dos condenados executava o Trabalho Pesado Número 1, ou Roda de Balas. Esse serviço transcendia seu propósito; se encerrava em si mesmo.

Os "homens das balas", como eram chamados na prisão, andavam todo dia em círculos. Em quatro pontos no perímetro do círculo havia pequenas pirâmides feitas de balas de 24 libras, balas de canhão, então não mais de quatro ou cinco passos as separavam. As balas eram de ferro forjado, pretas e sem desenhos, como as costas da mão da morte. Por mais de três séculos, elas alimentaram o armamento secundário dos navios de Sua Majestade e os canhões do exército para todos os propósitos. Então, de uma noite para a outra, no meio do reinado da rainha Vitória, a atrasada adoção do canhão de rifle tornou as balas de 24 libras bastante obsoletas. O choro de suas conchas giratórias tornou-se o canto fúnebre delas.

As balas estavam acumuladas em milhões. Como uma vasta e desprezível população enfrentando o genocídio, elas descansavam em pirâmides pequenas e grandes, em cantos escuros do Império, com garotos mijando nelas. Foi deixada para essa velha penitenciária em Hong Kong a tarefa de encontrar um uso adequado para elas. Aqui na prisão, a sombra da irrefutável velha senhora, a rainha Vitória, levantava suas anáguas pela última vez para revelar aos esquecidos que as bolas de ferro ainda não estavam impotentes; ainda podiam quebrar os corações dos homens.

O trabalho consistia em cada homem pegar uma bala da pirâmide ao parar em frente a ela, carregá-la alguns passos e colocar com cuidado na próxima pilha. Então mais cinco passos, pisando leve, até a próxima, onde mais uma vez ele se inclinava, levantava a bala, carregava e a colocava em outra pilha, e assim por diante. E assim por diante, em turnos de duas horas, oito horas por dia.

A bala não podia ser jogada sobre a pilha, claro. O equilíbrio da pirâmide era importante, requeria-se a precisão de cada homem e um ritmo estabelecido, uma cinética disciplinada pela roda culpada dos homens da China (pois europeus nunca eram condenados — no tempo de Annie Doultry — ao Trabalho Pesado Número 1). Seus capatazes eram sentinelas indianos, homens corpulentos (alguns deles *sikhs* com barbas imensas presas atrás de suas orelhas) que mantinham o ritmo do círculo com suas varas de *rattan* (três pés e seis polegadas de comprimento e uma polegada de grossura), sabiamente uniformizados e maravilhosamente imparciais. Eles cutucavam e empurravam, encorajando a Roda de Balas, porque era um trabalho forçado e eles eram na maioria soldados profissionais que haviam tido sorte suficiente (velhos ferimentos ou doenças ajudavam) de conseguir esse trabalho fácil. Eles não eram de forma alguma sádicos. Mas quando um homem derrubava sua bala, batiam nele, porque isso era parte do trabalho.

Entre as corridas de baratas, Annie algumas vezes observava os homens das balas. Os chineses condenados vestiam chapéus de cule do mesmo tamanho — eram as regras. O efeito era simétrico e fácil de ver: os pálidos e pontudos chapéus apontando pelos quatro cantos do círculo, o tinir das balas de 24 libras, a formação e dissolução das pirâmides, as costas arqueadas, os cérebros arqueados. Uma vez ele disse alto:

— Você é um filho-da-puta sortudo, Annie.

Seis meses para Annie seriam um mero abrir e fechar de olhos, de acordo com o advogado que o defendeu, sr. Andrew O'Gormer. Nem era tanto trabalho pesado, apenas uma prisão. Tirando as corridas de baratas, o trabalho mais duro para Annie era uma caminhada de uma hora toda manhã, depois do café. Sem conversar, claro, Annie estabelecera uma amizade com o cabo Strachan, e eles freqüentemente andavam juntos, conversando com circunspeção. Resumindo, Annie sabia como passar seu tempo. Ele dominava a situação.

O'Gormer pegou o caso de Annie por cada centavo, naturalmente. Por outro lado, o prisioneiro poderia ter pegado dez anos sob o Decreto de Armas e Munição de 1900. Não se sabe o que acontece na sala do juiz depois de um gim-tônica. Annie pegou o navio para Hong Kong, de forma honesta e correta e fez seu manifesto do navio em sua própria e clara caligrafia "para baldeações, carga confiável para Tientsin, província de Shantung, República da China", uma quantidade modesta de armas de fogo obtidas em Manila de fontes próximas ao exército do Tio Sam nessas regiões. Especificamente — era tudo preto no branco —, 1912 Rifles Garand dos EUA, em bom estado, com baionetas de regulagem; 18 metralhadoras Maxim de calibre 50 (bem gastas) mais nove excelentes e pesados Hotchkiss; duzentos mil tiros de 300-cal (para rifles); vinte caixotes com 24 de granadas Mills e um sortimento de armas complementares: diversas Army Colt, 45 automáticas (o modelo clássico de 1910) e revólveres (a maioria 38) e alguns velhos morteiros interessantes, cheios de amassados e graxa.

De acordo com a lei bem liberal da colônia, nenhuma licença ou burocracia precisava ser pedida se essas mercadorias fossem destinadas a outrem. No que se referia a armas, Hong Kong gostava de ser um mercado, mas não um cliente. O problema surgiu quando um certo cavalheiro polonês interpelou Annie no bar Torrance e ofereceu uma soma ridícula por meia dúzia de Colts automáticas e alguns cartuchos de munição 45 para fazê-los funcionar.

— Fiquei muito ofendido, senhor — disse Annie ao juiz. — Eu disse a ele para guardar seu maldito dinheiro, porque eu sabia bem que era uma ofensa, Meritíssimo, vender uma arma para um camarada de Hong Kong sem a permissão do capitão superintendente da polícia de Hong Kong. Eu sabia disso muito bem. Há comunistas por aí, Meritíssimo, e não queremos que eles ponham suas mãos sujas em boas armas americanas. Estou com você nisso. — Annie imaginou que isso ia ficar bem em seu depoimento. Isso foi na suprema corte, perante um júri.

— Por favor, dirija-se a mim como Venerável, sr. Doultry — disse o juiz.

— Venerável — disse Annie.

Mas uma coisa levou à outra. Apesar de Annie dizer que as armas em questão haviam sido roubadas de seu barco enquanto Bernardo Patrick Hudson (seu primeiro sócio) sofria um ataque grave de malária por ter bebido cerveja chinesa, o júri, ainda que sensibilizado, não conseguiu acreditar nele. Os ladrões (ou compradores) não foram pegos; as armas sumiram: a polícia marítima contou cada uma que permaneceu a bordo. O emissário do comprador legítimo de Annie, marechal Sun Chuan-fang, líder militar de Nachang e das planícies do sul de Yangtze naquele época, não foi de ajuda alguma. Na verdade, ele estava extremamente preocupado, já que a entrega de seu carregamento legal de armas havia sido cancelada sem aviso, e todo o carregamento havia sido confiscado pela polícia de Hong Kong, de acordo com uma carta legal. O exército ávido do marechal foi então colocado em várias frentes em inconstantes combates com Chiang Kai-shek. Os detalhes são cansativos, mas foi bem natural que a Hong Kong Britânica não gostasse das histórias no jornal *South China Weekly News* sobre o papel da colônia como um bazar para armas aberto a ambos os lados — ou a todos os lados, mais especificamente, uma vez que havia pelo menos uma dúzia de exércitos independentes lutando um com o outro pela China. Havia até, teoricamente, um embargo de armas em vigor, datando de 5 de maio de 1919. Foi promovido pelo ministro americano em Xangai, assinado por Grã-Bretanha, França, Rússia, Japão — todo mundo menos os alemães, cujos negócios de armamento na China eram imensos. Então os russos quebraram o embargo de forma decisiva quando começaram a fornecer armamentos para a aliança Nacional-Comunista, e logo o embargo era só mais um pedaço de papel. A América fornecia novos maquinários para o novo armamento nacionalista em Cantão, para construir metralhadoras British Vicker e munição para rifles russos (setecentos mil cartuchos por mês). Em Hong Kong, acordos para tudo podiam ser estabelecidos, incluindo máscaras de gás e aviões. Apenas publicidade indiscreta era tabu.

Annie sabia e entendia tudo isso — a situação em que ele estava se metendo e suas sutilezas. Era deprimente ter de colaborar com o avanço da catástrofe chinesa, mas ele estava fazendo negócios; e apesar de não curtir muito a comida, as mulheres chinesas eram extremamente atraentes — além da persistente reflexão sobre por que ele sentia-se tão impelido a elas. Não, Annie não era ingênuo. Para jogar sal na ferida, Barney (Bernardo Patrick) Hudson teve de encher o saco com a história de vender as Colts para o polaco, e quando a merda foi jogada no ventilador, ele continuou repetindo:

— Eu te disse, eu te disse — rindo de um modo histérico. Ele tinha sorte de não estar na doca.

Annie sentiu que estava amolecendo. Ele sabia perfeitamente bem que tinha sido trapaceado. Entretanto, a forma filosófica de olhar para isso era como se tivesse sido apenas uma má aposta, uma aposta em desvantagem, o dado viciado e os drinques dos jogadores pagos pela parte oposta. Mas foi na prisão que Annie se tornou um verdadeiro jogador.

Algo profundo havia acontecido a Annie desde 4 de setembro, o dia em que ele recebeu seu E e sua seta vermelha. Ele nunca havia estado na prisão antes, por nada, e sua idade era muito avançada para uma primeira vez. Ele foi posto numa proximidade forçada com os chineses pela primeira vez em sua vida, chineses de becos estreitos e ruas sujas, os cules, que eram como outra espécie para os homens brancos de fora. De qualquer modo, uma simpatia foi plantada nele. Poderia ter sido nojo, mas não, parece que foi simpatia.

Que fique claro, Annie sempre se deu bem com a maioria dos britânicos — um dar-se bem que ia ao ponto em que sua nostalgia pela Escócia, da qual ele mal se lembrava, e seu talento pernicioso para a imitação o haviam levado a fingir ser um marinheiro inglês, só pela farra (ele podia imitar um *cockney* quase tão bem quanto podia imitar um escocês). Mas sua tolerância pelos britânicos, uma raça estranha que (como os chineses fingiam ser) vivia na certeza de sua superioridade perante todos os outros, pode ter tornado a tentação de aprontar uma com os marinheiros ingleses irresistível. Annie não teve protecionismo na sua condenação e no seu castigo. Recebeu o que a lei previa, como o inspetor detetive Keneth Andrews disse; foi uma aposta feita e uma aposta perdida. Mas o perdedor encarcerado é um animal destinado a seis meses de pagamento, em condições enfaticamente adversas perante os poderes que o colocaram lá. Assim, se o Império Britânico esfrega o rosto de um homem na própria bosta por seis meses, não se pode esperar que ele sinta a mesma coisa pelo Império ou pela bosta. Acrescente a isso a aversão de Annie por autoridades de qualquer tipo. Para demonstrar as origens dessa antipatia, se exigiria uma peregrinação a uma infância esquecida por todos, principalmente por Annie. Mas era exatamente por isso que o homem insistia em ter um nome de garota. A questão é: aquilo que foi apenas uma espinha de rebeldia em sua alma deve ter inchado no presídio Vitória, tornando-se um furúnculo. Um furúnculo enorme, que gerou uma cabeça em chamas, prestes a explodir.

— Ele muito glande — disse Hai Sheng, o conhecido proprietário chinês, vendo a aquisição de Annie para a corrida das 15h15. — Magnífico Pásalo voa rápido por pés bem pequenos. — O Magnífico Pássaro da Esperança de Hai, o maior vencedor de prêmios de sua época, ainda era apenas um filhote, de acordo com Sheng, que conhecia suas baratas. Sheng tinha uma coleção de moedas de vários lugares, e também de alfinetes de segurança, tabletes de aspirina, botões, escovas de dente, raspas de ópio, faixas e a fivela do cinto de Annie com uma cabeça de camelo, como prova de seu conhecimento.

— Como chama seu animal goldo? — perguntou Hai Sheng, com ceticismo.

— Dempsey. — Nas costas brilhantes de seu enorme bicho, Annie colocou sua marca, um grande D, com cal branco esfregado para ressaltá-lo.

— Ah, não mais campeão.

Uma longa pausa. Doultry refletiu se o homem estava louco.

— O quê?

— Jackee Demsi derrotado por colega jovem.

Annie esfregou seu rosto. Parecia com um velho pneu de automóvel.

— O quê? — disse ele.

— Jackee Demsi derrotado por Chin Tun-hi.[1]

Annie percebeu onde deveria estar a confusão. Gene Tunney, o camarada da Marinha, ficou conhecido por ser surrado por Harry Greb quando esse já estava caduco — Tunney, um espertinho, um sujeito engomado. Não podia ser verdade. Tunney era um meio-pesado; ele desafiou Jack no verão passado, mas o campeão riu dele.

— Shengy, velho amigo — disse Annie suavemente para o chinesinho — quem quer que tenha te contado esse caso estava se divertindo à sua custa.

Os lábios de Hai Sheng franziram-se em seu rosto; não era um sorriso, mas uma cortesia. Os dois homens estavam sentados lado a lado na latrina no fundo do lavatório, uma latrina onde negócios podiam correr e as conversas fluíam.

— Quem quer que tenha te contado essa fábula estava zombando de você, meu filho — disse Annie.

Hai Sheng disse que fora por decisão dos juízes. Chin Tun-hi havia andado sobre o campeão: Demsi parecia um velho. Fora ao ar livre, a chuva havia caído das nuvens, os golpes do jovem eram trovões. Hai Sheng ouvira essa história porque havia uma quantidade considerável de apostas em Hong Kong, onde os homens apostavam em tudo sob o céu e sobre a terra. A orelha de Hai Sheng ficava próxima ao chão.

---

[1] Na verdade, Jack Dempsey perdeu o título de peso pesado para Gene Tunney na Filadélfia, em 23 de setembro de 1926. Ele também perdeu a revanche, em Chicago, em 22 de setembro de 1927.

Finalmente, Annie aceitou que o destino havia acabado com Manassa Jack. Annie nunca havia contestado que os chineses eram bons em questões de destino, era uma coisa em que eles haviam se especializado.

— Assim é o caminho de toda a carne — dizia ele, assentindo em concordância, sombrio com violentas memórias. — Ele era incomum, Jack. Um terror para o corpo, era ele, e um inimigo declarado de fígado e costelas. — Hai Sheng assentiu, com lábios franzidos.

— Por outro lado, você tem de chamar o homem de artista da mão direita, sempre. Enquanto um socador do dia-a-dia normalmente prefere um gancho de esquerda, como eu.

A justiça universal decretou que Dempsey, a barata, deveria ganhar a corrida das 15h15 por quatro corpos à frente do Magnífico Pássaro da Esperança. Ela fez melhor do que ganhar: ela escapou. A besta de grande velocidade guinou para fora da sarjeta quatro polegadas além da linha de chegada, desprezando o santuário do saco de término. Ninguém tentou pisar nela. Pisar em perdedores era uma coisa, em fugitivos era diferente. Dempsey correu docemente em volta do homem do saco, uma linda manobra, e desapareceu pelo ralo.

— Ele era um virtuoso e um exibicionista — disse Annie. Sentiu uma perda profunda, mas não culpou ninguém, muito menos aquela nobre criatura. Era típico de uma barata trazer tudo o que há de melhor num homem. Hai Sheng pagou junto com os outros. Doultry conseguiu quase um dólar, além de dois alfinetes de segurança, um pequeno tablete de ópio e sua velha fivela de cinto com cabeça de camelo.

Hai Sheng, todavia, balançou seu rosto em solidariedade pela perda que obscurecia a vitória.

— É a vida — disse Annie. — É típico da vida.

Ele bateu no ombro do chinês e deu soquinhos nele para enfatizar sua posição. O chinês detestava aquele tipo de coisa, mas nunca reclamava, o que impressionava Annie e o estimulava a continuar fazendo.

O único lugar em que os Es falavam com os As, a não ser que você incluísse o lavatório, era na sarjeta, no pátio. Era contra o regulamento, a conversa entre chineses e brancos, só Deus sabe por quê.

Será que temiam a passagem de algum tipo de informação clandestina? Papinhos revolucionários? Contaminação de corações e mentes? Apenas na hora das corridas os regulamentos abrandavam; era o jeito britânico: esporte é esporte. Os sentinelas gostavam de uma aposta; todo mundo precisava apostar. Então a sarjeta separava, mas também unia: Es e As, e sentinelas *sikh* com suas grandes barbas presas. A fraqueza humana respirava docemente entre as baratas, com suas imagens brilhando em seus cascos: Demônio do Rio da Esquerda, e Flor de Macieira e Magnífico Pássaro da Esperança e, antes que houvesse fugido, Dempsey, o Demolidor de Manassa.

— Sheng — disse Doultry no dia seguinte —, você e eu somos homens do mundo. Dividimos um interesse na vida esportiva, estou certo?

— Certo.

— Tudo bem. Então quero te fazer um favor, amigo. Estou preparado para fazer uma oferta pelo Magnífico Pássaro.

— Magnífico Pássalo não à venda.

Mentira, mentira de cara limpa. A negociação levou apenas três dias. Algo levava Annie a isso, ele não sabia o quê. Ele podia ter tentado encontrar outro vencedor, mas seu cérebro dizia que ele havia tido sorte e que agora sua sorte mudara. A outra possibilidade era que Hai Sheng houvesse decidido vender e tenha incitado Annie a isso.

— Então agora você quer vender o desgraçado, hein? — zombou Annie. — Por ele ter perdido? Só uma vez? Bem típico.

Ele pagou pela barata em ouro. Era metade de um molar extraído, um ovo no ninho guardado para uma intempérie ou oportunidade de investimento como essa. O dente de ouro, partido pela baioneta de cabo Strachan, foi pesado para as partes pelo próprio dentista, um simpático bengali. Duzentos e cinqüenta miligramas de ouro, valendo quase cinco dólares americanos, que equivaliam a dez dólares de Hong Kong naquela época: um valor tremendo, sem precedentes.

— Tlago amanhã, senhor Annie. Na caixa de madeila Jonkau. — Hai Sheng fez sua marca no recibo de Annie, uma marca bem elegante.

Os homens da bala circulavam por suas pirâmides de metal, como fiéis perdidos no purgatório.

Era a noite seguinte à venda do Magnífico Pássaro. A noite antes da entrega em sua caixa de madeira Jonkau. Hai Sheng disse que essa caixa uma vez contivera um grande conjunto de pérolas ligadas por esmeraldas, roubadas do dote de Tzu Hsi, a Imperatriz Dragão, por um de seus ilustres parentes em Tientsin. Annie deitava em sua cama no escuro; eram quase oito da noite.

Ele chupava sua pílula de ópio. Era como uma balinha de menta no tamanho e na duração, mas era preta e não devia ser engolida. O gosto era horrível, como um tablete de merda de rato, o que fazia o prazer que ela provocava ainda mais doce. Já havia o prazer da solidão, porque o portuga tinha sido levado ao hospital. O doutor achava que ele era um tísico avançado — tuberculose, era sobre isso que ele falava. Naqueles dias, haviam doutores qualificados que acreditavam que açoites causavam tuberculose — talvez esse perigo os ajudasse a sentir saudades da destruição do corpo!

Em todo caso, o que quer que fosse, ele podia se preparar para encontrar com seus ancestrais em breve. Era chamado de portuga, mas era três quartos chinês. Em Macau, onde havia sido criado, isso era considerado ser português; era uma questão de esnobismo. Apesar de muitos deles terem ido para Cristo e para o papa por indicação dos parentes, alguns dos mais realistas veneravam seus ancestrais. O portuga que vivia na cama acima de Annie era um desses. Seu E deve ter sido uma cortesia do governador de Macau.

De coração, Annie agradecia Dempsey, o Grande D, por sua pílula. Seu coração não estava apenas um pouco pesado por seus caminhos terem se separado, como ele também sentia falta do portuga. E, além disso, havia uma surra feia acontecendo. Era muita falta de sensibilidade da parte dos rapazes armarem uma tão tarde, eles não tinham noção. Bem no momento em que se atinge um nível de tolerância e compaixão por eles, fazem algo feio assim, uma surra na hora de dormir — para disseminar o medo, como dizem os ingleses.

As freqüentes surras eram o único aspecto da vida na prisão que Doultry sentia ser um desafio para sua sanidade. Os rituais de punição aconteciam num pequeno pátio reservado para esse propósito, mas era uma prisão pequena, e os gritos não se perdiam. A vara de *rattan* (uma nova para cada surra) era levada às nádegas dos chineses com grande força e machucava a pele de forma que as cicatrizes para o resto da vida eram inevitáveis. Esse era o aspecto da punição ao qual os chineses tinham mais aversão. Sua teoria geral era de que quanto mais o homem gritasse, mais o doutor diria ao guarda para pegar leve. Claro que isso não era verdade. E havia aqueles que não faziam som algum.

Annie, deitado, tentava pensar de um jeito chinês sobre tudo isso, porque eram eles que levavam as surras. Eles também haviam propiciado as maiores surras deste mundo. Os chineses sempre se espancaram sem piedade; por isso, não havia lógica em procurar culpados nem da parte de Annie nem dos sentinelas da disciplina que batiam em prisioneiros malfeitores no presídio Vitória. Um deles era um galês e o outro um *cockney* de Stepney, campeão de dardos em Hong Kong. De qualquer modo que se olhasse para isso, era repulsivo para uma pessoal sensível. Mas era pior para os ouvidos. Não havia uma hora estrita para encenar o ritual — podia ser de madrugada ou depois do chá — mas para Annie era sempre uma rua chamada dor. Deus nos ajude a todos em nossos momentos de necessidade.

Annie Doultry para o cabo Strachan:

— Antes de bater, coloque um pouco de açúcar.

Cabo Strachan:

— Nunca gostei de fazer doce.

Strachan — de Carlisle, no litoral — foi dispensado do 52º Batalhão de linha, dos montanheses de Argyll e Sutherland, ainda como soldado depois de 26 anos. Foi sargento duas vezes, e duas vezes rebaixado. Era chamado de cabo, mesmo pelo superintendente, major Bellingham, por um tipo de compromisso respeitoso com a história. Ele tinha uma bala afegã em sua costela, o que lhe trazia problemas e medalhas de lugares que geravam lágrimas nos olhos de um escocês, incluindo o sangrento Somme, onde dois terços do grande regimento perderam suas vidas cansadas. A bebida era o seu problema.

A força era o que havia de melhor num dia de trabalho para Strachan; ele havia estado nessa por anos, gostando do ofício por seu pagamento extra, que era uma libra e quinze por um puxão. Ele curtia o humor da força também. Nessa cadeia, havia um exemplo literal. Todo maldito dia, os prisioneiros europeus se balançavam na força, duas vezes — na ida e na volta. Isso por uma medida de economia que havia sido incorporada à curta ponte de concreto que conectava o bloco D ao bloco C. Essa ponte tinha de ser atravessada para alcançar o pátio de exercícios à frente. Havia um buraco quadrado no meio dela, com uma queda de 15 pés para o beco abaixo.

— Stewart, não é uma boa idéia — disse Annie uma vez. — Deve haver um mínimo de respeito. Não pelos compadres a se enforcar, mas pelos compadres que enforcam. — Ele sempre falava uma espécie de dialeto escocês com Strachan. Annie era incapaz de controlar sua língua; ela falava por ele.

— Aquilo que sobrou no meu coração, essa língua expressa — disse ele para Strachan, e mostrou a ele seu músculo culpado. Era tuberosa na forma, acinzentada em cima, mas lindamente rosa embaixo, e a ponta gorda da coisa era um instrumento delicado, bela como a de uma jovem garota. — A última sanção, é como eles a chamam, cara. Eles deveriam ter construído uma força de verdade. Aquele buraco detestável é como uma latrina. Lembra merda caindo.

Strachan deu uma boa risada disso.

Facilmente uns cinqüenta por cento daqueles que deram o mergulho em 1927 eram piratas. A pena para pirataria era a morte, sem alívio em circunstância alguma. Um pirata, pego no ato ou no planejamento, ou associado a isso de qualquer forma, era enforcado, e não adiantava chorar pelo leite derramado. Eles mereciam, porque eram um tipo bárbaro de homens e eram muito numerosos nos mares da China.

Cinco e quinze, quando o sol devia estar nascendo em Cingapura, Annie acordou de um sonho que se desintegrava e não vai ser relatado aqui. Em Hong Kong havia apenas uma leve sombra amarelada nascendo sobre a vergonhosa nuvem que pairava sobre a prisão — não era o suficiente para chamá-la de luz antes da luz. Annie acordou por ter decidido acordar antes de perder o sono. Isso era um truque, uma habilidade, outro dos recursos desse talentoso, mas malsucedido homem. Ele batia sua cabeça na parede, bem forte, uma vez para cada hora pela manhã, e uma pequena pancadinha a cada 15 minutos. Era bem calculado. O enforcamento o acordaria, de qualquer modo, mas então a diversão já teria acabado.

Apesar dessa cerimônia ser tão rotineira como a pancadaria, era menos freqüente, e alguns Es com mais energia se empenhavam para testemunhá-la. Essa oportunidade era oferecida porque a ponte dos Suspiros ficava bem abaixo das janelas da seção E, permitindo uma visão privilegiada se a merda do pagamento de alguém estivesse a caminho. A marcha dos pés calçados com botas funcionava como uma abertura, um som oco da ruína no concreto como o som dos tambores da morte num esgoto. O suave grasnido das ordens do sr. Hugh Llewellyn — que era o chefe dos guardas — flutuava acima da escuridão, seguido do julgamento de Strachan sobre o cara chinês, enquanto ele aproveitava seus últimos suspiros de vida.

— Cerca de sessenta quilos e meio, senhor. Vou puxar esse pescoço oito polegadas para cima.

Annie empurrou o penico para o lugar necessário embaixo da janela. Era um ato de fé confiar seu peso na tampa dele. Ele devia ter ainda uns cem quilos, mesmo depois de uma perda considerável de peso por causa da comida terrível e insuficiente da cadeia. Várias vigílias desgraçadas aquela tampa enferrujada agüentou pelos pecados de outros. Entre as barras acima, o olho de Annie perscrutava o céu nublado. A fosforescência pútrida da grande nuvem revelava que ela era palpavelmente decadente, a vítima de sua umidade excessiva. Abaixo, a casa bacana do governador era bem visível, sua grande bandeira pendurada tão baixa com o nevoeiro que estava quase a meio-pau. Meio-pau, pela alma de Li Weng-chi.

Seu rosto era assimétrico. Tinha passado por poucas e boas ainda jovem. Aquela ira em seu rosto o fazia memorável. Ira não era uma característica dos condenados naquela prisão, apesar de não haver verdade na idéia de que um chinês pode aceitar a morte com mais calma do que um branco. Pelo contrário; Annie Doultry tinha razões para acreditar que eles tinham horror à morte e uma fascinação com sua panóplia maior do que qualquer papista ou muçulmano.

Li Weng-chi havia sido trazido da ilha Lantau depois de sua captura pelo grupo de uma canhoneira HMS *Thames Ditton*, e passou não mais de uma semana na solitária antes de seu julgamento. Doultry nunca o havia visto antes. Ele estava algemado entre dois guardas *Punjabi*, com seus turbantes bem justos, suas calças apertadas, suas mentes em seus cafés-da-manhã. Strachan tinha em suas mãos um saco preto empoeirado, para batatas irlandesas, que fingia ser um capuz. Li Weng-chi rejeitou-o com um grande e brilhante escarro, que caiu no buraco da forca. Ele começou a falar, ou a cantar uma invocação em sua língua, que seja. (Não era cantonês; era uma variedade da língua de Chung Chia de alguma região selvagem do sul.) O capelão, o reverendo Edwin Trevor (Igreja da Inglaterra), ignorou sua reza fervorosa e encomendou a alma de Li Weng-chi para o Deus dos Judeus.

Annie mantinha seus olhos afastados de Trevor, ofendido por sua indignidade, seu colarinho imundo vazio de fé, que passava vergonha diante dos impecáveis guardas indianos, homens humildes no entanto. Annie estudou a raiva nos olhos de Li Weng-chi. Em muitos rostos chineses havia um medo profundo. Para Annie, o modo como seus globos oculares se encaixavam nas órbitas, protegidos pelo osso, sugeria a prioridade da sobrevivência e a inevitabilidade da violência. Boxeadores ficam com os olhos assim depois de cinqüenta lutas, mas este chinês nascera com eles. Enquanto ele o assistia, esse pensamento, junto a outros igualmente pessimistas, atingiu a linha do estômago de Annie, fazendo-o se apertar em minúsculos espasmos (ele também não havia tomado o café). O movimento negro brilhante desses instrumentos óticos em seus pequenos *bunkers* era inquietante. Na opinião de Doultry, os chineses podiam enxergar num sol de cegar como nenhum homem branco. Essa opinião pode ter sido errônea; a ciência podia muito bem negá-la. Mas a superioridade dos olhos chineses no mar, ou do determinismo dos escoceses na sala das máquinas dos navios não era algo que cientistas respeitáveis gostariam de quantificar, naquela época ou agora. Bem, esse não é um motivo para ter dúvidas sobre os cientistas? Annie respeitava a ciência, e se magoou quando ela o decepcionou com sua moral pusilânime, pior do que a da religião.

E agora ele observava, detrás das grades, sobre seu penico, que Li Weng-chi não estava mais rezando; estava acusando e fazia isso num cantonês ininteligível.

Li Weng-chi já estava sobre o calabouço, o laço ao redor do pescoço, Strachan o ajustando com dedos cautelosos. Ele se dirigiu ao dr. Cathcart, o oficial médico da colônia. Cathcart viveu vinte anos na colônia e era bem fluente em cantonês. Ele ouvia atentamente. O vigia-chefe Llewellyn questionou com irritação sobre o que era toda aquela ladainha.

— Vamos continuar, doutor. A não ser que o prisioneiro não esteja bem. — Um homem tem de estar teoricamente saudável para ser enforcado.

— Ele deseja fazer uma declaração, sr. Llewellyn. Quer que seja colocada no papel.

— Vamos seguir com isso, doutor. Ele não pode fazer uma declaração agora.

— Acredito que seja uma denúncia.

— O sujeito só está enrolando, senhor — disse o cabo Strachan. —Vamos prosseguir.

— Como você quiser, sr. Llewellyn — disse o dr. Catchcart. — Mas o homem diz que há um pirata influente ou algo desse tipo presente aqui nesta prisão. Nosso homem decidiu denunciá-lo, acredito.

Annie assistia como se fosse um filme. Ele chupava os dentes, com um som de saliva, sinal de que estava impressionado. Na ponte dos Suspiros, o sr. Llewellyn tirou seu relógio e o estudou.

— Presumo que o prisioneiro pediu que sua execução seja adiada?

— Não, Hugh, não pediu.

Em conseqüência, Llewellyn concordou em aceitar a declaração. Dr. Catchcart anotou com seu lápis apontado no verso de sua caderneta. Na crescente melancolia daquele dia frustrado, o ouvido do doutor virou-se para as frases deliberadas de Weng-chi. Em dado momento o doutor pediu que esclarecesse melhor algum ponto. O pirata explicou, o doutor assentiu, absorto em seu desafio lingüístico. Então se virou para o vigia-chefe, que estava assoando o nariz com sinais de impaciência.

— Muito bem. Isso é tudo. — Ele tossiu e começou a ler em voz alta, com algum orgulho e um desejo genuíno de corresponder ao original.

— Se lobos-do-mar precisam morrer... não, "ser destruídos" é melhor, peço perdão, sim. Ser destruídos pelas mãos de cães sifilíticos estrangeiros, cães de rua, então aquele que se chama Hai Sheng deve morrer a morte de dez mil matilhas. Porque ele é líder de sessenta, um tenente, eu presumo, sob o estandarte da Montanha da Fortuna, que traiu os homens do West River. Creio que isso signifique simplesmente a gangue West River, não acham? "Que suas gônadas apodreçam. Que vermes vermelhos façam lar nos intestinos de seus filhos." Frase muito bem construída, eu acho, não? — O lápis do doutor ajustou um adjetivo.

— Cabo Strachan — disse o vigia-chefe. — Você daria sua assinatura como testemunha?

Assim fez Strachan.

O pirata Li Weng-chi estava sorrindo, uma coisa que raramente fazia: sua fisionomia não tinha talento para isso, nenhum ponto flexível na pele, então se ajustava com dificuldade. Mas agora havia luz suficiente para Annie ver seu sorriso amargo, enquanto Strachan reajustava o nó atrás de sua orelha esquerda. Então o velho guerreiro escocês bêbado chutou o calço para longe do calabouço, e a gravidade clamou por outro homem perverso.

Cinco minutos depois, de pé numa escada segurada por Strachan, dr. Cathcart checou o pulso do prisioneiro que balançava suavemente pelo beco. O pescoço de Li Weng-chi estava absurdamente esticado e excrementos pingavam de seus pés, mas sua expressão não havia mudado. Pior, ainda havia pulso. Isso não era tão incomum assim. Com alguns minutinhos a mais, ele estaria irrefutavelmente perdido.

O sol surgia no horizonte, claro como um gongo de metal. Pela primeira vez desde novembro, sua luz penetrou na prisão. Um raio atrevido perfurou o beco (que estava alinhado de leste para oeste) e embalsamou o sorriso de Li Weng-chi nas memórias daqueles privilegiados de testemunhar o momento. Então a luz se escondeu na nuvem negra, e com ela se foi a resistência estóica da tampa do penico de Annie, que se curvou em seu diâmetro, afundando o pé sem meias em alguns quartos de mijo ralo, que era tudo o que o recipiente continha de manhã cedo.

E com um pé humilhado e o estômago vazio, Annie acreditou que era sua chance de intervir, de fazer uma cena. Por quê? Por que um homem treinado por mais de cinqüenta anos apenas para sobreviver faz isso voluntariamente? Era em nome da verdade ou Annie via uma oportunidade?

— Vossa Senhoria — disse Annie para o superintendente. — Hai Sheng não é um pirata. Esqueça isso. — Ele sacudiu seu esqueleto amplo. Sua audiência estava sendo conduzida no escritório do superintendente, que tinha menos vista do que a cela de Annie. O major Anthony Bellingham estava sentado atrás de sua mesa, com os ventiladores zumbindo e umidade nas paredes. O prisioneiro 43141/E, Anatole Doultry, tinha sua atenção, dr. Cathcart sentava-se na outra cadeira com um olhar abstrato. Havia um ordenança na porta e a chuva caía lá fora.

— Doultry, abstenha-se por gentileza de me chamar de Vossa Senhoria. Senhor já está bom.

— Senhor, Hai Sheng foi meu cozinheiro a bordo da minha embarcação *The Sea Change*, uma escuna, senhor, uma escuna de carga de 96 toneladas. É uma ótima embarcação, tenho certeza de que o senhor apreciaria seu refinamento. Esse homem foi meu cozinheiro de maio até o último janeiro. Ele não era instruído nos pontos requintados de seu ofício, senhor, mas era econômico com as provisões, não gerava nenhuma reclamação na tripulação e era um bom homem do mar. Eu o instrui pessoalmente na arte do mingau de aveia, senhor.

Annie não apenas soava escocês, um desses Clydesiders de fala lenta que tinha prazer em entediar as pessoas até a morte, mas tinha algo em sua barba que ajudava a criar a ilusão: mais de um toque de cera de vela em seu bigode, então ele ficava espetado como duas lanças com pontos amarelados. Ele sustentava-se reto, o peso em uma perna e a outra plantada à frente, os pés virados para fora como um tocador de gaita de fole regimental e as mãos apertadas juntas abaixo do cinto, como se um *sporran*, a bolsa de couro que os escoceses usam diante do saiote, estivesse lá para servir de apoio a elas.

— Seu cozinheiro, hein? Um cozinheiro violento à beça, pelo visto — disse o major Bellingham.

— Violento? Bem, eu não diria que ele era particularmente violento, senhor. Ele tinha um temperamento forte, penso assim. Você criticava seu talharim, por exemplo, tentava dizer a ele que pareciam cuecas velhas ensopadas com molho de cola, e Shengy ia atrás de você com o cutelo. Qualquer criticazinha e você colocava sua vida nas mãos dele. Dito isso, senhor, você podia tê-lo pego por tentativa de assassinato sempre que quisesse.

Nesse ponto Annie arfou pesadamente, um som para combinar com o peso de seu enfado.

— Se ele não pudesse ter seu cutelo, ele iria até você com seu guisado de cobra do mar. Mas vamos falar sério, major. — Annie olhou em volta para seu público. — Ser um cozinheiro assassino transforma um companheiro num pirata? Até onde me lembro, era final de janeiro quando Shengy foi emboscado na Mrs. Trentham-Smith's por aquele marinheiro no HMS *Suffolk*... seu nome me escapou agora. Ele era amigo do foguista. Esse foi o primeiro problema que meu Hai — eu o chamo de "meu Hai" — "meu" primeiro problema que ele já teve. Eu não tenho uma simpatia especial por chinas, Vossa Senhoria, como todo mundo sabe, mas um homem não pode ficar vendo a justiça ser pervertida por acusações selvagens de uns boqueteiros das forcas.

— Sem xingamentos, Doultry.

— Peço desculpas, senhor. Meus sentimentos estão um pouco extremados, senhor. Shengy é um bom cozinheiro.

— Doultry, acredito que você seja americano. Mas você não soa americano aos meus ouvidos.

Annie suspirou profundamente e balançou a cabeça, como se fosse difícil dar palavras a uma questão emocional.

— Senhor, eu nasci britânico. Nasci em Edimburgo, fui da Marinha Real aos 15 anos, servi no Atlântico Norte na guerra, senhor. No navio caça-minas HMS *Derry Castle*, senhor, que foi torpedeado, 26 sobreviventes. Consegui continuar, senhor. Tenho meus papéis de dispensa e minhas medalhas, senhor.

Houve uma pausa. O major Bellingham tinha um jeito de levantar suas sobrancelhas cor de palha até o topo de sua testa sardenta.

Sua cabeça se inclinou bem para trás para reforçar a impressão de desconfiança, o cenho franziu, o nariz se comprimiu, a papada se espalhou sobre a camisa engomada. Olhando de baixo (Bellingham era bem alto), essas sobrancelhas pareciam com um crescimento não natural do cabelo. O sujeito era careca como um feijão, é preciso acrescentar. Ele olhou Doultry furtivamente, com as sobrancelhas lá em cima — tal elevação seria uma façanha impossível num rosto normal, pensava Annie, que já tinha a próxima mentira na ponta da língua, descansando a mente divagando um pouco.

— Seu passaporte é americano, não é?

— A família se radicou em Seattle, senhor. Tenho muitas lembranças daquela bela cidade. Peço desculpas pelo meu palavreado anterior, senhor, mas fico com o sangue fervendo pelos roubos de um homem condenado, obviamente uma questão de mágoa pessoal, serem creditados ao meu cozinheiro. Agora, pelo que Hai me deixou entender, esse sujeito, Li Thingamibob, fez tudo errado nessa espelunca, um lugar tipo casa de chá, para bêbados e desordeiros, e foi expulso. Meu Hai trabalhava meio período lá, nos fundos, veja, enquanto minha embarcação estava em Whampoa, na doca número II, raspando seu casco. De qualquer forma, ele foi obrigado a ir atrás desse matador Li com seu confiável cutelo. — Houve uma pausa. — Shengy é um rapaz muito firme, senhor. Você sabe como ele acabou aqui, não sabe? Uma maré de má sorte, senhor. Ele caiu nos olhos de um dedo-duro numa casa de má reputação, poderia ter acontecido com qualquer um. O fato é que ele sentia minha falta. Foi um impulso do inconsciente, senhor, ele perdeu as estribeiras de repente e...

O major Bellingham interrompeu o fluxo da conversa.

— Que conversa fiada é essa, Doultry! — Ele apontou para o papel de admissão de Hai Sheng. — "Lesão corporal dolosa!", "Assalto à mão armada", meu velho! Ele extirpou o olho de um homem com a tampa de uma lata de sardinhas! Eu me lembro do caso perfeitamente.

— Bem, como eu disse, senhor, ele é um rapaz firme. Mas não é um maldito pirata. Isso é tudo baboseira, senhor.

Dr. Cathcart levantou a mão, como um garoto de escola faz, ou fazia nos velhos tempos. O major disse:

— Sim, David?

— Eu acredito que o condenado estava falando a verdade, Tony.

Esse bugre deve se sentir o autor daquela declaração, Annie pensava, que orgulho que ele tinha de tê-la traduzido.

— O que ou quem é essa "Montanha da Fortuna", David?

— Eu não sei bem. Acredito que seja o comandante de alguma gangue. *Tao-shou* foi a palavra que ele usou, é uma palavra muito arcaica. Eu acho que é isso o que significa, um chefe ou comandante.

— David, você devia ter perguntado ao homem. "Montanha da Fortuna" é realmente uma palavra muito melodramática.

Dr. Cathcart acendeu um charuto barato, de uma forma que demonstrava irritação.

— Llewellyn estava com pressa, meu velho. Ele queria terminar logo com aquilo. Eu simplesmente ofereci meus serviços. Ele ficava dizendo para prosseguirmos, prosseguirmos com aquilo. Meu Deus!

O doutor soltou fumaça com um suspiro alto. Doultry suspirou também, em harmonia com o doutor, e com grande ressonância.

Havia passos fortes lá fora — outro assistente do doutor.

— O número 29499/A está aqui, senhor. — O próprio Hai Sheng foi empurrado e se pôs diante do major.

— Meu bom homem, foi alegado que o senhor é um pirata.

— Não pilata. Cozinheilo.

Annie passara a mensagem para ele. Não era difícil passar recados pelo presídio Vitória se você conhecia os esquemas — e os mapas dos esquemas. Mais difícil de explicar era por quê: que razão Annie tinha para essa espantosa tentativa de salvar a pele de um china que ele só conhecia do tênue mundo das corridas de barata? Tinha ele alguma perversa simpatia por piratas chineses, uma amistosa disposição perante esses lobos-do-mar sedentos de sangue, como eles gostavam de se chamar? A resposta era não, de forma alguma. Annie Doultry era mesmo um homem do mar, e piratas eram seus inimigos naturais. Annie Doultry estava agindo por intuição ou devido a um profundo tédio — o mesmo homem que alegaria nunca ter participado de um!

Só no último ano — entre 18 de dezembro, de 1925, quando o *Tung Chou* foi tomado e 27 de janeiro de 1927, quando a empresa de barcos a vapor de Ho Hong, SS *Seang Bee* (3.784 toneladas) foi seqüestrada na sua rota entre Cingapura e Hong Kong, 14 barcos a vapor haviam sido saqueados por piratas no mar do sul da China (sem contar inúmeros juncos locais). Todo ano, desde a Primeira Guerra Mundial, a contagem de navios aumentava. O que começou como um aborrecimento se tornou uma pilhagem. As mortes eram numerosas. Em 1924, todos os navios à vapor costeiros foram equipados com defesas especiais e guardas armados, recrutados particularmente ou fornecidos pela polícia de Hong Kong sob o decreto de Prevenção de Pirataria. No ano seguinte, principalmente como resultado do ataque ao SS *Hong Wah* registrado em Cingapura, essas precauções foram estendidas para embarcações que iam ao oceano servindo a Índia, China, Malaia e Filipinas.

O *Sunning* era um caso interessante. Carregava apenas cem passageiros, dois deles europeus na primeira classe. Deixou Xangai em 12 de novembro de 1926, parou em Amoy, embarcou mais passageiros e carga no dia 15, e sete horas depois foi tomado por 25 homens, um deles com uma submetralhadora Thompson. O assalto foi realizado durante a troca de turno dos guardas, às quatro da tarde. O rádio, o primeiro alvo, foi destruído. Houve muitos tiros, mas apenas um guarda foi ferido. Os piratas pensavam que o *Sunning* estava carregando meio milhão em prata, mas o carregamento estava em outro navio. Entretanto, havia uma carga preciosa de seda a bordo e houve bastante pilhagem sobre os passageiros e o cofre do navio.

A parte singular da história foi que o segundo engenheiro, William Orr, e o terceiro, Andrew Duncan, se recusaram a passar pela situação deitados no chão. Orr resolveu bancar o herói, nocauteou um pirata armado, pegou sua arma e com Duncan tomou posse de dois revólveres escondidos em sua cabine.

Atiraram em dois outros piratas e retomaram o comando, libertando o capitão Beatty e o segundo oficial Hurst. Por quatro horas eles enfrentaram ataques de aproximadamente vinte piratas experientes, que no processo tentaram avançar usando o engenheiro-chefe George Cormach e um par de garotos chineses como escudo. Cormach levou tiros nos dois braços; cinco passageiros chineses morreram ou foram feridos.

Então, às três da manhã, os bandidos colocaram fogo no navio, abaixo da ponte, para expulsar com fumaça seus defensores. Os piratas ainda tinham a sala das máquinas, mas claro que não podiam pilotar a embarcação. Houve uma tempestade, o vento espalhou o fogo, que ficou fora de controle, e os piratas decidiram abandonar o navio. Eles mataram um telegrafista inglês que estava servindo de intérprete a eles e partiram em dois barcos salva-vidas, deixando para trás quatro mortos e cinco feridos.

O *Sunning* era um inferno intenso, seus motores estavam imobilizados, mas seus oficiais conseguiram pegar um barco salva-vidas semiqueimado sob comando do oficial Hurst, que, depois de enfrentar nove horas de mares terríveis, foi resgatado por um cargueiro norueguês, que avisou Hong Kong por rádio. Vários navios de guerra zarparam. Um deles, HMS *Blue Bell* avistou um dos barcos dos piratas fugitivos e capturou sete deles. Vários se afogaram de propósito — eles sabiam quais seriam seus destinos.

O *Sunning* foi alcançado pelo SS *Ka Yid* e rebocado. Estava todo queimado, mas conseguiu voltar para Hong Kong. A contagem total foi de 13 mortos; cinco chineses. Parte do pessoal do intendente naval se perdeu e foi considerado aliado dos piratas. Um grande jantar foi oferecido aos heróis, e o segundo oficial Bill Hurst e o engenheiro-chefe George Cormach foram premiados com ordens do Império Britânico.

Li Weng-chi não foi um dos sete piratas capturados, todos esses foram julgados e enforcados antes do Natal. Mas ele foi apontado por um desses condenados, por alguma antiga vingança. Li Weng-chi era um facínora bem conhecido, e o capturaram na ilha de Lantau no dia do Ano-novo cristão.

Annie já estava na cadeia quando isso aconteceu, claro. Mas ele estivera navegando por essas bandas desde a primavera de 1925, quase sempre indo e vindo das Filipinas, no negócio de armamentos. Foi onde ele fez suas conexões e onde um pequeno operador com um pequeno barco podia ganhar um pouco de grana de forma irregular, e, se necessário, regularmente. Ganhar grana era o pretexto de Annie para estar lá, um percurso muito, muito distante das ilhas San Juan no estado de Washington, que ele chamou de lar por quase 16 anos.

Obviamente, ele sabia tudo sobre a praga da pirataria. Ele até teve um velho conhecido, primeiro oficial Hans Eriksen, que acabou levando um tiro quando o SS *Sandviken* foi invadido no verão passado, apenas um mês antes da própria queda de Annie. Eriksen quase perdeu o braço, e Annie amaldiçoou os canalhas, como faziam todos os navegantes decentes, quaisquer que fossem seus pecados.

Então não era de causar espanto que Annie colocasse seu grosso pescoço em risco para salvar a pele de um suspeito lobo-do-mar como Hai Sheng? Inventar a saga de um cozinheiro imaginário e uma carreira na Marinha Real caça-minas para um propósito tão perverso? Seu comportamento confundia a mente.

Ele pode ter tido uma simpatia pelo homem. Annie pode simplesmente ter gostado de Hai Sheng. Mas ele nunca, em milhares de anos, teria admitido. Se você o tivesse colocado contra a parede com um trator, o máximo que teria dito seria que a coisa toda era uma brincadeira. Então por que não confiar na palavra dele?

Annie não tinha vergonha por sua perversidade. Era imensa e sem sentido. A recompensa espartana por uma arte menor — ou vício — armar, mentir pelo prazer de mentir — eram preciosos demais para Annie, que era pobre em quase todo o resto. A inverdade era um violino que ele tocava como um Paganini de araque. Ele mentia pelo amor a isso, e com tanta devoção quanto outros que pretendiam trazer a verdade dos fatos.

Mas chega de especulações incertas: quem pode dizer o que faz girar as engrenagens de uma mente como a de Annie, uma hora para frente, outra hora para trás, depois para os lados? Deixando de lado, então, vamos voltar ao escritório do superintendente, com a chuva se tornando vingativa, a janela embaçando com o bafo do charuto do dr. Cathcart.

Cathcart estava bem consciente de que o superintendente não estava pesando a verdade e a falsidade, o talvez sim e o talvez não. O major não via sentido em ficar se condenando a um trabalho duro desses; havia lugares melhores para passar a manhã do que nesse maldito escritório, no enfado dessa desolada prisão — o clube de boliche Kowloon, por exemplo. Em frente ao nariz do major estava o grande "E" da túnica puída de Doultry e seu rosto, gasto pelo sal, mas de uma elasticidade de tom rosado, ou talvez sem tom, porque branco era o nome para isso. Apesar de Annie ser um pecador e um delinqüente, Li Weng-chi, o pirata da baía Bias, era uma criatura de um nível inferior, cujo cadáver cor de banha já estava a caminho da escola médica da universidade para cumprir um destino que inspirava muito mais terror numa mente chinesa do que o mero enforcamento — um horror inteiramente pragmático, porque um corpo desmembrado e eviscerado tinha momentos difíceis na aposta da reencarnação. Quanto a Hai Sheng, o atual objeto de discussão, o vigia-chefe relatou que ele parecia ser um sujeitinho respeitável e um trabalhador esforçado na oficina de encadernação de livros. Ele ficou lá com gotículas em sua testona lisa e seu lábio superior curvado e um espanto em seus olhos. Não tinha ar de pirata.

— Vamos esquecer as acusações — suspirou o superintendente.

CAPÍTULO 2

ANNIE EM LIBERDADE

A OPINIÃO DO SUPERINTENDENTE sobre Anatole Doultry era de que o homem devia estar desmiolado. Depois de desconsiderar o que ele definiu como "essa baboseira *nonsense*" do seu escritório, ele discutiu sobre Doultry de modo jocoso com David Cathcart, por vários minutos, enquanto um menino deu às suas botinas uma arrumada para que pudessem ser usadas no bar do boliche Kowloon do Green Club.

É inegável que Doultry era uma figura ridícula, mesmo para os padrões do presídio Vitória. Contido e retido lá dentro, seu enorme ser absorveu os esforços de suportar a vilania do lugar (porque era um lugar vil, não há erro sobre isso), ele era freqüentemente motivo de piada. Mesmo assim, parecia não notar. O próprio major Bellingham costumava se dirigir a Doultry zombando — o superintendente era um homem genial mas sem dúvida perverso, e isso é tudo o que se precisa dizer sobre ele. Mas o dr. Cathcart, detentor de um intelecto mais seletivo, não confiava um milímetro em Annie. Ele não tinha a menor confiança na natureza forte, boa e estabanada do homem e no falso sotaque escocês; ele não via nenhuma extravagância nas fantasmagóricas versões diferentes da história pessoal de Doultry, que você ouvia de acordo com o dia da semana em que fazia um interrogatório. Doultry fazia David Cathcart sentir-se profundamente desconfortável. Na presença de Doultry, a sensação de sua ira crescente arrepiava a nuca do médico, uma ira que hibernava como um urso dentro de alguma cavidade daquele corpo robusto, que caminhava tão suave e indolentemente pelo beco até sua toca no bloco D. O maior de todos os guardas da prisão, um montador de mulas aposentado de Peshawar, o seguiu. Mas Doultry fazia o homem parecer ínfimo. Por acaso eles passaram no dentista, o bengali, em seu caminho para o trabalho, e Cathcart (observando da janela do escritório) viu Doultry bater no ombro do sujeito com uma piscada de olho e uma piadinha — algo sobre o declínio do Império Britânico — como se fosse brincadeira.

Na armaria, um pequeno e simples quarto, fileiras rígidas de rifles Lee-Enfield Mk II apoiavam-se nas paredes arrumadas em pares.

— Hora de molhar o bico — disse Strachan. Ele tirou uma garrafinha azul do seu bolso, Leite de Magnésia Phillips, e derramou um pouco na caneca de chá de Annie. — Para onde você vai agora?

— Devo voltar para minha embarcação.

Ele deu um gole no Johnnie Walker e observou o *Hong Kong Weekly Press and China Overland Trade Report*. Era um jornal quase tão pesado quanto seu nome. As notícias da guerra na China eram incoerentes como sempre, mas o exército Nacional da Revolução, o exército Kuomintang, comandado pelo generalíssimo Chiang Kai-shek, parecia estar ganhando, com certeza. A base do generalíssimo tinha ficado ao lado de Cantão, a imensa cidade do sul (famosa por sua multiplicidade de mercados, por sua culinária e por sua corrupção) da qual Hong Kong já fora uma vez apenas uma parasita. Mas nos meses recentes, o ilustre Comando do Sul havia avançado em direção ao norte, ganhando várias batalhas, tanto reais quanto imaginárias.

Changsha caiu. O marechal Wu Pei-fu bateu em retirada. O generalíssimo pegou Wuhan, a Cidade de Três Cidades, que ficava sobre as encruzilhadas da imensa nação, onde o rio Iang-tsé atravessava a ferrovia principal em direção ao norte. Aqui, para grande preocupação do Nacionalistas, seus aliados, o Partido Comunista da China, estabeleceram seu próprio governo. Chiang Kai-shek não os perdoava por essa afronta, apesar de naquela época ele só conseguir sorrir (esfregar suas mãos) e parabenizá-los. (Para amenizar sua raiva, ele afundou um destróier em Iang-tsé.)

O que Annie queria saber, politicamente falando, eram apenas duas coisas:

Os vermelhos estavam dentro ou fora? (Isso do ponto de vista de um sensível homem de negócios, circunspecto sobre seus contatos e com os olhos abertos para os ventos do futuro.)

E o que rolava com o marechal Sun Chuang-fang, seu cliente número um?

Os exércitos nortistas, sob seus disparatados e idiossincráticos marechais, dos quais o chefe era nominalmente o marechal Chang Tso-lin, levou a pior em 1927. Marechal Chang chamou seu exército dos exércitos de Ankouchun, um lindo nome que significava mais ou menos "O Grande Exército para Tranqüilização do País". Seus quartéis generais ficavam em Pequim, a capital nominal da república fragmentada. A tradição, que era tudo o que havia restado da maioria das coisas, ainda ditava que quem quer que estivesse em Pequim era parte do governo da China.

No perímetro de cada cidade, enquanto as trincheiras eram cavadas e recavadas e a artilharia acabava, acordos eram feitos pelos onipresentes marechais nas portas dos fundos de seus vagões privados. Havia tramas e acordos, a traição de antigos aliados, a barganha pelos direitos das pilhagens de alguma cidade ainda não pilhada, a compra e venda de batalhões de homens maltrapilhos tornados selvagens com a guerra sem fim. Era um desenho, uma caricatura da pérfida China: um fedorento poço de corrupção e venalidade, os corpos da destroçada infantaria e da desesperada classe camponesa empilhados juntos nas planícies varridas pelo vento e lavados nos tristes canais, com gangrena correndo solta nos hospitais do campo.

Por anos, foi assim. O Império do Dragão levou dois séculos para despedaçar-se. Lá estavam os pedaços, então, todos pulverizados para uma exaustiva uniformidade, mas ainda úteis, como um enjoativo arroz chinês, para espessar os assuntos de cada página do *Hong Kong Weekly*, grosso e cheio de tinta nos joelhos de Annie, como se ele tentasse ver o futuro.

— O generalíssimo deu o passo fatal.

Strachan estava limpando a pistola Maxim, modelo antigo, que era o orgulho do arsenal da prisão — uma pistola construída para dizimar hordas.

— O que o generalíssimo aprontou agora, Annie?

— Ele anunciou que todos os vermelhos são traidores, Stewart. São traidores para a nação da China. Ele demitiu seu colega Chou En-lai; disse: "Enfie naquele lugar, Camarada", para Joe Stalin.

Annie não compartilhava da aversão de Strachan pelos vermelhos. Não tinha uma opinião formada sobre eles. Ele raramente tinha certeza sobre rótulos, de qualquer forma. Mas o que era, era.

— Os comunistas chegaram ao fim da estrada, Stew. Seu emissário, sr. Borodin, fodeu tudo lá na Rússia. Que falta de lealdade! Esses *russkies* devem estar comendo suas botas.

O nariz bêbado de Strachan brilhava de satisfação. Ele não era um grande leitor, então as notícias eram frescas para seus ouvidos.

— Nunca um exército chinês usou botas antes do generalíssimo. Mas botas compram a lealdade dos bolchevistas, Annie? Nunca na vida! Para os chinas, botas apenas compram sua traição, senhor. Traição é semeada ao longo dessa terra como dentes-de-leão na velha Dumfriesshire, se lembra deles, Annie? — Strachan estava quase no fim da sua garrafinha.

— Acho que os Vermelhos acabaram, Stew. Não há futuro para eles na China.

E então, claro, havia o marechal Sun Chuan-fang, o freguês favorito de Annie.

Se já houve um líder militar que não devesse lealdade a ninguém, apenas à guerra, era o marechal Sun. Ele tinha um exército flexível de algo entre cinqüenta mil e duzentos mil homens, dependendo dos ventos e marés de conflito. Ele ocupara Xangai em 1925 e a pilhara sistematicamente. De suas concessões, os estrangeiros o observaram, embriagado com sua vilania. Nominalmente ele era aliado do marechal Chang Tso-lin e do exército da Tranqüilização, mas o marechal Sun viajava com um trem particular carregado de concubinas, e sua lealdade transcendente era ao ouro. Ele tinha duzentas mil pistolas de aluguel. Era um mestre tático, também, o melhor general na Ásia. Associações de banqueiros de Xangai e príncipes mercadores de Hong Kong pagaram ao marechal Sun grandes quantidades de ouro para proteger o que eles consideravam ser os seus interesses — em outras palavras, combater os Vermelhos. O marechal Sun aumentou sua reputação de odiar os Vermelhos. Suas concubinas se multiplicaram; ele começou uma força aérea particular. Os aviões quebraram (eram ótimos Cauldrons Franceses), mas as mulheres não.

As tropas do marechal Sun eram freqüentemente muito bem pagas — ele podia pagar —, e seu exército havia enfrentado Chiang Kai-shek até uma trégua, em 1926. Então, abruptamente, em 1927, o marechal bateu em retirada. Houve uma grande batalha por Nanchang, com carnificina em ambos os lados, mas o boato dominante era de que o generalíssimo Chiang Kai-shek estava entrando num acordo com o prepotente marechal e a batalha era apenas uma encenação. Sun Chuan-fang, terrível manipulador da guerra e do ouro, retirou-se em bom estado. Muitas de suas mulheres (que eram em sua maioria francesas, russas brancas e americanas) usavam os mais modernos chapéus de Paris. Em seguida, os nacionalistas marcharam sem oposição para a cidade de Xangai, e os soldados do marechal Sun estavam ajudando os resistentes homens de Chiang Kai-shek, que tinham novas botas pagas pela Rússia, a exterminar os Comunistas que infestavam a metrópole e se auto-denominavam proletariado. Quase dava para ter pena deles.

— É preciso que se diga que essas porras de vermelhos têm colhões — disse Annie, com o nariz no jornal —, eles acreditam. O resto deles venderia suas próprias mães. Eles não têm religião, os chineses, a religião deles é uma fraude, e não têm nenhuma fé na natureza humana. Eles são um povo desesperado.

— Melhor vender a mãe do que ser um bolchevista — disse Strachan.

No dia seguinte, Annie Doultry foi libertado e voltou para seu barco. Para Strachan, ele deixou o Magnífico Pássaro da Liberdade, em sua caixa de madeira Jonkau, como presente de um amigo da cadeia.

Annie não viu Hai Sheng novamente. Após vender seu famoso animal, Sheng não apareceu novamente no turfe do velho Epsom. O sujeito taciturno estava aparentemente se resguardando agora, desde o negócio das denúncias. Annie não recebeu nenhuma mensagem de gratidão, mas um pequeno rasgo de jornal com três de seus botões da calça acompanharam a entrega do Magnífico Pássaro em sua cela. Ele se esqueceu do cozinheiro imaginário, pois sua mente estava novamente em seu futuro.

Depois de deixar o presídio Vitória, Annie cumprimentou o sr. Llewellyn com a mão, ou melhor, com as pontas dos dedos, e disse em seu sotaque americano normal:

— Hugh, isso é adeus. Triste, não é? Garoto, vou sentir saudades, com a honra de um escocês. Mas só quero que você saiba que eu aproveitei tremendamente minha estadia nesse lugar adorável. Quero parabenizá-lo particularmente pela comida. Queria deixar algo para o *chef*, mas infelizmente parece que esqueci meu talão de cheques. Mas tenho algo para você.

Annie estava usando seu casaco marrom com o emblema do príncipe de Gales. Estava amarrotado pelos seis meses de inatividade, e o escritório de Llewellyn era perfumado por naftalina, mas Doultry tinha uma figura decente. Ele deu sua gravata de bolinhas para o dentista como um presente por seu tato e gentileza (nunca se sabe quando se vai voltar) e construiu um substituto para uma pequena bandeira, um galhardete de estrelas e listras modelo iate clube, que ele mantinha em sua mala para emergências. Embaixo do braço, ele tinha seu presente para Llewelyn enrolado. Entregou a ele.

Llewellyn ficou sem palavras. Não tinha resposta. Mas aceitou.

Era um lindo desenho a lápis do pátio de exercícios. Annie colocou um retrato do cabo Strachan do lado de fora da porta do lavatório. À direita dava para ver apenas o beco; a ponte foi muito bem feita. Dela, pendurava-se um corpo. O corpo pode ter sido de Li Weng-chi; estava muito longe para dizer. Mas o sujeito debruçado com seus braços no parapeito e sorrindo para o observador era obviamente Llewellyn; o retângulo amplo de seu rosto era inconfundível, com seu pequeno bigode vermelho. Annie o coloriu de vermelho com uma gotinha de seu próprio sangue. Havia um forte lado artístico nele.

Llewellyn pegou o desenho e disse:

— Muito obrigado, Doultry.

Estava assinado "Anatole Doultry, com toda minha estima para Hugh". Llewellyn ainda estava estudando-o sem expressão quando Annie fez sua saída com um grande sorriso para os guardas e para os que estavam trabalhando, carregando sua leve sacola de imitação de couro e seu guarda-chuva. Seu rolex de imitação brilhava. Quando ele atravessou o portão, deu um pequeno aceno com o chapéu. Seu fedora de São Francisco estava em excelente estado, considerando sua idade. Tinha um pequeno buraco de bala na aba, à esquerda, que era menos uma imperfeição do que uma decoração, um pretexto para conversa.

Havia parado de chover por um tempinho, mas o clima ainda estava mais frio do que o normal para março. A sacola de Annie era apropriada, as quarenta pilas que ele escondera na sua meia em setembro saíram a salvo da prisão (com a meia) e valiam como nunca em Hong Kong (cerca de vinte dólares americanos), apesar da inflação desenfreada da China. Descendo Chancery Lane e pegando um riquixá na Hollywood Road, ele percebeu que havia mais mendigos. Havia um sentimento no ar. E uma certa pressão.

O caminho era todo descida, o riquixá só controlava os freios, o cule estava de bom humor quando Annie se dirigiu a ele numa voz alta, praticando seu cantonês e seu ar de autoridade, que naturalmente ele não tivera muita oportunidade de exercitar recentemente. Seguindo suas instruções, eles pararam na frente das vitrines da Borsalino's, a loja de chapéus. Annie começou a se sentir ele mesmo novamente: um capitão. Virando a esquina na Ice House Street, ele viu as palavras escritas no muro de pedra que uma vez despertaram sua curiosidade. Um sujeito chinês havia lido para ele: EU OUSO DESAFIAR, dizia. A mensagem estava endereçada a qualquer diabo que pudesse estar descendo pela Queens Road, procurando uma vítima. De acordo com a visão chinesa das coisas, o demônio reconheceria que quem vivia nessa casa não era moleza. O demônio iria virar à direita ou partir, e continuar em frente, para pegar outra pessoa.

Annie disse ao cule para pegar o longo caminho ao redor da Statue Square. Quando ele parou, os dois discutiram um pagamento suplementar por alguns minutos. O cule disse o quanto Annie era grande e pesado, e Anatole concordou e perguntou se o rapaz do riquixá já havia oferecido um desconto para uma pessoa pequena — um anão digamos, do tipo que sempre existiu em quantidade na China. Ou talvez uma jovenzinha ágil, uma verdadeira princesinha? Annie a descreveu com suas mãos e o rapaz do riquixá riu, ele estava impressionado, mas não daria uma resposta direta.

— Sim — disse ele. — Sempre dá corrida rápida pessoa pequena.

Annie colocou muita energia mental na discussão. Explicou que queria olhar a estátua do Duque de Connaught. Eles chegaram a um acordo e continuaram.

Na praça, Annie desceu do riquixá e esticou suas pernas. Havia babás e crianças ao redor, tudo parecia normal, mas quando Annie estudou o rosto de bronze do duque, viu que a expressão do grande homem havia mudado. Ele fora sobrinho da rainha Vitória e um homem bem informado enquanto viveu. O próprio Annie agora estava bem informado o bastante sobre o olhar chinês perante as coisas para saber que a estátua do duque era considerada, pelos mais perceptivos deles, filósofos e intelectuais, como contendo um demônio. A natureza do demônio era discutível; o assunto nunca era discutido com estrangeiros. É um ponto a favor de Annie o fato de ele ter descoberto; isso revela um lado investigativo da sua natureza.

O demônio o intrigava. Obviamente, devia ter algo a ver com o duque. Por exemplo, compartilhava das suas memórias? Ou algum outro aspecto da personalidade considerada urbana e observadora do homem? O capitão Doultry olhou para os olhos do duque Connaught.

— O que está havendo, Duke? — perguntou ele. Algumas criancinhas inglesas brincavam em seus grandes pés de bronze, com um couraçado de metal, de dez polegadas de comprimento, quando os olhos do duque responderam a Annie. O cule do riquixá também olhava para o duque, com a mão na boca, mantendo sua distância. Ele adquirira um novo respeito por seu passageiro — maior do que ele merecia, pode-se pensar.

A grande nuvem, ou palácio de nuvens, se tornara mais clara em seu canto oeste. Annie estudou os indicadores meteorológicos enquanto desciam uma ladeira suave pela Henessy Road, no distrito chamado Wan Chai, e viravam para a esquerda na parada de bonde na Lun Fat Street. Os bares se iluminavam, as garotas se espalhavam pelas ruas, as várias lojas de comida abasteciam seus fornos acesos feitos com velhas latas de querosene, os trabalhadores estavam numa boa, quando Annie foi trabalhar.

O bar e *grill* Stoffer's era menos distinto do que seu nome. Mas Annie estava mais interessado na sua comida do que na posição social do estabelecimento. O cozinheiro era alemão; o grude era excelente. Annie Doultry só comia comida chinesa quando era obrigado; ele não curtia as combinações de sabor envolvidas. Por seis meses ele pensara no Stoffer's. Mas sua preocupação não era exclusivamente motivada pela comida.

Eles mantinham uma atmosfera bauhaus com a fé verossímil de expatriados. Havia a cerveja Tsingtao, feita na cidade de mesmo nome, bem ao norte, de uma forma estritamente alemã. Dois homens do mar, um norueguês e um suíço, estavam concentrados nela, discutindo sobre um cavalo. A língua da discussão era inglês. Doultry conhecia o suíço; era um ótimo marinheiro, apesar das brincadeiras. Oh, o simples prazer de cumprimentar um velho conhecido! Nada o supera.

O *barman* era um novo rosto para Doultry, um sujeito mestiço, muito bem articulado.

— Me diga, Pete — disse Doultry depois de sua segunda Tsingtao —, você por acaso conhece um cara chamado Fred Olson? "Philly" Fred?

O *barman* sorriu; suas bochechas eram como romãs maduras, seus dentes eram grandes na frente e lascados nos lados, como um colar.

— Sr. Fled? — Seus olhos estavam acesos. Annie assentiu. — Não, senhor. Nenhum senhor Fled vem aqui, não senhor.

Annie sentou-se ao fundo, pediu o jantar pelo qual esperava há seis meses e comeu.

O lugar encheu um pouco, mas os negócios estavam obviamente fracos. Stoffer apareceu quando Annie estava na metade do rosbife, solene e preocupado, como sempre, e deu as boas-vindas à Annie pela volta de sua viagem.

— Como estava Java? — perguntou ele.

Ele sabia onde Annie havia estado, claro, mas Bernardo Patrick Hudson havia espalhado que Annie estava em Java, dando uma olhada num negócio com pérolas. Annie disse a Stoffer que o tempo estava terrível e Stoffer disse que nunca houvera um verão tão terrível em Hong Kong, com chuva e névoa. Eles se deram as mãos. Mais tarde, Stoffer mandou uma garrafa de schnapps Stummelpfennig's para a mesa de Annie com seus cumprimentos. Quando o queijo Muenster chegou, Annie estava pronto para pensar sobre a China.

Açoitar os chineses ajudava? Annie era um homem que gostava de ouvir uma pergunta alta em sua mente, e então segui-la. O passado já estava aceito; não havia motivo para ir atrás de acontecimentos passados até cansar. Esse era o único modo de lidar com problemas como a questão da surra — do contrário, como Annie sabia bem por experiência, eles ficam presos no seu estômago, e então voltam para seu cérebro, onde os sonhos são fabricados e guardados. À primeira vista, não era nada além de um problema de razão, de maior investigação no pior dos casos — uma questão de futuro. O sonho fora passado para trás.

Foi enquanto ele se debatia com a questão da surra que Philadelphia Fred entrou. Ele não viu Annie por um tempo. Permaneceu no bar na companhia de um homem que parecia italiano. O próprio Fred tinha um certo visual italiano; usava roupas vistosas com listras. Parecia saudável e próspero — é tentador dizer "até ele ver Annie Doultry". Mas sua imagem de prosperidade não mudou, apesar de seu sorriso ter se tornado exagerado, talvez, como num cumprimento estóico para um velho amigo num hospital. Annie também sorriu, enquanto batia em sua mesa, ao lado de seu *strudel* de maçã, num gesto de convite que não poderia ser negado.

Fred Olson deve ter pensado em fazer uma rápida fuga. Essa idéia teria ocorrido a qualquer homem em sua posição. Mas enquanto pensava nisso, ele foi impelido por convenção na direção de Annie, com o sorriso esticado no rosto, por trás de seu medo desabrochado como um buquê perfumado, e se inclinou sobre a mesa de Annie e esticou a mão. Annie tocou na ponta dos dedos com seus grandes dedos gentis (a forma como ele fizera com Hugh Llewellyn). Ao mesmo tempo, ele pensava: aprendi isso com os chineses. O Annie Doultry de ontem não teria cumprimentado Fred Olson desse jeito, mesmo com o toque frio, transmitido por esses dedos. Disse a Fred:

— Sente-se, colega. Você sabe que eu só estava dizendo para mim mesmo: garoto, espero que Philly pare por aqui, eu adoraria vê-lo.

Ele sentiu que os dedos de Fred começavam a se afastar, e os apertou ainda mais.

— Tome um pouco da coisa boa, rapaz — e empurrou o Stummelpfennig com sua mão esquerda. — Ei, por onde você andou se escondendo?

— Annie, eu ficaria se pudesse — respondeu Philly Fred. — Mas tenho de tratar com um cara. Um cliente. É bom ver você, amigão. Ei, faz tempo, hein? Então, por não conseguir soltar os dedos do seu anfitrião, ele se sentou.

— Vamos nos encontrar amanhã, o que me diz?

— Fred — disse Annie. — Os chineses vivem uma vida de aparências. Eles são criados para acreditar que o mundo todo é um palco, ah!

Fred assentiu calorosamente.

— Shakespeare — disse ele.

Annie assentiu de volta.

— Fred, estou tentando chegar a algumas conclusões sobre essas pessoas. Por exemplo... — Ele parou para encher o copo de Fred. — Por exemplo, na prisão, aqui, batem neles quando ficam cheios de si. Alguns se recusam a trabalhar. Bastardos insubordinados. Eles se recusam a carregar bolas de canhão em círculos.

O dedo indicador de Annie desenhou o círculo. Os olhos de Fred o seguiram, perguntando-se qual era a dele.

— Então, batem neles, Fred, eles são surrados. Agora, eu discuti sobre isso com pessoas daqui. Deve ser moralmente repugnante para o Império Britânico. Eles deveriam ser os civilizados. — Ele encheu a boca com o resto do *strudel* de maçã.

— Isso está bom. Trinta anos atrás dava para levar 150 chibatadas com o chicote de nove tiras. Então baixou para sessenta, depois acabaram com esse chicote, apenas a vara, agora são 36, e qualquer coisa acima de 12 tem que receber o o.k. do magistrado visitante, é como eles chamam um juiz de baixa classe por aqui. Você vê a mudança. Faz pensar que eles querem parar com isso. Os britânicos não são sádicos, na minha opinião. Exceto com suas próprias famílias, claro. Além disso, eles têm muitas velhinhas reclamando disso por aqui, sabe o que quero dizer?

Philly Fred assentiu, prestando muita atenção.

— Mas apesar de tudo isso, eles continuam surrando esses chineses desgraçados. Por que isso, Fred?

Uma pequena pausa.

— Acho que é para colocar o medo de Deus neles, Annie — disse Fred com convicção, apesar de estar apenas arriscando um palpite.

Annie já estava balançando sua grande cabeça com seu nariz curvado e seu terrível penteado, seu indicador balançava também, como um metrônomo.

— Não, Fred. Não. É por humilhação. Eles olham para os chineses, e se perguntam: "Por que os chineses sempre surraram uns aos outros?" Eles nunca se preocuparam com as prisões, os chinas, sempre foi surra, queima à ferro, amputação, e daí por diante. — Ele se inclinou para frente, abaixando sua voz. — Por humilhação, Fred. Os chineses sempre surraram o cara na frente de uma multidão. Você mostra a bunda do sujeito, então bate nela, surra. Não há sentido realmente na dor, no sofrimento etc., sabe por quê?

— Não — disse Fred.

— Porque para um china isso não importa. É irrelevante. As cicatrizes é que marcam o sujeito, sem trocadilho, são as marcas da humilhação que ele vai carregar consigo até o túmulo. E mais do que isso, para onde será decidido como será sua próxima vida. Eles vão perguntar para o sujeito, lá em cima no céu ou como quer que eles chamem isso: "Ei, amigo, como é que você foi surrado? O que você fez, garoto? O que você *fez*?" — Annie deu uma pausa nesse ponto, emocionado com suas palavras. Olhou nos olhos de Fred. — Dessa forma você pode renascer... como uma barata. Você sabia disso, Fred?

— Não.

— Quando você perde a bunda dessa forma, você perde muito do seu rosto junto — disse Annie. — As pessoas falam sobre o "rosto", elas não entendem o que significa. Normalmente em chinês significa a coisa toda. O rosto é a vida. A vida é a frente que você mostra. É o orgulho indo pro beleléu, Fred. O.k., então você vai me dizer, há alguma porra de desculpa para os britânicos, que se consideram uma nação civilizada, irem surrar os chineses aqui em 1927? Há? Isso não é civilizado. Eles deixaram isso de lado na Marinha anos atrás.

Fred balançou a cabeça lentamente.

— Eu não ia dizer isso, Annie. Todo mundo sabe que é preciso ter mão firme com os chineses, todo mundo sabe disso.

Annie olhou pelo Stoffer's, sem registrar o que via. Esfregou seu rosto e bebeu todo o drinque do copo.

— Acho que é isso, Fred. Você está certo. Ajuda a temer a Deus. — Fred foi encorajado por isso; assentiu mais um pouco. Annie encheu o copo de Fred até a borda, parecendo introspectivo. — Fred, você me ajudou a ter uma revelação, sabe disso? Sobre o Império Britânico. Eles têm medo de parar de surrá-los, é isso. Eles sabem que os chineses dirão. "Os bárbaros de cabelo vermelho estão amolecendo, são um bando de molengas, vamos cortá-los em pedacinhos." — Ele próprio deu uma gargalhada solene, da qual Fred participou num tom meia oitava mais agudo.

Annie empurrou para trás sua cadeira, limpando a boca e o nariz com seu guardanapo.

— Fred, tenho de sair. Vou voltar amanhã de noite, quero dizer, aqui — vamos nos encontrar amanhã, o.k., amigão? Quero te contar sobre Java.

Fred deu a ele um enorme sorriso, assentiu dizendo:

— Claro, amigo, claro — enquanto Annie se levantava e colocava sua mão gentilmente no ombro do homem e se afastava pelo bar e para fora. Ele não pediu a conta, porque sabia que Fred cuidaria disso.

Lá fora, Annie colocou seu chapéu. Uma garoa fina suavizava o brilho arruivado dos lampiões a gás, que combinavam com a luz avermelhada a oeste onde o sol estava fazendo sua saída sem obstruções.

Annie virou num beco perto do Stoffer's. Ele o conhecia bem. Havia lá uma lojinha de comida bastante conhecida, que servia mais aos moradores locais do que o Stoffer's, era famosa por suas enguias e os tipos mais estranhos de peixe. Cavalheiros velhinhos em seus pijamas azuis largos sentavam-se embaixo do toldo, se empanturrando e conversando sobre negócios, com as panelas de enguia fervendo, o cozinheiro cortando algum pescado com seu grande cutelo. Uma família de gatos vivia embaixo de sua cozinha portátil; gatos e tripas de peixe voavam por todos os lados, e o cheiro era tranqüilizador, para quem gosta de Hong Kong.

Annie ficou lá olhando os biscoitos chineses. Ele nunca havia experimentado um. Eles eram bem menos amedrontadores do que as enguias; pareciam gostosos — uma criança poderia ver que eles eram apenas uma bola de massa com geléia de ameixa dentro. Ele levantou seu guarda-chuva e olhou o relógio. Então, apontando, atraiu a atenção do cozinheiro e comprou seis dos biscoitos. Ele ainda se sentia surpreendentemente faminto, quase morrendo de fome. Os biscoitos recheados eram extraordinariamente gostosos. No embalo, pegou mais seis. O perigo lhe abria o apetite.

Ninguém prestou atenção em Annie. Ele ficou sob seu chapéu e seu guarda-chuva e sentiu prazer. Perguntou ao cozinheiro como se chamavam aqueles doces chineses. O cozinheiro não tinha certeza sobre a pergunta e ficou balançando a cabeça dizendo:

— Não hoje, amanhã.

Mas um garoto que trabalhava no Stoffer's colocou a cabeça para fora da cozinha, sorriu para Annie e forneceu a ele a resposta do enigma.

Philly Fred Olson pagou a conta do capitão Doultry sem pestanejar. Agora ele se sentia perfeitamente calmo e se dirigiu ao banheiro dos homens. Ele era fisicamente pouco sedutor, mas seu corpo pequeno sob seu terno vulgar de estilo italiano era ágil e resoluto. Ele desabotoou sua calça ao entrar, ansioso para aliviar a pressão. O lugar era bem conhecido por seus azulejos verdes, importados de Delft ou de algum lugar assim, e os mictórios eram grandes e bons, com porcelana grossa cor creme, pingando água, escurecidos pelos homens de uma forma reconfortante.

Freddie fez suas necessidades com um longo suspiro. Era uma atitude emocional: ele respirava seus sentimentos no ar pungente. Um chinês bem velho sentou-se num banquinho ao lado de uma mesa de mármore com garrafas coloridas e escovas e vários outros instrumentos. Ele estava à vontade, lendo um jornal, perto de uma bacia com um espelho quadrado sobre ela, com moldura de ferro e adequadamente limpo. O propósito do velho, assim que ele via você, era forçá-lo a se olhar no espelho, porque quando você fazia isso, devia dinheiro a ele: cinco centavos, dez, um dólar se você ficasse excepcionalmente satisfeito com a sua imagem depois de mijar.

A porta de um dos dois reservados se abriu e Annie saiu. Ele estava comendo o último biscoito recheado de um saco de papel.

— Ei, Freddie — disse ele numa voz aguda e musical. — Como você está?

Freddie, mijando intensamente, disse:

— Quem é?

— Um amigo — disse Annie, na voz musical, muito alta.

— Não tenho amigos — disse Freddie, ainda sem olhar ao redor.

Annie amassou o saco de papel e jogou no cesto de lixo ao lado do atendente.

— Acaba de ganhar um — disse Annie baixinho, dando ao velho, que usava uma longa jaqueta verde com botões de metal, uma nota de cinco dólares. O cavalheiro chinês assentiu em gratidão sem exageros, enquanto Fred se virou, fechando a braguilha e viu com quem estava falando.

— Achei que você estaria aqui — disse Annie.

Ele tinha geléia rosa no dedinho, que lambeu. De uma forma confidencial, disse para Fred:

— Eu ainda estou para conhecer o cara que não precisa mijar depois de passar por um bom susto.

Freddie fez um movimento, mas foi tarde demais. Annie sabia que a mão direita do seu velho amigo buscaria aquela pistola embaixo do braço. Ele tinha tanta certeza disso que seus movimentos coincidiram. O de Annie foi um gancho de esquerda, que pegou Fred naquela posição vulnerável, atingindo o trapaceiro do Philadelphia fundo na lateral, na altura do fígado. Aquele soco terminou as coisas por ali.

O erro de Annie, se dá para chamar isso de erro, foi ignorar o estranho fato de que Fred Olson carregava uma pistola abaixo de cada braço. O impacto do soco de Annie acertou a pistola de reserva, uma 32 num coldre de camurça, e deu uma baita dor no nó dos dedos. Ao mesmo tempo, fez a pistola bater nas costelas de Fred, quebrando algumas delas, então Fred perdeu o fôlego e os movimentos por vários minutos. Annie foi obrigado a terminar com ele quase que exclusivamente com a mão direita, e foi um negócio mais longo e difícil do que ele havia esperado. Fred mantinha sua cabeça abaixada (não foi a primeira vez que ele apanhou), Annie o colocou no chão e usou seus dois joelhos, como duas toras pesadas de madeira. Quando Fred começou a desmaiar, Annie o segurou com sua mão machucada e meteu um direto no queixo que Manassa Jack teria aprovado. Então foram doces sonhos para Fred.

Entre esses sonhos ele pode ter tido um sobre Annie o puxando até o mictório e enfiando sua cabeça lá dentro. Foi um sonho para Fred, mas um prazer real para Annie. Um prazer também se apoiar na descarga e observar uma onda de bitucas de cigarro molhadas brincar com a garganta de Fred enquanto ele tentava respirar e implorava por piedade.

— Acorde, Freddie — disse Annie, respirando profundamente e olhando para seus dedos. — Acorde, quero conversar com você.

Gorgolejos, gorgolejos para Philadelphia Fred Olson. Annie colocou um pé na lateral do pescoço dele para manter a cabeça do seu velho amigo no mictório. Com o pé ele aplicava pressão. Era uma coisa que Annie tinha muito a aplicar.

— Pode me ouvir, Fred? Oh, Freddie, pode me ouvir?

— Era você ou eu, Annie. — Foi isso o que ele disse, mas mal dava para discernir as palavras.

— Onde está a grana que você ganhou por me entregar?

— Eu perdi — disse Fred. — No Happy Valley. — Que desculpa original. Annie aplicou mais vinte quilos de pressão na lateral do pescoço de Fred. — Oh, Annie. Você está me machucando. Quebra essa.

— A única coisa que vou quebrar é o seu pescoço. Tire o seu cinto de dinheiro. Tire esse cinto agora mesmo. — Annie soava severo e sem dó, e Fred conseguiu fazer seus dedos trêmulos resolverem o problema do cinto mesmo com sua cabeça dentro do urinol. Era um cinto pesado e grosso, e logo que foi desafivelado Annie se inclinou e o puxou como uma raiz. Ele abriu as bolsas do lado e removeu algumas notas dobradas. — Fique aí, Fred. Porque se você se mover vou quebrar cada osso do seu corpinho atarracado. Vou mesmo. — Havia 12 dólares no cinto e dois bilhetes de loteria. Que decepção.

Annie desabotoou a braguilha e tirou o pinto pra fora. Ele queria muito mijar no rosto de Freddie. Queria afogá-lo como um cachorro doente. Mas de alguma forma os mecanismos do seu corpo, cheio de cerveja, álcool e indignação, foram relutantes em responder às exigências do cérebro, que já tinha suspendido seu enorme pênis sobre o rosto esmagado do Fred, enquanto o pé mantinha uma inevitável pressão em seu pescoço. O resto da pessoa de Olson tinha começado uma convulsão no doloroso caminho de volta para a luz da consciência. O velho atendente lia seu jornal, sem prestar atenção. Alguém entrou, provavelmente para mijar, mas saiu imediatamente. Annie não olhou a seu redor. Seu foco estava no seu objetivo, seu sistema hidráulico, a vingança à sua vista, mas os circuitos e válvulas por algum motivo recusavam-se a funcionar. Ele tentou relaxar. Pensou em grandes canecas de cerveja enquanto mirava para o olho trêmulo de Fred.

Funcionou.

Ele pingou nos vários orifícios faciais de Fred, que tentava mantê-los fechados. Mas ele tinha de respirar, então respirava o mijo de Annie. Ele fez o melhor que podia de um mau trabalho, resumindo. Annie estava naturalmente preenchido por um grande sentimento de gratificação bem diferente do inicial e, deixe-nos admitir, uma vaidade bem mesquinha pela humilhação de seu inimigo. Essa era a gratificação da conquista do corpo pela mente. O próprio corpo de alguém, a própria mente. Era uma espécie de sentimento meditativo, fora de si mesmo, que estava atarefado em mirar e manter o peso sobre o prisioneiro que se contorcia. Então, meditativamente, Annie disse:

— Não há nada pior do que um linguarudo, Freddie. Nada pior. Se houver uma próxima vez, garoto, não vou apenas mijar em você.

Enquanto Annie saía do banheiro masculino, o velho chinês olhou para ele, então para Freddie, que ainda estava deitado ali naquela posição incomum.

— O que aconteceu com ele? — perguntou.

— Está apenas tomando um drinque — disse Annie. — Um que eles não vendem no bar. — Ele reajustou seu chapéu. Verificou sua aparência cuidadosamente no espelho; por cinco pilas ele imaginou que poderia demorar o tempo que quisesse.

Quando Annie embarcou no trem a vapor para cruzar até o lado Kowloon (isso é, o continente), a noite havia caído novamente com o peso dessas regiões e com uma suave garoa que relembrava que a grande nuvem negra ainda estava por lá. Mesmo assim, foi prazeroso andar na balsa Star, porque um barco é um barco, e sentir o mar sob seus pés era um prazer. Ele pegou o convés superior, primeira classe (dez centavos), para absorver o perfume do porto, um dos maiores da terra e lotado de embarcações de todos os tipos. A vista do porto Vitória nunca seria demais e, à noite, era extraordinária, porque até a menor sampana tinha por lei de carregar uma luz. A polícia marítima era severa com isso. Eles mesmos andavam em lindas lanchas a vapor; você nunca sabia onde iam aparecer.

A balsa era curvada nas duas extremidades, então não tinha de dar a volta para retornar. Debruçado na amurada a estibordo, Annie se posicionou para inspecionar a maravilhosa aparição que surgia ao longo da estação naval (que era chamada HMS *Athena* no modo singular da Marinha). A grande e bizarra embarcação ancorada lá era o primeiro transportador de aeronaves que Doultry e o resto do mundo haviam visto. A sombra com a silhueta do HMS *Hermes* na noite borbulhante, nublada por neblina e chuva, tinha poder e mistério inefáveis. As luzes de juncos e sampanas se enfileiravam atrás dela, nos pontos onde as pessoas dos barcos conduziam seus negócios com membros da tripulação do navio, uma prática oficialmente condenada, mas sancionada por costume na primeira noite no porto, já que os homens não podiam desembarcar até o dia seguinte. Entretanto, os colhões britânicos estavam ansiosos (apesar de não dar para negar que vários deles eram bichas), e o contrabando de mulheres chinesas a bordo dos navios de Sua Majestade, especialmente os grandes, como o *Hermes*, não era um grande problema se os oficiaizinhos estavam nessa também — e estavam, porque tinham direito à primeira escolha. As garotas fizeram um negócio tremendo naquela noite, com certeza. Eram garotas tanka, gente de barco, mencionadas anteriormente, que eram, por princípio, desprezadas por sua nação como um bando de primitivos, mas eram temidas também, porque tripulavam as esquadras de piratas e eram pessoas que viviam à parte. Até os tempos do terceiro imperador Manchu, não se permitia que os tankas vivessem em terra firme ou mandassem seus filhos para a escola. Por outro lado, muito dos negócios diários da China estavam em suas mãos, porque aconteciam pela água, pelos mares, rios e canais. Então eles eram pessoas que se deveria conhecer.

Havia poucos passageiros de primeira classe na balsa a essa hora, porque os chineses em geral preferiam fazer a viagem por um níquel no convés inferior. Mas alguns deles, junto a Annie, observavam a grande montanha flutuante que era o *Hermes* com interesse, e talvez estivessem impressionados por seus presságios. Porque o barco havia navegado meio mundo para se juntar ao esquadrão da China e combater os piratas, cujos espiões estavam agora a bordo dele, trepando com a tripulação.

Havia um bar em Mongkok que Annie costumava freqüentar. Ele entrou silenciosamente no lugar. Havia poucos lugares nesta terra de Deus nos quais podia-se achar bares mais toscos do que esses em Mongkok, no distrito da luz vermelha de Kowloon. O estabelecimento era escuro como o pecado e bem mais assustador, a penumbra era aliviada apenas pela luminescência dos rostos que se viravam para olhar Annie e todo seu tamanho surgindo entre eles. Rostos assustados, homens de um olho só, indivíduos com cara de pilantras uniformemente entretidos no negócio de turvar o tédio de seus medos, sua apreensão pelo terror da vida. O bafo de ópio espalhava-se inexoravelmente da sala além da cortina nos fundos e ficava lá entre os outros odores, como uma mortalha de esterco evaporado.

— Onde está o gorducho? — perguntou Annie ao *bartender*, que estava lentamente secando um copo com um trapo. Ele retornou o olhar de Annie com olhos como buracos de gorgulho num pedaço de queijo holandês. Ele não era chinês; era o rosto de algum arquipélago entre as águas perdidas do grande oceano sem nome que os chineses desprezavam e detestavam, e o qual alguns exploradores ocidentais encharcados de sentimentos religiosos chamaram de Pacífico. Com uma dicção clara, Annie repetiu sua pergunta. O *bartender* fez um movimento imensamente lúgubre com sua cabeça, indicando a sala dos fundos.

O gorducho estava sentado num banquinho, fumando um charuto e tendo sua cabeça massageada por uma pequena mulher filipina. Era uma cabeleireira; dava pra ver pelos pauzinhos que usava no coque em seu cabelo oleoso. O gorducho estava todo enrolado em algum tipo de tecido, sua figura obscura era reforçada pela fumaça do seu charuto vulgar, que se misturava à nuvem de ópio como graxa em óleo de cárter. Ele sorriu para Annie. Era um sorriso inconfundível, enquanto o capitão diligentemente lhe fez uma pergunta em seu cantonês rudimentar. Entre as quatro paredes do pequeno quarto sem janelas, espalhavam-se figuras fumando ópio. Dois ou três garotinhos corriam entre as pernas, como ratinhos, atendendo os fregueses.

— Ela está lá em cima — disse o gorducho a Annie; falou com seus olhinhos brilhantes, virando para cima em seus eixos. Annie seguiu para as escadas no fundo, pisando leve e delicado como se fosse uma grande criatura peluda evitando acordar os reinos dos sonhos que repousavam entre aquelas paredes. A escada era estreita. No topo havia uma porta na qual várias folhas de rezas, sinais e avisos para os deuses protetores estavam colados; vermelho, preto e rosa. Foi nessa porta que Annie bateu.

Uma mulher abriu. Ficou parada lá num *cheongsam*, que era uma caricatura, estreito como as dobrinhas de sua pele, a roupa aberta do lado, onde a bacia aninhava-se em seu sensual enchimento. Ela apoiou o peso na perna em questão, para que então sua pele brilhante se manifestasse como manteiga numa batata doce para dominar a visão periférica de Annie enquanto seu rosto sorria para o dela.

— Olá, princesa. Como está?

Ela deu um tapa no queixo dele com sua mão direita. Apesar da mão ser pequena e macia, a postura dessa jovenzinha deve ter sido criada tanto para esmurrar como para fazer propaganda de seus encantos, porque balançou a famosa mandíbula de Annie, e involuntariamente ele levou sua mão até o lugar atingido, com um gesto tão delicado quanto o dela foi bruto. Suas sobrancelhas se levantaram sobre seus belos olhos, que tinham uma dor apropriada.

Enquanto ficava em frente à sua porta, o rosto elegante de Yummee era de um aspecto verdadeiramente hostil: amplo como uma canoa de pesca de filipino entre as bochechas delineadas, afunilando drasticamente acima e abaixo para sugerir a forma losangular de uma fruta paiachi, suas narinas dilatadas e seus lábios carnudos tão contraídos que manchavam seus dentes brilhantes com seu gorduroso batom de Hong Kong. Sua respiração estava curta e acelerada com a corrente de doce adrenalina. Ela cuspia veneno a cada palavra, que dizia de uma forma a expressar seu ódio por essa língua que as circunstâncias e sua profissão obrigavam-na a empregar.

— Está atrasado — disse ela.

— Querida, me desculpe. Meu barco quebrou.

— Meio ano atrasado. Desgraçado do caralho! — Parecia que ela iria bater nele novamente, mas se satisfez com o vacilo de Annie e redirecionou sua violência às palavras. Elas saíram esguichando daquela boca angelical, disparadas e sem freios, protestos gritados, gotas de saliva perolada escorrendo por seu rosto como orvalho sulfuroso.

— Você diz: "Oh, eu apareço amanhã de noite!" Oh, vou cortar seu rosto, senhor! Talvez tenha maus bocados, vai ver só! Onde está a porra do meu dinheiro? Onde, onde, onde? — Aquela pequena mão perfumada com sândalo apontava abaixo do seu nariz. — Onde está a porra do meu dinheiro? Seu desgraçado do caralho!

— Está no meu sutiã — disse ele com aquele adorável olhar de soslaio com o qual enfrentara mulheres por quarenta anos (Annie reconhecia, era mais ou menos uma batalha — ele era velho demais para ser criança, sujo demais para ser um santo.).

— Não tente enrolar! Você tenta enrolar o tempo todo, agora sou eu que vou enrolar! Vou tirar sarro, oh, sim, talvez um dia você acorde com seu pau gordo cortado fora, oh, sim, Annie, oh, sim, oh, SIM!

Ela tinha tanto prazer nessa possibilidade que involuntariamente sorriu também, um sorriso de prazer e um prazer para qualquer um que o visse, mesmo Annie. Ele aproveitou a oportunidade para passar por ela — seu peito raspando nos seios generosos dela —, entrando no quarto, o quarto tão familiar.

— Parece legal — murmurou ele para os lençóis de seda que se penduravam por todo lugar na obscura decrepitude das paredes. — Parece legal, parece uma delícia. — Uma pequena lâmpada verde banhou seu sorriso numa luz misteriosa enquanto ele se sentava na cama envergada e se deitava com um suspiro de grande satisfação. — Quando a diversão começa?

— A diversão já começou. — A mente de Yummee era veloz como uma faca descascando. Ela sabia que ele iria anunciar em seguida que estava com fome. Fosse empanturrado como um sapo ou vazio como um poço, o estômago desse homem era pai do seu comportamento, e sua genitália era a mãe do resto, na opinião de Yumee. Lembre-se de que esse era um comportamento que quase todo mundo exposto a ele considerava inteiramente imprevisível, então poderá apreciar o quão perspicaz era essa mulher.

— Escute, querida, estou com fome — disse ele.

— A única coisa que tenho pra você é veneno.

— Então tá. Me traga um prato de veneno e uma garrafa de schnapps, querida. Cortadinho, o.k.? — O sorriso dele brilhava no recesso da cama dela, sombreada por seus caóticos lençóis. — Yummee, se você não me der algum rango, eu vou dar uma mordida bem nessa sua bundona, coração. — A saliva escorria através dos suspiros entre cada palavra. Em filipino, ela pensou: "Esse cara é incorrigível. Minha mãe me avisou sobre ele, e a deusa Tsai-ah-Mieu também." Depois de pensar, ela fechou a porta e caminhou rebolante pelo quarto até a cama. Lá, de pé, olhando para ele (num ângulo que ela preferia em sua relações *vis-à-vis* com todos os homens, fossem malvados ou bonzinhos), ela se esticou até a corda de um sino e puxou-a.

Um grande e lânguido dedo pousou como uma borboleta na coxa suculenta exposta pela fenda no *cheongsam* dela.

— Tire essas mãos sujas de mim — gritou ela.

— Princesa, posso explicar tudo.

— Tire essas mãos sujas fedidas de mim.

— Princesinha. — Os dedos, escrupulosamente lavados para a ocasião, cada unha cortada e polida, fizeram seu trabalho sujo.

— Minha pequena Yummee, senti saudades. Muitas. Senti saudades do seu cheiro. Você sabe, nunca conheci uma garota que tivesse um cheiro tão bom quanto o seu. Quando estive lá em Java, procurei por todo canto esse perfume. Não consegui encontrar. Percebi que não era perfume, era apenas você. Yummee, me diga algo bom. Acabei de viajar duzentas milhas para ouvir e sou um homem cansado.

(Pausa aqui; as borboletas pesadas ficaram ainda mais pesadas, mas ainda suaves, a pequena mulher substanciosa ficou parada com sua mão longe da vista, afundada na fenda do *cheongsam*, criada em Hong Kong para esses propósitos.)

— Sou um homem cansado. Então vejo você, querida. E agora não me sinto nem um pouco cansado.

A cama estalou com sua velha armação de metal enquanto ele se levantava em ação com seu estômago faminto e sua grande e obscena boca. Annie estava trabalhando novamente. Com um giro experiente do pulso, destinado a trabalhos mais pesados, ele abriu ainda mais a fenda do *cheongsam* para expor toda a atraente coxa. Sem nenhum movimento perceptível, as pernas dela estavam agora definitivamente abertas, e sua musculatura era irresistente e borbulhante, como se não suportasse mais seu peso. De certo modo, ela parecia flutuar no ar bolorento como um grupo de balões. Evidentemente, a lambida atrevida no interior de seu joelho esquerdo contribuía para que ela se mantivesse em pé, como em breve contribuiria para sua queda.

Quando aconteceu, foi mais um flutuar do que uma queda. A mão esquerda de Annie estava completamente ocupada, cada dedo tocando uma nota separada sobre a delicada complexidade de sua xaninha, então deve ter sido a direita que deslizou para baixo de sua bunda e a elevou, flutuando com ela para a cama — ou mais precisamente, sobre Annie, sobre sua grande barriga, os músculos vigorosos por baixo para proporcionar o conforto de um grande colchão de carne celta. Um gemido ininteligível veio de Yummee enquanto ela decantava-se sobre ele. Podia ser uma reza para uma de suas deusas, ou uma ameaça.

Um garoto entrou no quarto. Usava uma maquiagem bem elaborada, vestia-se em pijamas verdes de seda, seu cabelo era incomumente longo e penteado da forma lisa que se destinava a identificá-lo como um homossexual. Yummee já estava nua nessa hora, sentada sobre o corpo amorfo de Annie, que não havia se mexido, apesar dela ter aberto todos os seus botões, da camisa e das calças. Ele estava lá deitado, aberto para o ar quente e as mãos frias, como um grande e carinhoso peixe simbolicamente aberto pelo ventre, pelos dedos de uma sereia oriental. Roucamente, ele pediu ao atento rapaz para trazer uma tigela de *chop suey* e algumas garrafas de Tsingtao.

Ela era indiscutivelmente uma mulher gordinha. Mas sua educação, sua umidade, sua devoção à sua arte do corpo — e para o que devemos chamar dos aspectos espirituais disso também — a tornavam excepcionalmente atraente para Annie Doultry. Era uma mulher que tinha feito tanto amor, desde a tenra infância avançando sem intervalos por uma vida devotada somente a essa prática, que ficava completamente à vontade no universo da luxúria, como um pescador no mar ou um fazendeiro em seus campos. Por outro lado, se ela era impossibilitada pelas circunstâncias de fazer amor por oito ou dez horas por dia, ficava rapidamente irritada. Sem dúvida era porque Annie a mantivera esperando desde as sete horas, quando ele prometera chegar, que ela estava num humor tão terrível quando ele apareceu, às dez. Essas três horas de impaciente inatividade, nas quais ela poderia estar trepando, eram o motivo de seu péssimo temperamento, mais do que os seis meses de suposta "espera" aos quais ela atribuía isso.

Annie fez tudo o que pode para fazer as pazes. Conseguiu. Ela disse que aquelas palavras feias eram todas fingimento, porque seus sentimentos haviam sido feridos. Ela não disse que o amava, mas disse outras coisas que queriam deixar claro que era esse o caso. Ela também deu um banho nele.

Deitado na banheira da Yummee, Annie procurou a Austrália entre as incríveis falhas na pintura do teto. Aliviado de não encontrá-la, seu olhar passeou por visões familiares: a luz rosa refletida no espantoso emaranhado de canos, o barulhento aquecedor de água, seu resplandecer de dragão com a chama de gás bem visível para quem ousasse espiar em sua boca. Yummee instalara essa novidade para impressionar a clientela. Fora sugestão de Annie quando eles se tornaram amigos. Custara bastante dinheiro, mas ele estava certo: o negócio prosperara. Foi então que ele começou a ganhar trepadas grátis, e um adorável sentimento de ter feito por merecer. Yumee tinha três ou quatro garotas trabalhando para ela na casa da Lun Fat Street; estava expandindo, tanto nos negócios quanto no sentido físico. Ela devia ter perto de trinta anos, afinal, e merecia o sucesso depois de tanta devoção a uma profissão para a qual ela havia sido vendida por seu pai, que era um fazendeiro em Luzon, quando a fome de 1906 chegou. O fato de ela ter conseguido escapar (ou possivelmente ter comprado sua liberdade) de um bordel em Manila era um sinal que suas deusas tinham boa vontade em relação a ela.

Outro sinal havia sido o marinheiro norueguês que a tratara com dignidade e havia dado a ela uma amostra do sentimento de uma raça estrangeira. Ela aprendera que, diferentemente dos clientes chineses ou malaios ou filipinos, os brancos desejavam um toque de sentimento, ou ao menos um fingimento desse toque. Era uma tradição para eles, aparentemente, o que podia estar ligado com sua religião cristã e todas essas exortações sobre amor, ou talvez tivesse algo a ver com suas mães. Ou talvez as mulheres brancas em geral possam ter sido responsáveis por esse desejo de seus homens por um tipo especial de mentira. O que quer que fosse, Yummee investigara e aprendera a encenar os rituais que esses homens secretamente desejavam. Ela dava a eles um toque de sentimento, vestido com a pele da Ásia.

Annie percebera tudo isso, claro. Yummee não era do tipo introspectivo. Mas quando Annie deitava-se em sua banheira, uma velha banheira esmaltada de um tom esverdeado com sulcos de ferrugem como se fosse uma pele antiga, ele às vezes pensava sobre mulheres de uma forma grandiosa, como se fosse um paisagista. Em outros momentos ele deitava-se lá, abaixo do olhar do dragão, e refletia, com uma grande particularidade, sobre aquelas mulheres especiais e memoráveis que haviam contribuído, ou atrapalhado, para torná-lo o que ele era.

As mãos sensíveis de Yummee estavam na banheira também, afundadas nas águas escuras, como se para ajudar Annie nessas questões de memória. Nesse momento, as mãos estavam gentilmente acariciando o enorme, mas ainda relativamente flácido, órgão sexual de Annie. O sabão irritava seu nariz, a espuma que evaporava; o rugido do dragão, o jato quente da torneira de metal toda verde em suas juntas como os ossos de um marinheiro. O peixinho que era o dedo indicador de Yummee passeou por baixo de seu saco, trazendo uma curiosa flutuação para a máquina toda — uma máquina que tinha uma gravidade específica, levemente mais pesada do que a maioria, graças a Deus. Annie havia observado algumas vezes as partes sexuais de outros homens que flutuavam sem vergonha na água da banheira e sentia uma profunda gratidão pela sua ser feita de um material mais pesado. Uma vez, numa casa de banho japonesa, ele olhou para uma legião inteira de paus bem pequenos flutuando como peixes pelas águas. Que piada! — uma piada que ele dividiu com Barney, apenas para ver alguns dias depois, nessa mesma banheira da Yummee, a pontinha escura do prepúcio do Barney flutuando em flagrante na superfície da água.

A água do perdão espalhava seus poderes sobre Annie. A barra oval de sabão Wright's na mão dele era um instrumento de prazeres inenarráveis. O vapor. O piano do desejo. A máquina de Annie se aquecendo aos poucos.

Ela entrou na banheira. Aos poucos, foi se sentando sobre o pilar de sua sabedoria.

— Sua puta — ele respirava em seu ouvido úmido. A água espirrava nos azulejos. Sobre a ilha de Hong Kong, a grande nuvem negra também abriu seu ventre e admitiu a luz das estrelas.

Na cama dela, ele disse:

— Eu nunca poderia realmente ficar sem você. Pensava em você, Yummee. Tive um sonho com você. — Ele pegou sua cerveja do chão. — Sonhei que você era uma manga. Com as asas trêmulas de uma mariposa. — Ele se deitou de costas. Tomou sua cerveja, seu conforto, a cabeça dela em seu ombro. Suspirou. — Fico triste em pensar que devo partir novamente tão logo. Vou sentir falta da sua risada. Vou sentir falta de ver sua bunda balançar quando você sai da cama de manhã e corre para o banheiro.

— Minha bunda não é grande demais?

— Claro que não. — Ele segurava metade dela com sua mão direita. —Yummee, eu devo a você, o que, quase seiscentos dólares?

— Você não vai me pedir mais?

Annie ficou em silêncio por um tempo. Terminou a garrafa, jogou no chão, ela rolou pelas tábuas. Abaixo, na toca de ópio, os olhos estupefatos de um bancário se viraram para o teto; ele imaginou ter escutado um trovão distante.

Annie disse:

— Que tal, talvez, uns duzentos? Para consertar meu motor? O motor do meu barco, quero dizer.

— Que bosta você é! — disse Yummee. Mas um pouco depois ela passou um punhado de notas velhas para ele. "Um dia!", disse ela a si mesma.

CAPÍTULO 3

SEA CHANGE

Na manhã seguinte, Yummee dormia sobre ele como um cachorrinho esparramado. O robusto Annie deslizou de baixo do deleitável corpo dela. Ele não a acordou, não importava o quanto quisesse. Ele tinha um dever a cumprir, e duzentos dólares para fazer isso. Porque Annie havia tomado como certo que seu leal, mas não confiável melhor amigo, Barney Hudson, teria cuidado mal de seu navio enquanto Annie morgava na prisão. Mas um homem do mar como Annie não é ele mesmo sem um navio, e agora, com os ossos tardiamente chacoalhados por Yummee, ele tinha o palpite de que um barco seria necessário.

Senhor, Annie disse para si mesmo, algumas centenas de metros à frente — porque ele havia visto o contorno das velas de sua embarcação no porto, e isso o agitava tanto quanto a memória de Yummee. O *Sea Change* fora construído em Gloucester, Massachusetts, em

1892, uma escuna de dois mastros, 92 pés de comprimento, 24 pés de largura. Havia navios mais rápidos, e mais bonitos, talvez; mas nenhum deles pertencia a Annie Doultry. Ele adquirira o *Sea Change* em Portland, Oregon (foi uma vitória no jogo; mas essa é outra história), depois que o navio navegou o Horn pela aventura do ouro no Klondike, em 1897.

Mas quanto mais próximo do *Sea Change* Annie chegava, mais seu coração afundava. Ele calculava que o navio não havia navegado mais de dez dias em seis meses, e um navio tem memórias. O *Sea Change* estava emaranhado em tristezas, como se houvesse tecidos úmidos pendurados em seu cordame flácido. A pintura do casco estava descascando. Nenhum mínimo polimento foi feito no convés. As lonas pareciam estar em farrapos. E quanto ao motor? Annie suspirava, porque o motor era o coração do navio.

— Não há porra nenhuma de errado com aquele motor, Annie — disse Barney. Bernardo Patrick Hudson era um sujeito negro e alto de Tupelo, Mississippi, que foi criado no rio. Mais tarde, em Nova Orleans, ele se encrencou e fugiu. Annie o encontrara nas ilhas Salomão, onde Barney ficou bem doente e tinha ficado em má forma. Talvez ele tivesse só quarenta anos, como dizia, mas parecia bem mais velho.

Annie o aceitou para ajudar no convés. Sendo o tipo de filho-da-puta que era, Annie tentou fingir que o fazia por caridade. Mas na verdade era porque Barney podia afinar um piano e tocar também.

Estavam a bordo do *Sea Change*, ancorados no píer norte do abrigo de furacões Yaumatei. O abrigo era uma construção nova, um tipo de porto artificial com fortes e altos quebra-mares de granito de Hong Kong, cercando-o por todos os lados. Já estava abarrotado de juncos de todos os tipos, cada um sustentando uma família inteira, um clã inteiro — tanto no sentido econômico como no físico. O abrigo de furacões já havia se metamorfoseado numa abarrotada vila de juncos com alguns velhos lorcas — mercadores do tipo dos portugueses, que carregavam produtos chineses, velas e por aí vai — e poucas, muito poucas, embarcações ocidentais. Lanchas a vapor não gostavam de atracar em Yamatei. Era um lugar para juncos, pescadores — e para alguns poucos caras como Annie Doultry, que não podiam pagar para atracar em Wan Chai.

O céu estava aberto para o sol escaldante. A nuvem negra havia partido. O ar estava quente e, como de costume, excessivamente úmido; havia uma certa brancura nele — era uma vasta neblina translúcida carregada com a umidade que a nuvem negra havia deixado como lembrança. Barney estava sem camisa, sua negritude brilhava como um réptil. Ele era magro como um fio de arame.

Annie Doultry sentou-se no balaústre e contemplou a embarcação que era seu pai e sua mãe. Estava bem gasta. Ele podia sentir o cheiro também. Parecia zangado como o inferno.

— Seu filho-da-puta — ele reclamava para Barney. — Você podia ter ao menos tentado manter a porra dos metais limpos.

Barney riu. Tinha um martelo em sua mão. Com ele, batia numa latinha até ficar aproximadamente plana. Estava em sua vigésima lata nessa manhã, mas não parou. Sua martelada reforçava o ritmo da sua risada, que tinha um certo tinir, de qualquer forma.

— Ei, Annie — disse ele. — Ei, meu homem, meu capitão. Deus tenha piedade! Você nem mandou uma porra de um cartão-postal, Capi. — Ele socava a latinha, segurava-a com um alicate. Na porta ao lado, na amurada de um junco cheio de peixe secando de uma ponta até a outra, algumas crianças brancas observavam os acontecimentos à bordo do barco dos brancos com fascinação.

— Seu filho-da-puta — disse Annie. — Você podia ter ido me fazer uma visita. Era o mínimo que você podia ter feito.

Barney continuou segurando e batendo em suas latas. Ele tinha um saco cheio delas. O suor escorria pela sua testa, era filtrado por suas costeletas ralas e se acumulava em poças nas concavidades de sua clavícula. Seu corpo todo parecia gasto por um tremendo oceano onipresente.

Annie esfregou sua bússola com seus dedos e olhou para ela como uma velha empregada procurando pó. Ele se moveu para a porta da cabine, desceu as escadas e ficou olhando. Cheirou. Entrou. Seu lar. A mesa dos mapas, sua cadeira especial, seu sextante no estojo, sua cama, as fotos de cartões-postais, as fotos de seus filhos. Seu piano.

— Você andou carregando ópio, certo, Barney?

A martelada continuou. Annie fungou algumas vezes mais. Para um leigo, a mistura de odores — o cheiro forte da galera a alguns pés à frente, de óleo *diesel*, de tinta, de parafina, de madeira velha — poderia ter sido capaz de mascarar aquele odor particular.

Annie saiu da cabine. Andou em direção à clarabóia e olhou para Barney, que havia parado de rir. Estava concentrado no trabalho às suas mãos.

— Tivemos uma longa discussão, Barney. Concordamos, nada da porra de ópio. Não na porra do meu barco, Barney. Já tive problemas demais. — O estado eufórico de Annie, que curtia o prazer da liberdade, estava começando a voltar ao normal. Ele estava ranzinza. Homens do mar costumam ser ranzinzas, porque é uma vida dura.

Barney ficou de pé. Com um metro e noventa, era mais alto do que Annie. Com o martelo em sua mão, sua energia vibrante e seu rosto ashanti, cheio de cicatrizes, sem falar na sua expressão de indignação, ele tinha uma aparência de ferocidade. Se algum gene branco poluía seus cromossomos, foi tudo mantido em segredo por sua fisionomia. Ele disse:

— Seu barco? Sua porra de barco? Do que você está falando? Este barco aqui é meu. Do que você está falando?

Annie apenas olhou para ele. Barney estava batendo em seu peito:

— *Minha* porra de barco, cara.

— Barney, você está tendo um dos seus delírios?

— Não, não estou tendo um dos meus delírios. Você apostou comigo esta porra de barco, Annie. Vai dizer que não apostou comigo este barco?

Annie deu ao homem o benefício de seu olhar neutro. O olhar dizia:

— Barney, você está louco, está pronto para o manicômio.

Barney balançou a cabeça vigorosamente ao seu olhar e à alegação implícita.

— Não, sinhô. Não, sinhô. Você está tentando me passar o calote. Não vou levar essa, filho-da-puta. Você apostou este barco, Annie. Eu disse que você ia se ferrar, eu disse que esses filhos-da-puta iam te vender para a porra dos tiras, eu podia sentir. Merda, eu te disse.

— Eu te disse, eu te disse — Annie o imitou, sorrindo. Ele estava começando a curtir aquilo.

Com seu martelo, Barney apontou para o céu branco e fez uma súplica para seu proprietário.

— O Senhor é minha testemunha, o cara apostou a porra do barco. Ei, esse sujeito está tentando fugir de uma promessa, Senhor. O que faço com ele? — Seus olhos brilhantes pediam uma resposta. Talvez ele tenha conseguido uma, porque ficou calmo. Então tirou seu chapéu, arrancou uma fita e tirou um pedaço de papel dobrado. Era uma página arrancada do caderno de Annie escrita à lápis. Barney a segurava bem longe do rosto e lutou para conseguir ler. Numa voz como a de um pastor, que ecoava pelo abrigo de furacões, ele leu:

— Prometo pagar um barco para Bernardo Patrick Hudson se não der a ele os mil dólares de Hong Kong do acordo com o marechal Sun — seja qual for o nome daquele desgraçado. — Pausa. — Então diz, "A. Doultry".

— Não é minha assinatura. Você esqueceu minha assinatura.

— Essa não é sua assinatura? — Barney colocou o papel amassado sob o nariz de Annie. Com um gesto impressionantemente rápido de sua mão esquerda, Annie o agarrou; desapareceu em seu punho. — Não. Não é minha assinatura. Aquilo parecia com a letra de um bêbado cego, e é um fato conhecido que eu nunca bebo, está certo?

— Me dá isso — ofegou Barney, levantando seu martelo com um gesto grotesco.

— Claro — disse Annie, e jogou a pequenina bola branca no mar.

Barney permaneceu congelado em sua pose violenta, como a estátua de algum herói da mais negra das áfricas, usando seu chapéu. Os vizinhos dos barcos dos dois lados estavam lotando as amuradas para ver a diversão.

— Barney, Barney — murmurou seu capitão. — Você não pegaria meu barco, pegaria? Merda, eu não acredito nisso. Dar meu barco para um crioulo desgraçado. — Ele sacudiu a cabeça também, seus olhos cheios de lágrimas. (Como ele fazia isso? Era um truque? Ou perturbação genuína?) — Merda. Sete anos. Olhe o que fiz por você. Salvei seu couro inúmeras vezes. Você não tinha nem onde mijar.

Barney abaixou o martelo e sentou-se na clarabóia.

Annie disse:

— O que você fez por *mim*? — O ar de repreensão em seu rosto não era perdido pela platéia. Um murmúrio de simpatia era audível na língua tanka (porque claro que os ciganos do mar tinham sua própria língua, como todos os povos da China). — Você nunca me deu porra nenhuma.

Barney levantou o olhar para ele.

— Por que eu deveria te dar algo? Você é um branco, Annie. Nunca dei nada a um homem branco em toda a minha vida. E nenhum homem branco nunca me deu coisa alguma.

Annie puxou um maço de Woodbines e acendeu.

— Sabe de uma coisa? — continuou Barney, esquentando a conversa. — Eu não te emprestaria um dente da minha boca se você estivesse morrendo de fome. O que você já me deu? Uma porra de um beliche? Cheio de baratas? E um piano para eu afinar? Por sete anos? E zombando? E contando piadas? — Havia uma esperteza em sua voz agora. — Cozinho bem sua comida? E fui pago? Quer me dar algum dinheiro? — Seu queixo projetou-se para frente. Estava tremendo. — Você me deve dinheiro, filho-da-puta. Aqui, eu anotei tudo.

Annie inclinou-se contra o mastro principal e suspirou. Dali em diante os acontecimentos eram previsíveis, sempre os mesmos: Barney tirava seu chapéu novamente — estava fossilizado e preservado em sal — e retirava de dentro dele, de dentro do enchimento suado, que era propositadamente folgado, um pequeno caderno de papel, o menor que podia se achar, azul, todo amassado e com as páginas amarelas. A paciência de Annie estava acabando, e quando Barney abriu a boca para recitar as más notícias, seu capitão acenou largamente para Hong Kong e todos seus feitos dizendo:

— Barney, você será pago em breve. Você será pago tão breve nós consigamos algum dinheiro.

— Esqueça o pagamento. Este barco aqui é meu, cara, você está no meu convés. Vou te pedir com jeitinho, agora, para assinar a porra dos papéis, os papéis do navio, porque essa porra é minha, cara, é *minha*. Aquele acordo foi uma aposta legal, cara. Foi legal.

— Barney, você não está olhando para o mundo real, meu amigo. Não há nada legal num crioulo em Hong Kong. Eu poderia atirar em você aqui mesmo e jogar a sua carcaça negra desgraçada nesse porto, na frente da estação da polícia marítima, e os meninos iriam apenas sorrir e olhar para o outro lado. O que me impede?

— Nada, exceto minha navalha.

— Eu poderia atirar em você enquanto dorme.

— Você não tem colhão para atirar em mim.

O sol ficou mais forte por trás dos vapores, transformando-os numa névoa translúcida. O suor pingava do nariz de Annie enquanto ele esperava, com os braços cruzados. A malha de músculos de Barney parecia ter sido transformada numa caixa preta de ossos enquanto ele se sentava olhando para o leste (por cima dos telhados de Kowloon) no clarão onde o oceano começava.

— Agora eu vou para Los Angeles — disse Barney. — E vou vender o barco. Ou em San Diego; conheço um sujeito lá. Vou vender, madeira e lonas e tudo dentro. E vou pra casa. Vou comprar para mim um pequeno lugar naquele rio. Rio do Cachorro Morto, é como chamam.

Annie apenas olhava para ele. Barney tinha esses ataques, quando enlouquecia.

— Não vou ficar por aqui — sussurrava ele para os rostos das crianças no amurado do junco ao lado, aquele com peixes à mostra. — Ou vou acabar numa dessas tocas de ópio. Vou pra casa.

— Seu idiota — disse Annie. — Eu te disse para largar aquele ópio.

— Onde íamos conseguir dinheiro então?

— Eu poderia ter feito um grande negócio com aquelas pistolas — disse Annie.

— Seu filho-da-puta. Você as roubou. Você as roubou do Exército Americano — disse Barney. — Agora o bom filho à casa torna.

Barney sabia como afinar o piano. E sabia como tocar também. Ele podia tocar as notas graves e Annie tocava as agudas e às vezes quando o mar se acalmava eles tocavam piano a tarde toda. Mas o calor e a umidade podiam ferrá-lo para valer. Era um Brinkerhoff, feito em Jackson, Michigan, e tinha um adorável tinir que combinava com a acústica da cabine. E aí estava uma coisa engraçada: Barney havia tocado pianos em barcos a vapor pra cima e pra baixo do rio por toda a sua juventude, até entrar em apuros, e era ele que tinha ouvido, com o tom perfeito. Mas não se importava se estava um pouco desafinado; era Annie quem se importava.

— Barney, você toca o piano *stride* melhor do que qualquer filho-da-puta a oeste de São Francisco, não importa a cor — disse Annie.

— Você não vai me convencer a sair deste barco puxando o saco, cara. Você está falando sobre o *meu* piano agora, não se esqueça disso, filho-da-puta.

Lá de longe, Annie notou a pequena e aparentemente frágil mulher cega que parecia vir diretamente em sua direção. Por quê? Para começar, porque ela era pálida como a lua depois da chuva, mas também porque sua ausência de visão parecia tornar tão perigoso o caminho que ela seguia, e mesmo assim ela caminhava com segurança entre rochas e bancos de areias.

— Capitão Doultry — disse ela, quando esbarrou nele. Não havia nenhuma dúvida na fala dela, apenas o fato de tê-lo encontrado.

— O que é? — disse Annie. De perto, ele viu que ela era muito mais velha do que parecia.

De dentro de sua jaqueta, ela tirou uma velha caixa de fósforos — era uma caixa vesta, para fumadores de cachimbo.

— Para você — sussurrou ela.

— Eu não fumo, mãezinha — disse Annie.

— Não é fumo — disse a velha.

Não era mesmo. Annie pegou a caixa. A mulher a entregou tão rapidamente que ele se perguntou se ela esperava uma explosão. Mesmo assim, Annie abriu a caixa e encontrou um velho amigo: era o cadáver de sua barata. Dempsey, cor de bronze, uma relíquia. E ao lado do cadáver perfeito, havia um pedacinho de papel.

Os dedos grossos de Annie abriram o papel e ele foi capaz de ler não muito bem, escrita a mão em tinta preta, essa instrução:

— Capitão, senhor, sua presença é requerida na Casa dos Estranhos Sonhos, em Soarez Street, Macau. Estou esperando.

Determinado a não se sentir alarmado, Annie embarcou na balsa da tarde para Macau, rindo para si mesmo da forma como cada pensamento sombrio surgia através da cidade medonha — a cidade mais desenfreada do oriente, aquela onde as coisas podiam acontecer. Macau era um lugar onde o jogo parecia implícito na curva de cada rua e na impassividade de cada rosto. Apenas quarenta milhas a oeste de Hong Kong, era sua antítese. Considerando que Hong Kong fingia seguir a ordem inglesa, Macau era informal e hedonista como os portugueses que a possuíam. Era a conquista européia mais antiga na Ásia, e a mais pervertida. Não havia um homem ou mulher, que houvesse se aventurado no leste, que não tivesse cicatrizes, tesouros ou piadas de humor negro que não terminassem com aquela única palavra de explicação: “Macau.”

Como uma bola numa roleta, Annie nem teve de decidir seu próprio caminho. Um menino de nove ou dez anos, mas sem as orelhas (uma crueldade comum, sem dúvida), veio até ele quando ele saiu da balsa, segurou seu braço e o guiou pelas ruas lotadas. Depois de cinco minutos, eles estavam do lado de fora da Casa dos Estranhos Sonhos. Annie maravilhou todo o pessoal de Macau que se recusava a acreditar na sua entrada.

Ele ficou lá, no saguão, onde ficava o balcão de troca de moedas. O homem do caixa ofereceria uma grana pelo seu relógio, venda ou penhor, ou em jóias, câmeras, qualquer coisa assim. Duas garotas em *cheongsans* vistosos (praticamente um uniforme para mulheres bonitas) estavam pedindo dinheiro em troca de um par de brincos. Havia numerosas mulheres de todos os formatos e tamanhos. Cabelo curto parecia ser a moda. Annie olhou em volta da sala, cheia de fumaça, fumaça de ópio do andar de cima, e o murmúrio passional dos jogadores.

A maioria deles era muito pobre; alguns eram cules e trabalhadores das docas, com corpos notáveis por sua escassez de músculos. Eles deixavam seus chapéus de palha em estacas descuidadas pela parede enquanto jogavam com centavos, ao lado de fazendeiros que haviam vindo à cidade para uma farra de um mês, soldados de folga, e velhos em gastas roupas de seda, que não conseguiriam chegar até o segundo andar. O segundo andar era a primeira classe; pagava-se dois dólares só para entrar lá. O menino sem orelhas estava de pé na escada, seu rosto esquelético brilhando, chamando Annie de uma forma ansiosa, impaciente.

Annie ignorou o menino. Ele escutava os murmúrios impenetráveis, o ruflar do dinheiro, o sibilar do papel. Ele se aproximou da mesa. Só havia uma, mas tinha dez metros de comprimento. Oito crupiês assistentes — *loki*, eles eram chamados — ficavam dispostos ao lado, cada um com um caixa. O chefe do caixa e o próprio crupiê, ambos muito velhos, sentavam-se de uma forma quase mitológica na cabeceira.

Abrindo caminho entre a multidão, Annie observou um grupo de marinheiros europeus debruçados na mesa em poses exageradamente agressivas, como num musical, com aquelas calças apertadas, um uniforme que os unia, apesar de serem de vários países diferentes e vários navios. Dois eram garotos da Marinha Francesa, com pompons vermelhos em suas boinas. Havia um holandês, alguns boches, portugueses, escoceses, quem sabe o que mais? Eles eram mercadores do mar vadiando com sua grana, bêbados como gambás, com um círculo de adoráveis mulheres em *cheongsam* com cabelos curtinhos acariciando-os, passando a mão na bunda deles.

Homens do mar. A palavra fez Annie sorrir.

Ele gostava de assistir o fan-tan. Nunca havia jogado. Annie nunca apostara. Essa era sua história. Nunca jogava cartas; nem apostava em cavalos. Apostou em baratas, é verdade, mas isso foi na prisão, um caso especial, um caso de desespero. E uma vez ele havia apostado num cachorro, um galgo. Mas essa também era outra história, uma longa história.

Entretanto, o fan-tan algumas vezes o tentava, porque era um belo jogo. Parte de seu charme estava em sua límpida simplicidade, parte em seu acordo rigoroso com as leis da sorte, parte em seus rituais de justiça.

O buraco no teto, por onde as pessoas ricas olhavam para baixo, para as pobres, era parte disso tudo. Annie olhou para cima. Ele podia ver seus rostos, se inclinando no corrimão. O buraco era retangular e longo, exatamente do mesmo tamanho da mesa. Os atendentes lá em cima deixavam as apostas da nata dos apostadores em pequenos cestos em longas cordas. No meio de todo o caos, ou aparente caos — até que o soar do sino trouxesse silêncio e o crupiê levantasse o copo de prata e começasse sua contagem decisiva — os cestos caíam como pássaros feridos, na frente dos assistentes dos crupiês, cada um no seu lugar, perante uma travessa de cobre cujos lados eram numerados com 1, 2, 3, 4, com o cobre manchado pela tinta das cédulas que o haviam lambido por todos esses anos. Os cestos caíam dessa forma porque eram jogados, não abaixados, uma jogada especial freada apenas pela corda, como os selvagens na Nova Guiné, que pulavam do topo de penhascos de sessenta metros presos a cipós de 55 metros e eram ocasionalmente mortos antes de visitar a realeza. E quando o cesto caía, o atendente, segurando sua corda — que estava sempre velha, às vezes muito velha — cantava com sua voz especial como a aposta devia ser feita: "Fan!" ou "Ching!" ou "Kwok!" mais alguns detalhes extras no canto. Que palavras adoráveis, pensava Annie.

O rosto de uma mulher que olhava para ele não era incrivelmente bonito para uma chinesa; afinal, belas chinesas são sem dúvida as mulheres mais bonitas do mundo, então se nivela por cima. Mas ela era... o olho de Annie revelou para ele, lindamente incrível. Ela estava três metros acima, na penumbra do salão superior, de pé ao lado de um dos mais velhos crupiês de Macau, que estava numa noite de folga. Ele era gordinho, mas ela era magra. Uma pequena mulher esbelta, observando Annie Doultry.

Ele foi levado a um quarto. Era na casa adjunta à casa Yung Chung de fan-tan, com acesso por uma pequena ponte que o lembrava da forca no presídio Vitória. Era um pequeno quarto com paredes de madeira trabalhada. Havia um ábaco numa mesa. Depois de um tempo, um servente num tradicional uniforme preto veio até ele e o conduziu até outro quarto. Era comprido e estreito, nas paredes havia pinturas sobre seda. Porcelana estava disposta da maneira correta: Kuang Hsi, Chen Lung e Ming. Havia outros objetos de valor — um elefante de jade com esmeraldas em sua panóplia imperial e em seus olhos —, mas o quarto não era abarrotado nem ostentava riqueza, a não ser pela tela que dividia seu fundo a oeste. Era uma tela fabricada para o vice-rei de algum imperador Ming dos primeiros anos — vice-rei de Fukien, possivelmente. Sobre ela estava retratado o mar, com um dragão.

A mulher veio para a sala sozinha. Annie estava esperando com suas mãos atrás das costas, olhando solenemente o elefante. Seu quepe estava sobre a mesa. Ela disse:

— Sente-se, senhor Dowtly.

— Meu nome é Doultry, senhora. Rima com "poultry".

Ela não tentou repetir. Talvez ela tenha tentado fazer isso depois, mas sempre soava como Dowtly em sua língua, apesar de ela falar inglês impressionantemente bem quando queria impressionar os idiotas.

— Sabe quem eu sou? — perguntou a ele.

— Miss Butterfly?

Sua expressão era honesta, suas sobrancelhas levantaram-se como as do major Bellingham. Miss Butterfly — Hu Tieh em mandarim — era a mais famosa atriz de cinema da China, em contrato com a Star Motion Picture Company em Xangai; era do Cantão e realmente famosa. A mulherzinha magricela quase sorriu. Annie pensou: onde está uma mulher imune a um elogio?

— Sou madame Lai Choi San — disse ela. E Annie soube que encontrara uma colega, uma rival, uma mulher que poderia matá-lo um dia.

Ele se sentou numa cadeira. Seu chapéu permanecia na pequena mesa de abrunheiro, preta, lisa e cara como o resto dos móveis. Ele percebeu como a iluminação era suave e agradável; eram lampiões a óleo, não a gás. Havia gás por toda Macau, ele sabia; ela era esperta, devia ter entre 35 e 36 anos. Ela o observou silenciosamente, sentada na cadeira oposta, movendo sua mão de uma maneira curiosa sobre a mesa, como se estivesse contando um dinheiro imaginário. Usava um vestido branco de seda do tradicional corte Kwantung, com dragões verdes em suas mangas e um jade preto em seu pescoço e orelhas e em presilhas em seu cabelo. Sua pele era escura, bem queimada de sol para uma mulher desse tipo. Brilhava como bronze na luz refletida em sua roupa, e Annie percebeu que ela já havia sido uma mulher do mar.

— É um parente seu, senhora Lai? — Ele apontou para o dragão na tela, cuspindo uma chama azul, engolindo um navio com altos marinheiros, um mercador português ou britânico. Uma pergunta dessas era um elogio, e ela sorriu e assentiu graciosamente como uma viúva chinesa, coisa que ela era. Em sua mão esquerda ela usava anéis de ouro, alguns com esmeraldas, mas a outra mão estava nua. Ele notou que suas unhas eram curtas; reparou em seus pés estreitos em chinelos verdes, pés livres como os de um lavrador ou de uma pessoa do mar.

— Sim, sou tanka — respondeu ela. — Meu pai, o pai do meu pai, e por aí vai. — A mão com os anéis acenou. Seu movimentos eram imperiais e elegantes como os de um garoto arrogante. — Somos tanka. Temos muitos navios. Agora eu devo perguntar a você, capitão Dowtly: o que quer beber?

Ele pediu schnapps. Ela nunca tinha ouvido falar nisso, mas pediu para uma menina (uma coisinha de louco, pensou Annie, olhando-a enquanto ela se retirava) arrumar a bebida.

— Senhor Dowtly — disse ela. — Você é uma pessoa muito gentil. Você deu um presente para meu empregado. O nome dele é Hai Sheng, mestre de navegação em uma das minhas embarcações. — Ela deu um sorriso positivo, apesar de momentâneo. — Meu mestre de navegação, não cozinheiro do capitão Dowtly — oh, não, não, não! — Ela sacudiu o dedo para Annie. Ele balançou a cabeça rindo. Ela disse: — Por que deu esse presente? O presente da vida para Hai Sheng?

— Ele me devia uma barata — disse Annie.

A servente voltou. Ela trouxe uma bandeja com uma garrafa de porcelana e três pequenos copos, finos como cascas de ovo, e foi seguida por um pequeno chinês com idade aproximada à de Annie, usando um terno escuro impressionantemente bem cortado com listras discretas e uma gravata azul de bolinhas, irmã gêmea daquela que Annie havia dado ao dentista no presídio Vitória. Annie lamentou o presente neste momento.

Madame Lai o apresentou. Chung Hou era seu nome.

— Meu contador — disse a madame Lai. — Dizemos "meu mestre escriba". — Ela acenou com sua elegante mão; a gravata dele era igualmente graciosa. Ele acenou com sua própria mão de forma bem calorosa. Usava óculos com grandes aros curiosamente perolados para compensar a falta de cartilagem em seu nariz; seria difícil que ele fosse um boxeador, pensou Annie, devia ter nascido daquela forma.

A outra coisa que Annie percebeu imediatamente foi a protuberância no peito esquerdo do sr. Chung. Seu paletó era bem cortado demais para esses excessos.

— Por favor, dê ao capitão o que ele merece — disse ela em inglês para o sr. Chung, com um aceno para Annie.

Sr. Chung começou a tirar o que Annie achava que era uma pistola. A mão de Annie mergulhou em sua jaqueta, pegou seu nove milímetros Walther na cintura e sacou num instante. O sr. Chung não vacilou; continuou se movendo mesmo com o dedo de Annie tirando a trava de segurança com um tinir. A louca viúva chinesa caiu na gargalhada como uma puta insana. Batia palmas, tremendo de prazer, cobrindo sua boca com o gesto de uma donzela chinesa para esconder seus dentes e gengivas, enquanto o sr. Chung suavemente tirava um saco de ouro do seu bolso interno e o colocava sobre a mesa sem tremer um cílio (como muitos manchurianos, ele não tinha cílios, de qualquer forma).

— Desculpe, companheiro — disse Annie, terrivelmente envergonhado. Afundou o braço novamente na cintura, sob a calça de algodão. — Sabe como é...

Sr. Chung deu um pequeno aceno que imitava os gestos de sua chefe, sem dar-se ao trabalho de dizer "o.k., não se preocupe". Seu inglês, Annie logo saberia, não era tão bom como o de madame Lai.

A menina serviu a bebida nos copos. Sr. Chung disse:

— Paciência, por favor, capitão, logo você telá schnapps de plimeira qualidade. Expelimente essa bebida, vinho muito bom chinês. — Havia algo de risível no escriba, mas era preciso admirar sua presença de espírito; ele havia acabado de escapar, por um quinto de segundo, de levar uma bala na cabeça.

O saco de ouro não foi mencionado até que Annie aceitasse o vinho no copo de porcelana. Madame Lai explicou que havia cerca de cem soberanos ingleses nele. Ela estalou os dedos um pouco, um gesto bastante vulgar, na opinião de Annie.

— Mil dólares. Meu presente, capitão Dowtly. Pelo seu presente de vida a Hai Sheng. Tenho muitos mestres de navegação — fez um grande gesto, tão grande como o dragão sobre a tela — muitos, muitos. Mas tomo conta do meu pessoal.

Ele virou a bebida. Era horrível. Tentou esconder seu desgosto redirecionando seu pensamento para o saco de ouro. Abaixou o copo, pegou as moedas, seu lábio superior se projetou.

— Senhora Lai — ele disse, controlando sua emoção. — Milhões de obrigados, mas não posso aceitar isso.

— Oh, você deve aceitar. Digo que deve.

— Senhora Lai, nunca fui pago para salvar o couro de um homem. Para abotoá-lo, claro. Mas não o contrário. Eu queria aquela barata. Seria contra os meus princípios ser pago por ser humano. — Mesmo com as palavras saindo da sua boca, ele podia ouvir uma voz interna gritando: "Princípios? Que baboseira é essa? Annie, isso é algum jogo? Você está apostando mil dólares em algum outro palpite idiota ou o quê?"

— Tome mais vinho, por favor. — Madame Lai pegou a pequena garrafa com uma centelha em seus olhos. Annie levantou a mão negativamente, uma negativa educada. Ele leu os pensamentos dela. "Inferno!", ou o que fosse em chinês. "Esse cara não quer ouro britânico, não quer vinho chinês! Que diabos ele quer?"

Silêncio; um silêncio como o eco persistente de um gongo. Então:

— Você não gosta desse excelente vinho? — O nariz sem cartilagem do sr. Chung se enrugou com a pergunta embaraçosa. Annie de repente se sentiu exasperado com tudo aquilo. — Sr. Escriba — disse ele respirando pesadamente —, eu adorei. É a melhor água que passarinho não bebe que já tomei.

Aproveitando a deixa (porque outro silêncio era iminente) o alto empregado em seu uniforme preto entrou carregando uma garrafinha de schnapps Stummelpfennig. Annie se sentiu bem melhor.

Sr. Chung, o escriba da madame, fez uma reverência profunda. E deu sua saída silenciosa. Levou consigo o saco de ouro antes que Annie pudesse mudar de idéia.

Ela disse para Annie:

— Sim, eu observo. Observo você jogar fan-tan.

— Você deve estar terrivelmente decepcionada, senhora. — Ele encheu a casca de ovo de porcelana com schnapps pela quarta vez; não cabia muito.

— Sim, estou decepcionada. — Seu rosto não dava sinal de nada, a não ser de estar desperta.

Ele balançou a cabeça. Seus olhos vagavam pela sala. Ele não se importava particularmente com a porcelana chinesa ou as telas de flores de jade escuro incrustadas em espelhos de metal. Ele já havia tido um espelho de metal, um pouco enferrujado no verso, mas mais funcional do que aquele na mesa de madame Lai, na frente da grande tela. Tinha mil anos de idade e sua superfície, apesar de altamente reflexiva, era peculiar.

— Nunca aposto, senhora Lai — disse ele. — Exceto com baratas.

— Nunca jogou cartas?

— Nunca.

— Nunca apostou em cavalos?

— Não. — Annie poderia mentir até o fim dos tempos.

— Nunca apostou em nada? Uh-la-lá! — De onde quer que ela tenha tirado aquela expressão, não era de Paris. Em cada "lá" sua língua pontuda estalava com o esforço, nas costas de seus dentes felinos; assim, seu "la-lá" soava mais como "ga-gá", na opinião de Annie. Ela o viu sorrir enquanto seus olhos vagavam sonolentos e os dela perfuravam os ossos do rosto dele com um esforço de prestar atenção nele, que possivelmente cansava-o. Era como os raios da morte em H.G. Wells. A expressão dela não se alterou.

— Apostei uma vez num cão — ele se lembrou.

— Por favor, me conte a história.

Uma pausa.

— Eu sabia que estava apostando num cachorro — explicou pacientemente. — Mas não sabia que estava numa corrida, o.k.? Pensei que estava apostando por sua vida. — Outra pausa. — Foi um truque.

— Ah! — disse ela. — Ah, sim! — Seus olhos brilhavam como balas niqueladas. — Ouvi falar sobre a vida desse cachorro, sim! — Ela assentiu energicamente; e teria continuado, mas a mão dele se levantou, sua grande palma rosa, um "pare" imperativo, para desistir, para dar uma pausa a ele, que até essa mulher com olhos de bala, uma das gângsteres mais notórias da Ásia, não poderia contrariar. Ela ficou quieta.

— Era um truque — repetiu ele. — Um colega meu fez uma brincadeira idiota comigo. — (Bernardo Patrick Hudson, era ele, aquele crioulo desgraçado.) — Esse meu colega me levou a acreditar que eu estava colocando uma grana para saber se esse cachorro iria viver ou morrer. Um cachorro doente. Ele disse que havia um sujeito com um cachorro doente.

Ela olhou para ele. Entendeu a parte principal. Ele apostaria facilmente por um cachorro doente, a qualquer hora. Annie assentiu várias vezes para confirmar os pensamentos dela. A madame estava entendendo o problema.

— Bem, não é preciso entrar em detalhes aqui, né? — ele disse de maneira segura. — Mas não era uma questão de infecção pela raiva; o cachorro estava numa corrida, foi isso. Foi um truque.

Ela assentiu.

— Um tluque. Ah! — Ela estalou a língua. Ele assentiu mais um pouco. Sentia vontade de cochilar, mas tinha de prosseguir, tinha de seguir adiante. Milagrosamente, ela deu uma ajuda. — Entendo, exceto baratas. Você não gosta de apostar em animais que correm — exceto em baratas. Nem em cartas, nem em fan-tan. A Bolsa de Valores de Hong Kong, talvez?

— Nada de bolsa de valores. — Ele trocou o assentir para um balançar da cabeça. Sua cabeça era pesada, movia-se no seu próprio ritmo; mas com um esforço ele poderia alterar sua direção e comprimento de onda. — Nada de pôquer. Nada de gamão.

— Mas a morte de cães, sim?

— Uma questão de vida e morte, sim.

— A vida de um cão, ah! — Ela via as simetrias, agora que ela sabia o que significava. Ela era uma estudiosa da língua, uma maravilhosa aprendiz. Mas ela já havia nascido conhecendo os homens.

— Você entendeu, querida — disse Annie.

Por trás da tela com o grande dragão devorando navios de bárbaros, sr. Chung, o contador, o escriba, estava sentado silencioso como uma esfinge. Jogava sozinho um jogo incompreensível com um maço de velhas e frágeis cartas com os versos em ouro (pareciam francesas; mas qual era o jogo? Ele o inventara?). Como mesa, ele usava um *Atlas mundial* de Rand McNally, última edição, colocada sobre seus joelhos. Ele escutava atentamente a conversa de sua patroa com o capitão Doultry e, de tempos em tempos, observava o segundo através de uma das pequenas fendas da tela.

— Você é um verdadeiro jogador, senhor Dowtly.

— Bem, não sei. — O que aquilo tudo significava? O schnapps estava dominando seu sistema nervoso; com certeza era hora de uma soneca. — Vamos colocar dessa forma. Eu não aposto em coisas organizadas, meu doce. Aposto em coisas desorganizadas. Contra ou a favor, não faz muita diferença para mim. Eu arrisco. Gosto de me divertir.

Ela afastou seus olhos dele. Esse movimento foi o suficiente para demonstrar que ela já havia visto o bastante.

— Capitão Dowtly, você é um homem muito interessante. Agradeço por você ter vindo me ver. Mas agora tenho outros negócios. — Ela se levantou de sua cadeira com uma determinação elástica, como um gato se esticando antes de fazer sua caminhada.

Annie olhou-a de baixo para cima. Ele gostava de olhar para as mulheres desse jeito, assim como elas gostavam de olhar para ele de cima a baixo. Ele fixou nela seus olhos suntuosos e necessitados, sugando-a de volta para ele, contra a vontade dela. Ele se apoderou das balas de níquel dos olhos dela. Seu cérebro dizia, com um certo cansaço: "Que porra ela quer?" Sua boca dizia:

— Acho que todo mundo deveria manter um certo mistério. É minha opinião.

Ela ficou lá. Estava fisgada novamente. Dois podem jogar esse jogo, madame. Você é uma arquiladra, posso dizer por cada movimento que você faz. Mas eu, madame, sou um arquimentiroso.

— Talvez as mulheres devessem permanecer um pouco mais misteriosas do que os homens, não sei. — Annie encenou seu adorável ato de procurar uma resposta. — Mas deve haver algo em cada um que faça com que queiramos saber mais, não concorda? Se eu te contasse tudo sobre mim, você poderia se entediar muito rápido.

— Ou muito devagar — disse ela.

— É uma questão de curiosidade. É da natureza humana ser curioso. Quando a curiosidade é satisfeita, temos de procurar algo mais para sermos curiosos, certo?

— Preciso ir para meus negócios. — Ela estava nervosa agora.

— Há algo em você, senhora Lai, que me intriga e me interessa bastante. Posso te perguntar sobre isso?

— Talvez eu não responda. — Agora era medo.

Ele arrumou um sorriso em seu rosto, um sorriso do tipo isso-é-com-você-querida.

— Bem, estamos sozinhos agora, não? Então tudo o que você disser, você sabe, tudo de natureza pessoal, fica apenas entre nós. Quero dizer, ninguém mais está por aqui ouvindo, é só entre mim e você, não é verdade?

Ela o encarou.

— Sim. É verdade.

— Então o que o sr. Chung está fazendo sentado atrás daquela tela? Atrás de mim, à direita?

Ela não dava ponto sem nó. Não respondeu tão rapidamente, nem se importou de sorrir.

— Oh, ele é apenas um serviçal. Com meus serviçais, estou sozinha. Nós estamos sozinhos. — Uma resposta corajosa. Doultry assentiu com satisfação, mas insistiu em seu ponto.

— Nunca vi um serviçal chinês que usasse um terno de trezentos dólares feito por um costureiro inglês.

— Ele está esperando para conversar sobre negócios comigo. Agora preciso ir.

— Agora preciso sorrir — disse Annie.

— Um sorriso torna o rosto mais bonito — disse ela.

— Não se você tiver dentes muito feios.

— Seus dentes são bons. Agora lhe darei algo pequeno, que você guardará, por favor. — Ela foi para outra mesa e pegou uma caixa de marfim e retirou dela uma peça de majongue, também de marfim, com um sinal vermelho e um jade incrustado no verso. Ela o deu a Annie. — Talvez eu queira vê-lo mais uma vez, capitão. Meu serviçal terá essa peça, essa mesma.

Annie deu uma olhada na peça. Tinha um sinal de três bolas (uma sábia escolha, ele pensou), e o jade incrustado no verso retratava um tigre feroz em movimento. Annie jogou-a em seu bolso.

— Se eu não vier — disse ele —, mando-a de volta.

— Fique com ela. Tenho muitos outros majongues.

— Talvez possamos ver um filme juntos.

— Talvez. Adeus, capitão Annie Dowtly.

O serviçal abriu a porta. Annie fez uma reverência, uma reverência à moda antiga, e saiu.

Inclinado no corrimão do segundo andar da casa de fan-tan, você olhava para baixo, para a plebe abarrotada em volta da mesa; olhava para os caixas e podia ver suas pequenas gavetas enquanto suas mãos brancas manipulavam uma variedade de centenas de moedas. Havia cédulas chinesas emitidas por uma dúzia de bancos diferentes: seus valores eram denotados em taels, um tael sendo uma onça de prata. Mas na China, o tael variava de peso de província para província, como todos os pesos e medidas chineses, então uma mesa de valores tinha de ser consultada. Velhos dólares chineses de prata com o emblema do dragão, os novos dólares Yuan Shih-kai emitidos em Pequim, e os meio-doláres de prata cunhados em Yunnan pelo governador Tang, exibindo o busto de Vossa Excelência, eram todos vistos em quantidade. Dólares americanos e soberanos britânicos e pesos portugueses eram bem-vindos e, claro, dólares de Hong Kong dominavam os negócios em termos de quantidade. Velhos dólares de prata americanos de "troca", dólares de prata mexicanos e japoneses, de grande pureza, eram exibidos em pilhas, para dar ao lugar um tom de classe. Piastras de Saigon eram examinadas com uma expressão de desgosto pela possibilidade de falsificação e enfiadas dentro de uma gaveta. Mas era tudo dinheiro, tudo legal na China e em Macau também, e bem recebido na casa de fan-tan.

O trabalho dos caixas não era fácil. Por isso havia tantos deles. Após cada jogada, eles metiam suas penas na tinta e contavam seus ganhos em grandes livros, e seus ábacos chacoalhavam sem parar durante dia e noite, porque a casa de fan-tan nunca fechava.

Levava cerca de quinze ou vinte minutos para todas as apostas serem feitas. As pessoas consultavam suas anotações elaboradas durante o jogo; um atendente passava pequenas tabelas com colunas de zeros, IIs, IIIs, e cruzes, que relatavam os resultados do dia até a última jogada. Esses sinais significavam um, dois, três e quatro. Era simples. E a própria aposta era apenas um pouco mais complicada: um crupiê assistente colocava seu dinheiro em um dos quatro cantos da placa de cobre, na qual estavam escritos os sinais acima. Fan-tan era um jogo no qual apenas um desses quatro números podia sair; se você ganhasse, o caixa pagava a você quatro vezes o que você apostara (menos dez por cento do topo para a casa, o que significava muito dinheiro sendo passado e o ábaco trabalhando — muito relaxante para a alma escoriada do jogador). Mas qualquer um que jogasse com regularidade geralmente apostava em pares de números, o que era chamado de Kwok e lhe pagava o dobro; ou Ching, o que significava que você apostava num único número e deixava dois números neutros. Se seu número aparecesse, Ching também lhe pagava o dobro; se fosse um neutro, você recebia seu dinheiro de volta — você só perdia com o quarto número. Matematicamente falando, Ching era aparentemente mais seguro do que Kwok, e jogadores profissionais de fan-tan geralmente jogavam assim.

Havia uma quarta jogada: Lim. Nessa, você apostava num número, tornava outro neutro, e podia perder nos outros dois. Pagava três vezes sua aposta. Por razões místicas, se dizia que apenas pessoas nascidas no Ano do Rato deveriam jogar Lim; geralmente elas ganhavam. Aqueles não-predestinados sempre perderiam. Todo jogador de fan-tan havia notado a invariabilidade dessa regra do universo.

Os cestos voavam para cima e para baixo, os velhos *loki* no andar de cima cantavam as instruções de seus clientes e Annie se debruçava no corrimão liso de teca, observando. Acariciava a peça de majongue de Lai Choi San em sua mão esquerda. Um canário cantava na gaiola pendurada na pequena janela próxima a ele; a janela estava meio fechada contra a claridade ofuscante da tarde de Macau. O barulho da rua lá fora não era audível com todos os ruídos da casa de jogo. Lá em cima, Annie estava entre jogadores sérios.

Alguns turistas, a maioria britânicos de Hong Kong, estavam lá em cima também. Do lado oposto de Annie, havia um grande engenheiro-chefe com um rosto redondo e rosa e ombros quase tão grandes quanto os de Annie. Era um jogador, não estava brincando. Depois dos chineses, os britânicos são os jogadores mais obsessivos do mundo — uma estranha circunstância que apontaria o futuro de Hong Kong, para quem estiver interessado nisso.

A cabeça branca do crupiê-chefe brilhava como um velho melão. Na frente dele havia uma pilha de moedas de cobre chamadas de "cash" pelos chineses, que inventaram esse termo. Eram do tipo antigo, com um buraco no meio, para que pudessem ser carregadas em cordas. O crupiê-chefe recebia sinais de seus assistentes sobre o progresso das apostas. Quando via dinheiro suficiente na mesa para justificar seu esforço, pegava uma tigela de metal de cerca de seis polegadas de diâmetro com uma alça de metal e a usava para cobrir um pouco do dinheiro. Seu movimento era rápido e casual. Ele puxava a tigela para si. Era impossível saber quantas moedas ela continha.

O crupiê esperava alguns momentos, olhando para os jogadores através de suas implacáveis lentes. Agora era o momento do frenesi final, quando aqueles que haviam hesitado faziam suas apostas ou encaravam sua covardia. Eram momentos de tensão opressiva, constantemente sobre o peso de uma revelação iminente. Provocados pela visão da tigela de metal com seu segredo encerrado, os jogadores a cercavam com exortações de seus olhos e, sucumbindo às ilusões da visão sobrenatural, especulavam somas excessivas. Freqüentemente as apostas na mesa dobravam ou triplicavam nesses minutos finais, nos quais o tempo aparente se esticava de forma relativa. O *loki* do engenheiro-chefe abaixou seu cesto no último momento com duzentos dólares em Ching. Um jovem chinês com pinta de intelectual, usando uma beca azul bordada, apostou o limite, que era de mil e quinhentos.

O crupiê tocou o sino com a palma da mão direita. Um grande silêncio se estabeleceu, no qual Annie escutou a dança das moscas e o farfalhar dos vestidos.

O crupiê removeu a tigela. O dinheiro foi revelado. Ele pegou um palito de marfim, que lembrava um bastão de maestro ou pauzinhos refinados para comer, e dividiu as moedas com movimentos elegantes em três colunas. Então, com a ponta do palito, ele as puxou para perto de si em grupos de quatro. Ele em geral tinha entre trinta e sessenta para lidar. Muito antes de terminar, os olhos dos especialistas haviam feito a conta, e vozes em tons triunfais ou amargas gritavam o resultado, freqüentemente discutindo, num frenesi, até o momento final da verdade, quando havia quatro, três, dois, ou apenas um dos discos de metal deixados na mesa para denotar o que era verdade e o que era só esperança.

E isso era tudo, disse Annie para si mesmo enquanto colocava o pedaço de majongue no bolso de sua calça e descia as escadas. Pegou a próxima balsa de volta a Hong Kong, numa boa hora para o jantar.

Alguns dias depois, Annie conseguiu organizar as coisas, e o *Sea Change* estava acelerando para o oeste e para o sul através do canal de Enxofre e ao redor do West Point para Aberdeen, no lado sul da ilha.

Aberdeen era a vila chinesa original em Hong Kong. Seu porto ficava numa pequena ilha, e dez mil juncos atracavam lá porque ainda era o quartel general das maiores frotas de pesca. Annie gostava de atracar lá quando os negócios estavam lentos, pela privacidade e porque a tarifa era de apenas um quarto por dia, mesmo para uma embarcação de noventa toneladas.

Annie tinha instalado o motor a *diesel*, um Perkins 4, em 1925, um ano no qual ele faturara bastante — o que é outra história. O *diesel* era importante naquele tempo; dava uma vantagem contra a concorrência, que eram as lanchas à vapor, quando se tratava de negócios costeiros ou zanzar pelo Canton Delta. Claro, em viagens maiores, a economia do vento contava e Annie podia competir dólar a dólar em suas tarifas, quando se tratava de cargas de sessenta toneladas, que era o seu limite, e ainda terminar bem à frente. E com uma tripulação de quatro ou cinco rapazes e um velho (ele preferia malaios ou lascars; eles não se importavam em se adaptar a vestimentas ocidentais, coisa que os chineses se recusavam a fazer, e os filipinos eram muito emotivos), além de Barney, as despesas não eram exatamente altas, mesmo se o interior contivesse apenas algumas poucas cargas de seda ou caixotes de chá, ou o que o agente tivesse a oferecer (Annie negociava com Crawford e Perry, que não se importavam com besteira e fechavam os olhos para um monte de regulamentos idiotas que não eram necessários, como erros e omissões nos manifestos dos navios). Tudo considerado, pequenos negócios eram bons de várias formas.

Mas o capitão Doultry estabeleceu um limite com o ópio — não por razões de moralismo, mas porque a coisas estava esquentando quando o assunto era ópio em Hong Kong. Toda a China estava afundada no troço novamente. Nas grandes províncias da ilha, como Yunnan e Szechwan, em Hunan e Kweichow e Shensi, a papoula havia coberto vastos acres de campos de arroz; elas eram a grande maneira de faturar. Nas cidades, era estimado que mais de setenta por cento da população fumava ou tomava pílulas de morfina. Em Hong Kong, os britânicos estavam cada vez mais nervosos, pois o tráfico de ópio começava a fugir do controle. A polícia, notoriamente corrupta, apesar de se restringir às ruas (afinal, eles eram chineses), estava finalmente se desmantelando. Annie tinha visto o bastante do presídio Vitória.

O rapaz que Annie chamava de McNab dirigia o leme. Ele era pequeno, mas longe de ser bobo; era um lascar, nascido no mar de Bornéu, e até conhecia bem os mistérios do *diesel*, o que deveria ser tarefa do Barney. McNab era irmão de Sock, que tinha cerca de 15 anos e cuidava do mastro de proa. Annie era bom com esses garotos, era eficiente. Às vezes ele até os pagava. Às vezes ele bancava o velho pai, e em outras era bruto e histérico; imprevisível era seu nome do meio. Mas ele devia estar fazendo algo certo, porque eles ficavam com ele. E o velho homem, um taitiano, estava com ele havia anos.

O som monótono do piano sendo tocado uma tecla de cada vez flutuava sobre o sulco do navio. Mount Davis caía quase perpendicular à água, algumas milhas a leste, e a oeste havia um comboio de navios de pesca, cerca de quarenta, claros no horizonte. Annie sentou-se em seu banco pregando um botão em sua segunda melhor camisa, enquanto Barney afinava o piano. O som do piano sendo afinado é irritante para alguns, mas para Annie era prazeroso: era um símbolo da paz, uma concessão à harmonia. Essa harmonia estava voltando, sem dúvida, devido ao doce cheiro de negócios frescos no ar. Barney percebeu que Annie estava fungando, e ele conhecia os sinais. Quando Annie sentia o cheiro, os botões eram pregados de volta em suas camisas. Era como preparar o navio para a ação.

Pela primeira vez desde que Annie saíra da prisão, ele e Barney estavam numa boa novamente. Talvez fosse pela ação de se mover sobre a água.

Então Annie o chamou:

Eles foram para o mar numa peneira, eles foram,
Numa peneira eles foram para o mar.

Barney sorriu para si mesmo. Por muito tempo, Annie o havia ensinado as músicas *nonsense* de Edward Lear — até comprara para ele um livro com as letras. Então Barney aprendeu a ler. E o camarada de Tupelo, Mississippi, cantava de noite.

Apesar daquilo que todo mundo dizia
Numa lua de inverno, num tempestuoso dia.
Numa peneira eles foram para o mar.

Ficaram em silêncio, então Annie falou. Estava usando seus óculos.

— Não entendi — disse ele. — Ela vive nessa parte bem tosca da cidade, mas tinha essa casinha bem chique. Era um broto bem fino.

— Você quer que eu afine? Bem, feche a porra da matraca — disse Barney.

— Ela usava uma roupa de seda branca; você teria adorado, Barney. Brincos, jóias. Era uma verdadeira grã-fina. E tinha uma mente como a de um mangusto. — Annie bateu em suas têmporas grisalhas. Seu quepe de capitão parecia um número menor do que deveria; mas ele gostava do visual. — Ela tinha resposta para tudo. Nunca conheci uma chinoca que fale inglês tão bem, sabia?

— Conheci uma — disse Barney. Estava martelando sem parar numa nota aguda. — Ela falava inglês melhor do que eu.

— É uma mulher de negócios. — Annie partiu a linha com os dentes. — Não é como essas ricaças chinesas que nunca conheceram ninguém. Essa mulherzinha sabe das coisas. — Annie soltou sua camisa. Olhou para o gato. O nome do gato era Lord Jim. Lord Jim era uma fêmea, mas nunca ocorrera a Annie mudar seu nome. Ela pulou em seu joelho e Annie quebrou uma semente de melão e deu para ela. Ela gostava, contanto que fossem quebradas antes.

Annie sabiamente se abstivera de contar a Barney sobre o dinheiro. Ficou tentado, mas Barney teria ficado chateado, ele não entenderia. Teria gritado e esperneado. Annie estava tentando viver com essa decisão. Isso o levara a vários silêncios prolongados. Mesmo para os padrões Annie Doultry de imprevisibilidade, qualquer homem pensante diria que ele estava louco, recusando uma grana preta daquelas. Ele só podia explicar isso como um de seus pressentimentos. Fora uma aposta. Com aquela explicação, Annie podia viver com sua decisão, mesmo que louco. Seus silêncios tornaram-se longas reflexões sobre como madame Lai Chong San era capaz de ver dentro do cérebro de um homem branco com aqueles seus olhos de H.G. Wells.

— Que diabos ela está tramando? — Ele disse alto para Lord Jim.

Barney xingava elaboradamente, rolando as palavras entre os dentes e por trás de sua respiração.

— Fecha essa matraca! Como posso fazer isso e escutar sua ladainha ao mesmo tempo? — Ele se virou lentamente no banco do piano e olhou para Annie com seus olhos amarelos. — O.k., você está esperando que eu pergunte, então vou perguntar. Você trepou com ela?

Annie balançou a cabeça, suspirou e estalou a língua. Não era uma resposta negativa para a pergunta; era uma pequena reprovação pelo comportamento de Barney.

— Escute, não fale comigo agora. Nunca fale comigo quando estou alimentando o pássaro — quero dizer, o gato. Não consigo me concentrar.

CAPÍTULO 4

JOGANDO O JOGO DA MADAME

ERA HORA DE REPARAR O *Sea Change* — antes que os dólares fugissem. Um drinque aqui, uma garota ali (essa era a mistura a que Annie se referia como "festa coquetel") e ele estaria quebrado novamente. Então Annie comprou uma boa vela usada (lona número 2) de um veterano mercador chinês em quem ele confiava. Ele se certificou de que Barney instalara a vela da forma correta e então desceu ao convés — o que durou dois dias e uma noite — para limpar o motor e reconstruir o rádio. Assim o *Sea Change* voltou a ser o velho barco digno dos mares e o capitão Annie Doultry ficou quebrado novamente.

Annie sorriu ao pensar naquele desenvolvimento lógico e organizado, e então sorriu aquele tipo de sorriso interior — o tipo que o mundo nunca via — enquanto ele via uma sampana atracar ao lado do *Sea Change*.

— O que deseja? — gritou para um velho chinês, apenas um pouco mais largo do que o remo estreito que ele usava para navegar.

— Captã Dowty? — perguntou o china.

— Tá falando com ele.

Em conseqüência, o china virou seu braço livre e Annie viu um filete branco no ar da noite. Fez um arco em direção a ele e pousou em sua mão sem provocar som algum. Era um majongue do jogo da madame Lai Choi San. Era o chamado que Annie esperava. Mas ele ainda não estava certo se devia se sentir ansioso ou com medo.

— Você vem comigo? — perguntou o chinês.

— Vou com você, querido — respondeu Annie.

A sampana deslizou pelos dez mil juncos, o velho trabalhava com o remo numa grande economia de movimentos. Um garotinho sentava-se na proa com seus olhos brilhando abaixo do chapéu, fixos em Annie, enquanto a luz se apagava no céu.

Annie não sentia apreensão; sentia uma grande euforia. Cheirava o ar, delicioso com cheiro de flores e peixe, e observou, com um prazer que nunca diminuía, o momento misterioso quando dez mil juncos acenderam seus lampiões todos ao mesmo tempo. Essa hora assinalava o começo da noite, e os incensos necessários eram acesos perante cada relicário em cada embarcação, pequena ou grande; os relicários de Tin Hau, a Deusa do Mar, e dos tanka. O nome chinês para o porto de Aberdeen era Heung Kong: o porto Perfumado. Talvez o manto de fumaça dos incensos da noite que apagava as flores e o peixe e o cheiro de comida tivessem inspirado esse nome. Mas Annie se lembrou de que a cidade flutuante, que ele agora atravessava, era a mãe de Hong Kong. Que as fundações do lugar ficavam sobre água era um fato a se notar, e ele disse isso para o garotinho. Zunindo silenciosamente pelas avenidas líquidas, passando pelas casas de madeira da cidade e suas armações cobertas de lonas de mastros e pela rouca risada da penumbra, Annie sucumbiu à sua veia romântica e acendeu um cigarro.

Eles desceram ao sul do canal de Aberdeen passando pelo quebra-mar e pelo sotavento de outra ilhota chamada Ap Lei Pai, e as barragens íngremes da ilha principal além das fileiras de juncos deram lugar a um plano lamacento na pequena baía de Tai Shue Wan. Essa era a periferia da cidade d'água, e era guardada por grandes juncos de oceano que navegavam para ancoradouros solitários em vez de amuradas. Eles cruzaram uma larga abertura, deixando para trás os sons da cidade d'água, e a noite caiu realmente. Estavam remando havia uma hora quando Annie viu as luzes e a silhueta de uma enorme embarcação no meio da escuridão, com uma estranha rapidez. Talvez ele tivesse cochilado.

Era o maior junco que ele já havia visto, tão grande, ou maior, do que os velhos navios-mercantes de Foochow do norte, que ainda apareciam em Hong Kong de tempos em tempos. Mas esse era um *mi-ting,* um navio-mercante de três mastros construído na tradicional maneira cantonesa, apesar de seu casco ser de madeira sólida, o que era uma coisa rara de se ver nesses dias. Talvez fosse muito velho; era impossível de dizer, porque os chineses não haviam mudado o estilo ou os métodos de construção de suas embarcações por duzentos anos ou mais, e eles sabiam como conservá-las. Sua popa levantava-se oito metros sobre a água, e Annie notou a massividade de seu leme, ornado com buracos quadrados para aumentar sua mobilidade, enquanto o velho homem os trazia para perto. Era aproximadamente do mesmo comprimento na linha de água do *Sea Change*, mas muito maior na largura. Annie calculou que tinha mais de 250 toneladas, enquanto eles subiam pela escada de cordas e pisavam no convés.

Havia poucos tripulantes à vista. Numa embarcação daquele tamanho, o convés inferior era bem espaçoso e havia luzes visíveis sob o convés no mastro e na popa. Um homem estava no topo da escada, um homem pequeno com uma pistola Mauser de cano longo em seu cinto e dois cintos de munição cruzando seu peito. Ele sorriu para Annie. Um pouco à frente, cerca de uma dúzia de homens podiam ser vistos agachados em volta de um braseiro de carvão comendo seu jantar. O tinir de tigelas de arroz e a conversa animada eram reconfortantes. Eles nem perderam tempo em olhar para Annie. Ele sim. Lá, emoldurado na luz da porta debaixo do tombadilho estava a inconfundível figura do sr. Chung, o escriba, num terno branco, claro como um pássaro. Seus óculos brilhavam.

Outra coisa que não dava para não notar eram os 12 canhões, seis de cada lado, com seus chassis a bordo escondidos em chapas grossas de ferro que deslizavam em cabos sobre a amurada, um arranjo tão secreto quanto protetor. A maioria dos canhões parecia ser de munição de 12 libras, armada pela boca; mas conforme Annie andava em frente, ele percebeu quatro modernos canhões de retrocarga, peças chinesas de campo de 75 milímetros (copiadas de Schneiders franceses) colocado em chassis de transporte feitos sob medida para um melhor desempenho náutico. Mas ele não teve tempo de observar mais nada, porque o sr. Chung avançou para cumprimentá-lo. Da popa, sombras de vários homens olhavam para eles.

— Capitão Dowtly. — O escriba fez uma reverência impecável. Que alfaiate esse cara tem, pensou Annie, levantando seu chapéu com igual educação. O sr. Chung disse:

— Como vão as coisas, capitão?

— Estou um pouco confuso, sr. Escriba. — Annie olhava em volta com sobrancelhas um pouco levantadas. Ele achava que essa era a atitude correta naquelas circunstâncias.

— Capitão Dowtly, madame Lai está feliz que você veio vê-la. Ela chegará em breve. Por favor, espere aqui.

Ele guiou Annie cerimoniosamente até a pequena porta. O próprio sr. Chung tinha de se abaixar um pouco, e para Annie era difícil. Ele se acocorou por baixo daquele pequeno teto escuro e ficou grato em ver bancos encostados nas paredes do quarto; ele sentou num deles. Estava na sala do leme, que também era a sala dos mapas. A cana do leme era apenas aquilo, uma viga conectada por cordas e roldanas ao leme abaixo, para que então um timoneiro forte pudesse guiar o barco se necessário, funcionando como uma pequena máquina a vapor auxiliar, seguindo ordens gritadas através do convés acima. Levava à popa, que era a ponte-de-comando do junco e a estação do *lio-dah*, ou mestre de navegação.

Um lampião a óleo balançava numa argola. Havia uma mesa para mapas e uma velha bússola inglesa numa bitácula de metal sobre a mesa, tudo isso sendo equipamentos bem estranhos para um junco chinês[2]. Assim como a pistola Lewis numa mesa oposta e outra com

[2] Bússolas de juncos chineses são coisas antigas, magnetitas balançando num pino dentro de uma caixa de madeira, no melhor dos casos. Não mudaram muito em duzentos anos ou mais; desde que os chineses as inventaram, não tiveram muito interesse em desenvolvê-lo.

cerca de 12 câmaras de rifle de repetição. Essa embarcação é um arsenal flutuante, pensou Annie.

Adiante, anteparadas, mais duas portas, elegantemente envernizadas de vermelho profundo, levavam às cabines do mestre de navegação e do proprietário do navio. Uma dessas portas deslizou e a própria madame entrou.

Ela não precisava se abaixar. Parecia diferente, em seu *habitat* natural. O jade e as jóias haviam partido. Ela usava uma túnica e calça de algodão preto, bem cortados mas não muito diferentes do normal para uma roupa de domingo de um cule cantonês, e ela estava descalça, como seus homens. Uma garota veio atrás dela, aparentemente uma serviçal, ou ama, vestida quase igual, um xale em sua cabeça. A garota se agachou no chão e olhou para Annie com olhos nervosos e perfeitos. Sua patroa não se sentou. Ela preferia se movimentar e sentir o oceano abaixo dela.

— Boa noite, capitão Dowtly. Quer um pouco de chá? Ou schnapps? —Ela pronunciava perfeitamente.

— Vou tomar os dois, obrigado — respondeu ele. — Desculpe-me por não levantar.

Ela sorriu. Annie nunca teve dificuldade em fazê-la sorrir. Ela se desculpou pela longa viagem de sampana. Nem um pouco, ele disse, ele apreciara, mas estava curioso para saber como ela sabia de seus movimentos com tanta precisão. (Na verdade, ele sabia que era algo fácil para alguém com os recursos dela, mas também sabia que um pouco de adulação nunca é demais.) Ela respondeu com um de seus acenos, um pequeno gesto, mas suficiente para mudar as coisas.

— Eu sigo os movimentos de muitos, muitos navios. Grandes navios, pequenos navios. Vou lhe falar a verdade: vim aqui encontrar você. Minha embarcação, essa bela embarcação que meu pai batizou de *Tiger of the Iron Sea,* navegou do nascer do sol em Macau para te encontrar aqui.

Sua segunda ama, que era forte e não tão bonita quanto a primeira, trouxe chá e o Stummelpfennig (era a mesma garrafa — um detalhe de economia em sua hospitalidade). Enquanto eles trocavam gentilezas, o mestre de navegação entrou. O capitão Wang Ho não tinha mais de quarenta anos, um homem bonito e tranqüilo para o qual se abaixar também era uma necessidade na sala dos mapas. Ele vestia uma túnica de tenente da Marinha Real, com duas barras de ouro extras nas mangas, cuidadosamente colocadas por uma de suas esposas, denotando a posição de capitão. Seu quepe era de coronel do exército português, em boas condições, completo com proteção para o sol. Ele carregava sua Mauser em seu coldre de madeira coberta de couro. Faltavam vários dedos em sua mão esquerda e ele mal falava inglês. A madame apresentou-o formalmente a Annie. O mestre de navegação o olhou rapidamente, sem expressão, e então se retirou.

Nesse tempo todo, Annie permaneceu sentado no banco estreito. Ele descansava as mãos nos joelhos e deixava sua mente relaxada e receptiva. Mas quando ficaram sozinhos de novo (exceto pela bela ama sentada em seus calcanhares), Annie disse:

— Madame Lai, gostaria que você me dissesse agora: o que você quer que eu faça, quando quer que eu faça e de quanto é o pagamento?

Ela não teve pressa:

— Os chineses não gostam de falar tão rapidamente sobre negócios. — Ela bebia sua terceira xícara de café, do tipo Pao-li, preto como café etíope. — Mas já que é do seu costume apressar a conversa, farei o mesmo.

Ela disse que era a proprietária e chefe de 16 juncos armados.

— O *Tiger of the Iron Sea* era o mais forte, mas não o mais rápido. Tenho dois juncos bem rápidos, com o casco muito, muito macio. — Ela fez um movimento macio com os dedos.

O movimento cativou Annie Doultry. Ele tinha um estranho desejo de sentir as mãos dela.

— Sou uma ladra de navios — sussurrou ela. — Roubei muitos, muitos navios. Esse é meu negócio e esse era o negócio do meu pai, então sei muito bem como fazer. — Ela sorriu. — Sou a maior ladra sobre o mar. — Uma mão acenou para o sul, outra para o leste. Um grande título, pensou Annie. Ela o ignorava, sem olhar realmente para ele conforme explicava, sua sobrancelha franzida ligeiramente.

— Faço muitos pequenos negócios, mantenho esse mar em ordem para os pescadores. Antes havia muitos piratas por Macau, até Hong Kong, mas eu os mandei embora. — Um sorriso franco aqui. — Muitos precisei matar. Precisei afundar seus navios. Então, depois, todos foram embora, aqueles piratas. Eu cuido dos pescadores. Eles me pagam, cada mestre dos pescadores me paga. Talvez quatro, cinco, seis mil juncos dos quais tomo conta. — O velho esquema de proteção. Annie assentiu educadamente. Ela estava curtindo como qualquer negociante de Hong Kong explicando sua esfera de influência. Seria falta de educação interromper.

Então ela disse que em 1924 entrara no negócio de roubar navios dos brancos. Foi uma decisão puramente comercial; ela fez questão de deixar isso claro. Ela não queria que Annie pensasse que ela perseguia estrangeiros. Então, de forma inadvertida, disse:

— Os navios dos *gwai lo* tomaram os mares e os rios da minha gente. — Ela disse isso por acaso, e pediu para sua bela ama trazer chá fresco. *Gwai lo* era uma gíria antiga para designar os brancos, nunca usada em conversas educadas. Era estranho ouvir essa palavra dos lábios da madame; era como, pensava Annie, observar-se num espelho de metal chinês falando sobre "chinas" da mesma forma inofensiva e casual.

Annie estava pegando bem leve no schnapps. Por um motivo, a ressaca de sua última festa estava ainda arrefecendo; por outro, ele queria se concentrar. Estava começando a parecer que ele teria de tomar uma decisão bem interessante — ou fazer uma grande aposta ou duas, que era apenas uma maneira mais simples de ver essas decisões, na opinião de Annie.

Ela disse que no ano anterior havia "assaltado" cinco navios *gwai lo*. Supostamente, o negócio do *Sunning*, no qual o pirata Li Wen-chi estivera envolvido, e pelo qual ele fora enforcado abaixo da cela de Annie, era um desses. Supostamente, o fato de haver falhado — uma ocorrência infreqüente nessas piratarias muito bem organizadas — a havia levado a algum tipo de animosidade com o sr. Hai Sheng, "mestre de navegação em uma das minhas embarcações." Mas Annie sabia que não havia sentido em interromper o fluxo da madame: ela contaria o que quisesse contar, nada a mais, nada a menos. Ela achava importante que ele compreendesse quão bem-sucedida e poderosa era em seus negócios. E ela era bem sucinta sobre isso; não gastava palavras ou gestos. Cada frase tinha um propósito, e cada aceno também, infinitamente sutil na gradação, como as várias ondas do oceano sobre uma praia do Taiti.

— No final da lua, que você chama de junho, vou assaltar o navio *Chow Fa*.

O capitão Doultry alisou a barba. Era marinheiro o bastante para odiar a idéia de piratas tanto quanto os recentes sucessos deles. Mas era um aventureiro também, que não podia negar a ousadia daqueles vilões do mar. Houve 14 ataques de piratas a navios a vapor em 1927. Como quase todo navio saqueado desde 1919, cada um desses 14 navios fora levado pelos ladrões do mar para a baía Bias, um labirinto vasto, pantanoso e cercado de ilhas cerca de sessenta milhas a leste de Hong Kong. Na baía Bias a carga era descarregada, os piratas desembarcavam e os mortos eram jogados nas águas turvas.

A baía Bias era uma região de pequenas vilas de pescadores. Era um covil de piratas há anos. Os chefes dessas gangues, os organizadores e financiadores desses ataques, viviam em outro lugar. Ninguém nunca fora localizado, muito menos julgado. A identidade deles era assunto de muita especulação.

Annie acendeu outro cigarro. Madame Lai Choi San andava pela sala de mapas do *Tiger of the Iron Sea*. Ela não queria se sentar, apesar de haver outro banco em frente a Annie. Ela perguntou:

— Você conhece o SS *Chow Fa*, capitão Doultry?

Ele respondeu:

— Sim.

— Você conhece sua tonelagem registrada?

— Cerca de dez mil toneladas — disse ele. — É propriedade dos britânicos. Uma linha indo-chinesa, na rota Manila-Hong Kong. Ou era.

— Você é um homem que conhece seus negócios. Sabia que esse navio carrega prata?

— Não — disse Annie. Na verdade, ele já havia ouvido.

— Acho que você sabe. Não tem importância. O *Chow Fa* carrega prata para Hong Kong talvez quatro, cinco, seis vezes por ano. Essa prata vem dos Loofangs das Filipinas, é prata de primeira. Os bancos de Hong Kong e Xangai compram muitas toneladas desse metal para transformar em dólares de Hong Kong. No nono dia da terceira lua haverá um carregamento de prata. Vou assaltá-la.

— Quer dizer, vai roubá-la — disse Annie ajudando. Ele sabia que ela queria falar a língua bárbara com perfeição.

— Ah, sim? Vou roubar essa prata. Obrigada.

Houve um silêncio considerável. Madame Lai olhou para seu chá. Annie se serviu de apenas um pouquinho de Stummelpfennig.

— Bem, é muito interessante — murmurou ele. — Você não está bebendo seu chá.

Ela respondeu num tom bem maternal:

— Capitão Doultry. O sr. Chung, meu contador, acha que você é uma excelente pessoa, um homem muito bom. Ele acha isso, e falo isso por ele. Ele pediu informações sobre você por todo lugar, com muito, muito cuidado. O sr. Chung é uma pessoa muito cuidadosa.

— Tenho certeza de que ele precisa ser, trabalhando com você.

— Obrigada. Então, você é um marinheiro de primeira. Você é, como se diz, dono do seu coração. Gosto disso. Foi para a cadeia, o.k., gosto disso também. A polícia fez trapaça com você porque você não os pagou. São pessoas muito más, esses policiais de Hong Kong, eles roubam de todo mundo.

— Fui tolo — disse Annie.

— Na próxima vez, não será. — Ela se permitiu um de seus pequenos sorrisos. — Então, agora preciso dizer, quero fazer negócios com você. Quero roubar. Não sou policial, sou ladra. Que tal me ajudar a roubar essa prata?

Ela tinha muita personalidade. Sua colocação direta era atípica dos chineses, e Annie imaginava que ela havia aprendido isso da forma como aprendera a língua. Que poder essa garota seria no mundo dos negócios, ele pensou. Mas escondeu sua admiração. Suspirou e coçou sua cabeça abaixo do quepe.

— Madame Lai — disse ele. — Obrigado pelas palavras gentis. Mas acho que você me julgou errado. Não sei como posso ser de alguma serventia no esquema que você mencionou. Eu sempre evito me deixar nervoso. Gosto de fazer negócios, mas gosto de fazer da forma fácil. Apenas ao ouvir você, e olhar esta sua embarcação, bem, não preciso dizer que percebo muitas evidências de que a violência é uma forma de vida para você. Bem, eu já tive violência demais. Tenho de admitir que não sou o sujeito selvagem e brigão que costumava ser. Procuro uma vida fácil hoje em dia. Gosto de tocar piano, você sabe.

Foi um grande discurso, e muito bom taticamente, ou uma boa aposta, e madame Lai o aprovou. Era até mesmo parcialmente verdade, o que o colocava entre uma pequena percentagem nos grandes discursos de Annie Doultry. Mas Lai Choi San não fechava os olhos para a grande mentira que se arrastava naquilo tudo, como uma barata num pote de mel: Annie gostava de tocar o piano, claro, mas ele chegara a uma época da vida quando um homem com dedos gosta de ter um tipo melhor de piano do que um velho Brinkerhoff que não consegue manter a afinação por mais de uma semana. De onde Annie estava, ou descansava, um piano decente e um lugar permanente para colocá-lo ainda estava bem longe no horizonte de sua vida no oceano. Um pagamento minimamente decente era o que ele desejava, e madame Lai sabia disso tão certamente como sabia que a sexta lua era chamada de junho pelos *gwai lo*.

— Capitão Dowtly. Acho que você quer dinheiro.

Annie podia ver pela porta. Era uma pequena porta de correr, estava bem escuro e nublado, mas ele podia ver pela luz de uma lanterna um homem sendo puxado no convés pelo cabelo. Estava pelado e amarrado da maneira chinesa. Não havia som. A expressão de Annie não se alterou.

— Quanto? — disse ele.

— Eu não sei.

Agora Annie podia ouvir sons de pancadas enquanto arrastavam o homem escada abaixo, pela escotilha do castelo de proa. Lai Choi San disse:

— Haverá três, quatro toneladas de lingotes de prata. Talvez outras coisas. Muitos homens ricos sempre fazem essa viagem a bordo do *Chow Fa*. Excelente navio, o *Chow Fa*.

— O que estou perguntando é quanto você vai me pagar? Isso é uma coisa. A outra é, o que você quer que eu faça? E três, quem é esse homem que sua tripulação está arrastando pelo cabelo?

— Um homem morto.

Meticulosamente, ele evitou olhar para ela, mas podia senti-la congelando como se estivesse coberta de gelo.

— Quer falar sobre negócios, capitão? Ou quer ir para casa?

— Quero os dois, senhora. Agora sejamos francos um com o outro ou pelo menos vamos fingir ser. Você sabe que eu teria de ser uma pessoa muito idiota e má informada para não ter ouvido alguns rumores sobre a Montanha da Fortuna. Eu sempre pensei nessa montanha como um colega, e não lembrava sequer de já ter ouvido seu nome em chinês. Então, que tipo de montanha é você? Além de uma bela montanha? — Ele deu a ela seu melhor sorriso, porque queria quebrar o gelo.

Ela respondeu:

— Você está corretíssimo. Eu sou a Montanha da Fortuna.

— Prazer em conhecê-la, sra. Fortuna.

O gelo evaporou instantaneamente. Com um entusiasmo de menina ela contou tudo para ele. Ele não a interrompeu. De seu modo inimitável, ela disse que só a prata sozinha, por cinqüenta mil dólares a tonelada, faria dessa a carga mais valiosa a navegar em mares da China, por qualquer um no ramo. Esse seria, de longe, o maior navio já atacado, e o mais rápido, e carregava uma tripulação de mais de trezentos homens. Levava também pelo menos 12 guardas, e eram dos bons. Para pegar o navio do jeito "convencional" como ela colocava, ela precisaria colocar cinqüenta homens ou mais a bordo, e as armas também. As armas eram o problema. Esse era um navio de luxo, a linha Indo-China era uma linha internacional famosa, e a inspeção de sua carga — e bagagem — já era rotina e se intensificava conforme o pânico da pirataria aumentava. Ela sorriu de orelha a orelha por alguns momentos; isso fez a ávida mulherzinha parecer terna. Mas ela logo voltou aos fatos e à cara fechada, do jeito chinês. Ela bateu na testa com a mão.

— Penso nesse assunto. Penso que devo ter um homem branco ao meu lado para esse magnífico ato de roubo. E penso que talvez você queira fazer isso comigo.

Annie foi forçado a admitir que era magnífico o modo como ela falava isso. "Comigo" era o toque perfeito; justificava todas as evasivas sobre quanto estava guardado para esse homem branco.

— Você está me dizendo que quer fazer uma parceria com um *gwai lo*?

— Claro — ela disse, bem informal e aberta. — Não gosto muito de vocês *gwai los*, mas não são os demônios que os chineses dizem que são. Vocês são a doença estrangeira da China.

Annie absteve-se de comentar. Suavemente ela passou para os problemas e detalhes de seu plano, e o centro dele era a habilidade de Annie ao rádio. Não era segredo, claro. Ele havia instalado um dos primeiros equipamentos particulares de bordo do Pacífico Sul, seu Marconi de três válvulas, em 1923. E constantemente se vangloriava disso. Agora todo mundo estava fazendo o mesmo, e nessa parte do mundo o medo da pirataria era um incentivo para a comunicação a rádio, com as propostas de o tornarem compulsório em todos os navios a vapor acima de cinco mil toneladas. Para cada rádio com 24 horas de serviço você precisava de três operadores, mas havia poucos operadores e eles eram pagos com um terço do salário de um engenheiro — o que eles mereciam, vamos deixar claro. O código morse requeria um certo conhecimento, sem mencionar o hábil teclar dele e a manutenção das misteriosas máquinas com todos seus detalhezinhos. Estranhamente, o chineses eram muito atraídos por essas ofertas ocidentais, e muitos jovens estudavam inglês só por essa razão.

Annie confirmou com pompa sua longa experiência e conhecimento.

— Instalei um novo transmissor ano passado. Um transmissor Igranic neutro-regenerativo de ondas curtas. E ele tem o transformador opcional de longas e médias bandas no seu receptor. É um equipamento de mil e duzentos dólares. — Ele não contou onde arrumou, que foi com um certo intendente da Signals Company da velha e boa Marinha Americana na ilha Mindanao. Ela também não perguntou.

— Há três operadores de rádio no *Chow Fa* — disse ela. — Um deles logo vai ficar muito doente. Dei um jeito nisso, então você será avisado.

— Você vai envenená-lo?

— Oh, não. Ele é chinês. Vou pagá-lo. Dessa forma ele irá recomendá-lo para o serviço. — Ela sorriu de uma certa forma prematura dando os parabéns para Annie. — Depois, talvez, nós o envenenemos — disse ela calmamente.

Ele ficou de pé. Seu queixo encostado no peito e sua cabeça encostada no teto, sugeriu que fossem lá fora tomar o ar fresco de Aberdeen. A mão dela descreveu um adorável gesto no ar, que naquela sala cheirava fortemente a querosene.

Annie inclinou-se na amurada e olhou para as luzes sussurrantes ao norte do canal, além do quebra-mar. Alguns dos homens de madame Lai já estavam recolhidos para a noite em esteiras espalhadas sobre o convés, e seus roncos traziam um ritmo ao tom da brisa marítima, como o zumbido da gaita de fole faz com a melodia do cantor, a gaita com boca de marfim que os dedos do gaitista tocam.

Ela sentou-se no traseiro de um canhão de 75 milímetros Schneider chinês com suas mãos entrelaçadas sobre os joelhos. A ama número um, que não devia nem ter 16 anos, sentou-se aos seus pés, com os olhos ainda fixos no grande *gwai lo* com o quepezinho azul em sua cabeça eriçada. A ama número dois trouxe a garrafa de schnapps e a xícara de porcelana e ficou lá a sotavento como uma sentinela.

Annie disse:

— Suponhamos que nós não cheguemos a um entendimento? Eu também sou envenenado?

Ela deu a ele um olhar muito calmo.

— Oh, não. Confio em você, capitão Dowtly. Confio em você. Já nos encontramos, falamos sobre jogos, falamos sobre a vida de cães. Você quer fazer negócio, você apostou mil dólares para eu confiar em você porque confiar é algo muito difícil. Então, eu confio.

— Onde aprendeu a falar inglês?

— Na Sacred Heart College, escola missionária de Macau. Meu pai me mandou. Agora está morto. Ele não era cristão, mas era um homem muito bom, um tanka muito bom. Como sua filha, ele lia, escrevia, sabia aritmética, língua inglesa. Um homem muito moderno. Um grande, grande homem, grande, grande tanka da China moderna. E um grande ladrão de navios.

— Sra. Fortuna, espero que não se importe de eu chamá-la assim? É um nome de primeira classe; seu pai teria aprovado, acredite. De qualquer forma, quero explicar algo à senhora. Os riscos que a senhora está correndo são aqueles com os quais já está acostumada. Talvez a senhora não se importe de esticar o pescoço no presídio Vitória. Mas o meu é precioso para mim.

Ele coçou a nuca; estava nervoso e cedeu ao impulso, ao inferno com a impressão que passava. Para esconder seu embaraço, levantou a sobrancelha.

— Este é o século XX, senhora. Você ouviu sobre a pirataria do *Irene*, não? Quando um submarino interceptou o navio no momento em que os desgraçados piratas — me desculpe, por favor — o traziam para a baía Bias, e atiraram nele e tacaram fogo? Acho que oito desses rapazes foram pendurados depois daquela porra. Bem, acho que a senhora não teve nada a ver com aquilo; parece que foi um negócio desorganizado. Mas tenho de dizer que — ele olhou para os velhos canhões logo à frente — você tem um caminho a percorrer quando falamos em modernizar seus métodos, sra. Fortuna. Você precisa de um rádio a bordo dessa banheira, para começar. Quanto ela faz com o máximo de vento? Seis nós?

— Fazemos dez nós facilmente — respondeu a sra. Fortuna, com os olhos arregalados.

— Porra nenhuma. Desculpe meu linguajar. — O capitão Doultry sentia-se em solo firme agora, ou um pouco menos desconfortável. — Você está pensando em pegar um navio grande com uma dúzia de bons oficiais britânicos, e sabe que eles vêm esperando por isso, estão preparados. Aquela embarcação está muito bem protegida. — Ele sentiu o suor sobre sua barba. "Agora, estarei eu tentando aumentar as apostas", ele pensou, "ou só tentando me borrar de medo?" — De que jeito vocês vão colocar seus cinqüenta assassinos a bordo dela?

— Não são cinqüenta. São vinte. Você vale por trinta homens, capitão Dowtly.

Ele não tinha resposta pronta. Ela tinha um truque, não de diminuir seu oponente no momento crítico, mas de aumentá-lo. Vento extra nas velas ao invés de menos.

Ela não estava impressionada.

— Capitão Dowtly, você é um homem de sabedoria sobre sua profissão. Mas se estivesse sempre certo em seus julgamentos, nós não teríamos nos conhecido, porque você não teria vivido metade de um ano numa cadeia britânica. — Uma farpa no rabo daquele pequeno dardo, lá estava: os Britânicos. Ele não esquecia isso, nem eles o esqueceram. A porra dos ingleses. Que pena para a tática dessa mocinha maligna que eu seja um homem para o qual a vingança é uma palavra vazia e sem sentido, pensou Annie. Deus Abençoe o Rei George! Mesmo assim, foder com seu traseiro real também seria um prazer.

— Tive bastante companhia na prisão, senhora. Havia enforcamentos todos os sábados antes das corridas de insetos, e a maioria dos vermes eram piratas. — Ela tinha uma expressão entediada. Aquilo era bom. — O fato é que estou neste convés do seu belo junco e você está pedindo para eu fazer esse negócio com você. Vai ficar tentando impor sua vontade? Palavra final é palavra final. — Ele podia ver o cérebro dela como uma chapa de raios X, guardando uma ou duas dessas "palavras finais" para uso futuro.

Ela ficou de pé. Ele levantou todo seu peso e altura e eles se encararam no escuro, com a pequena ama a seus pés. O sr. Chung observava como um espectro da popa e um surpreendente número de rostos vigiava sua patroa e seu convidado de várias perspectivas, acima e abaixo do junco suspenso na neblina em algum lugar ao sul do século XVIII. O fantasma do dragão estava presente; o hálito da grande besta estava sobre a água.

Ela disse:

— Posso pegar esse navio *Chow Fa* sem a ajuda de qualquer homem, branco, amarelo, rosa ou azul. Sou a senhora de 16 juncos de guerra e de mil bravos homens, e se eles morrerem num piscar de olhos, há mais mil atrás para me servir. Vou pegar o *Chow Fa*. Vou colocar cem homens com facas entre seus oficiais, esperar atrás de uma ilha e saltar como um tigre num mar de ferro e vou descarregar minhas armas na barriga daquele navio. Eu tenho vários, vários atiradores de primeira, você vai ver. Vou matar os guardas, matar os passageiros e vou pendurar os intestinos do capitão no mastro acima de você. Você vai ver, capitão Annie Dowtly. — O tom dela não era exagerado, mas seu coração estava nele. Não era um discurso — era um filme!

Ela virou as costas para Annie e chamou um homem na escuridão. Houve um arrastar de pés, um sujeito se apressou pelo convés e um baixinho despido, exceto por uma tanga vermelha, apareceu no convés. Ela bateu palmas entusiasmada e deu ordens severas. Ela parecia ensandecida. Annie acendeu outro Woodbine enquanto a ama número um desaparecia como uma mariposa na noite.

Mais dois homens apareceram arrastando um grande pacote. O prisioneiro era um cara grande, e seu cabelo era comprido e preso numa trança à moda antiga, como todos os chineses usavam o cabelo seguindo a lei da dinastia Manchu até seu final, em 1911. Seu pescoço estava amarrado a seus pés por trás e seus pulsos também, ele fora surrado com bengalas de *rattan*, como as leis da China indicavam aos delinqüentes — e a lei britânica também, no presídio Vitória. Entretanto, talvez tivesse ido além de uma simples surra; porque o homem parecia que tinha recebido um grande número de pancadas por vários dias. Não há porque descrever o estado de suas costas. Após uma olhada, Annie decidiu que não havia porque ficar olhando para ele: o que quer que tivesse acontecido, ele já era um homem morto. Então Annie se virou e admirou as luzes do porto de Aberdeen. E percebeu bem no topo do monte Vitória uma nova luz, vermelha, na antena de rádio da nova estação telegráfica, a mais poderosa ao leste da Índia. Ele decidiu que deveria subir no monte de bonde e fazer uma visita para bater um papo com o ex-sargento de sinalização da Marinha Britânica, que cuidava da estação.

Annie ouviu vários sons do convés atrás dele, mas não se virou. O capitão Wang Ho emergiu de sua cabine de dormir, que era ao lado da de madame Lai, e soou como se estivesse dando ordens. A maioria da tripulação parecia estar acordando com gemidos e protestos, mas esses sons rapidamente se transformaram em sons prazerosos quando eles viram que seria divertido. Então, abruptamente, o capitão Wan Ho os silenciou. Annie ouviu o som de uma respiração curta, como a de um cachorro doente.

Em seguida ouviu Lai Choi San falando baixo e rapidamente em sua língua, e a curiosidade o fez virar a cabeça.

O homem estava deitado todo enfaixado enquanto a tripulação da madame Lai ouvia o que ela dizia. Um homem gordo com duas

Lugers amarradas a seu torso, com uma faixa florida, usando um par de botas do Exército Britânico segurava a trança do prisioneiro, mantendo seu rosto virado para o julgamento. O homem perdera seus olhos pela imaginação de seus torturadores, mas a maior parte da sua boca ainda estava lá. Ele escutava cuidadosamente as palavras da mulher que o punira, e por quem ele esperava logo ser libertado dessas circunstâncias imperdoáveis.

Lai Choi San chamou outro homem. Um pequeno sujeito esquelético com um ar de importância e várias facas enfiadas em seus vários cintos escutou atentamente as instruções dela, depois foi até o prisioneiro, agarrou seu pé esquerdo, o apoiou no joelho e arrancou o dedo do meio, o que levou só alguns segundos. Depois tentou colocar aquele troço na boca do homem. O prisioneiro não queria abri-la, então o sujeito usou uma faca para isso e não teve dificuldade em colocar o dedo lá dentro. O homem recusou a comer seu próprio dedo, mas o homenzinho falou com ele. Do que ele o ameaçou é apenas uma suposição, mas o ameaçado mudou de idéia e tentou mastigar seu dedo. Um dedo cortado é bem difícil de se comer, mesmo para um homem forte; esse camarada já estava mal, então foi ainda pior.

Depois de um minuto ou dois do espetáculo, o público começou a mostrar sinais de cansaço; a própria madame Lai estava bem entediada — Annie podia perceber por seu comportamento. Ela falou secamente com o cara magricelo, cujo nome era Ti Tsai e ele fez uma reverência formal para ela, então se virou para um cara de pé com um grande pacote embrulhado num pano vermelho. O rapaz solenemente desembrulhou uma espada. Era uma ótima arma no estilo Mukden da guarda pessoal da Imperatriz Viúva, com uma lâmina curva muito afiada.

O homem de cinta vermelha puxou pelo cabelo do prisioneiro, tentando deixá-lo de pé, mas ele permanecia caindo. Em cantonês, Tsai disse impacientemente:

— Já está bom, tudo bem — e com sua espada mediu seu giro casualmente então deu um golpe como uma foice no pescoço da vítima, que quase o arrancou fora. O homem do cinto florido riu e deve ter dito "tente novamente, amigo", porque o homenzinho, com uma cara de irritado devido a seu pequeno erro, fez de novo, com um golpe que não apenas finalizou o trabalho, mas passou a um milímetro de eviscerar o Cinto Florido. Houve muita gargalhada e folia entre a tripulação, enquanto Tsai segurava a cabeça e o sangue pingava da artérias de seu proprietário, fazendo aqueles mais próximos se afastaram e zombarem uns dos outros como crianças brincando com um irrigador de jardim.

Annie sentou-se no canhão onde Lai Choi San havia sentado. Ele pegou sua garrafa do convés e se serviu. Lai veio juntar-se a ele com um ar de desculpas, como se tivesse sido chamada ao telefone e agora pudesse voltar aos negócios.

— Desculpe-me — disse ela. — Aquele cão imundo já foi um dos meus homens. Em nossos papos chamamos de "irmão", você entende. Ele fez negócios com uns russos, deu informações, uma história muito, muito cansativa. Mas o resultado é que outro irmão levou quatro tiros numa busca ao ópio. Ele morreu mais tarde. Agora, esse aí — ela acenou para a poça escura de sangue que era tudo o que restava dele — foi mandado para o outro mundo sem olhos, sem um dedo. Voltará na forma de uma minhoca cega. É isso o que meus homens acreditam. — Ela tinha a ousadia de rir delicadamente para se afastar de superstições tão bárbaras. — Gostaria de mais um pouco de chá, capitão Dowtly?

— Acho que não — disse ele.

Eles entraram numa fase final de negociação, do tipo que um empresário comum não entende nada.

— Sou um ser humano — declarou ela com grande doçura.

A barba dele tremeu.

— Você não vai ficar brava se eu rir, vai? — Sim, claro que ela ficaria. — O.k. Vamos voltar a quanto, para mim. — Ele bateu em seu nariz torto.

— Ainda não decidi. Você precisa pensar. Eu preciso pensar.

— Acho que já pensamos o suficiente, moça. Se você quer fazer um trato, faça agora, ou tenho a impressão de que meu orgulho poderá nos separar permanentemente. — "Jesus, que foi isso?", ele pensou. O orgulho de um homem! Onde ele mantinha essa criatura doméstica? Em seu escroto? Na faixa do seu chapéu, como Barney, entre uma multidão de outras dívidas? No metal manchado de seu espelho?

Ela decidiu tomar uma iniciativa.

— Nosso costume é dividir o que ganhamos. É nosso costume há mil anos. Mas ainda não pensei.

— Acho que pensou. Acho que você tem uma pequena idéia. Posso vê-la nas profundezas desses seus olhos cintilantes. — Ele pausou para dar um olhar penetrante nela. Seus olhos não tinham fim, eram superfícies inteiramente brilhantes brancas e pretas. — Que tal cinqüenta/cinqüenta? Metade para você, metade para mim?

Ela riu estrondosamente. A pequena ama riu como uma flor, e Annie pode ouvir risadas no convés acima. Ele olhou e viu o sr. Chung.

— Sr. Chung — disse Annie —, o senhor tem uma propensão para flutuar por trás de mim e à minha direita. A única pessoa que tem essa permissão da minha parte é o negro do meu barco. Entendeu?

Annie virou suas costas para o convés superior novamente, mas podia ouvir o escriba se retirando. Ele tinha um rosto perdido, pensou Annie; preciso ficar de olho nesse indivíduo. Para madame Lai, que ainda estava rindo — ela parecia gostar de ver o sr. Chung sendo colocado em seu lugar — Annie disse:

— Metade, metade, coração. Por menos da metade, não me entusiasma.

— Há uma lei entre nós — ela respondeu. — Somos lobos-do-mar, e todos sabem que nas florestas de Szechwan os lobos também têm leis. Eu sou a líder; fico apenas com um terço de tudo o que é conseguido. O resto é dividido igualmente entre meus homens; mas a lei diz que meus capitães devem ter 16 partes, meus mestres de navegação e meus chefes dos canhões, sete, meu *tou-mu,* quatro e também meu — como se diz *tokung*? — Ela fez um gesto de puxar como um timoneiro.

— Timoneiro — disse Annie.

— Sim. Então... para você eu pagarei cem partes.

Annie poderia ter rido também, mas ele achou que era mais eficaz franzir a testa, olhar para seu relógio e murmurar suavemente.

— Senhora, não tenho intenção de colocar meus interesses nas mãos do seu contador, sr. Chung. Mas só por curiosidade, qual será o total de partes?

— Talvez eu use duzentos homens. Talvez trezentas partes.

— Depois de tirar sua parte do total? — Agora ele riu. Sua gargalhada aguda e gutural acordou um canhoneiro deitado uma jarda à frente no sotavento do canhão 75 no qual ela havia se sentado. Ele rosnou como um cão. — Sra. Fortuna, essa sua conversa é um exemplo de como os chineses perdem tempo com suas obsessões por pechinchas. Isso não é moderno. Além disso, estou ficando com bastante fome. Você sabe e eu sei que não vou me envolver com você por menos do que você pega para si mesma, o.k.? Um terço para você, um terço para mim, e o resto para os rapazes. — Annie sorriu para o canhoneiro carrancudo. O jovem cuspiu e rolou de volta para baixo do canhão.

— Não posso te dar tanto. Meus homens não permitiriam. — Ela se refugiava na democracia de sua instituição.

Annie disse.

— Madame Lai, quero voltar para o meu barco.

— Vá — disse ela.

Ela se inclinou para o lado e chamou o homem da sampana. Ele ainda estava estacionado lá embaixo.

— Sinto muito, capitão. Sinto muito, por isso farei uma última oferta. Te darei um cinco.

— Você quer dizer um quinto? Do total?

— Do total.

— Desculpe, doçura, mas a única coisa que posso te dar de graça é schnapps. — Ele colocou uma perna para fora, seu pé sentindo a corda da escada. — Com certeza você é um docinho duro, sra. Fortuna. — Então desapareceu da sua vista.

Ela foi até o lado e olhou para baixo. O peso de Annie fazia as cordas estalarem, mas era um homem gracioso com os barcos e fez sua descida como um especialista. Sentou-se no centro da sampana, olhou para cima e acenou. O velho estava olhando para cima também, esperando por um sinal para partir.

— Fico com um quarto — disse Annie. — Do total.

— Um quinto — ela disse.

— Adeus, sra. Fortuna — foi sua resposta.

O sinal para a partida não foi perceptível para Annie, mas o velho entendeu e entrou na correnteza. Annie acenou como o cavalheiro que fingia ser, um pequeno aceno como uma rainha dizendo adeus a uma vasta colônia. A sampana avançou na correnteza enquanto o velho usava seu remo. Estavam vinte pés à frente do junco e a neblina rapidamente obscurecia ambas as embarcações quando a voz de madame Lai soou musicalmente mas rouca pela correnteza:

— Gostaria de jogar fan-tan pelo seu quarto?

Houve uma pausa. Aos ouvidos de madame Lai, o remo bateu duas vezes na água, com menos força, e aos olhos de Doultry a noite engoliu o *Tiger of the Iron Sea* enquanto ele coçava sua barba e murmurava para o homem da sampana:

— Por que não?

O homem da sampana fez uma pausa no meio de uma remada. Seu remo pingou, então ele se virou e disse em seu tom agudo as três sílabas em cantonês que significavam "Por que não?". Depois enfiou o remo com força, girando seu barco num giro um pouco maior do que sua própria extensão.

Lai Choi San sentou-se em seus calcanhares sobre o convés da popa. Sob a luz de uma lanterna, parada pelo mestre de navegação, o capitão Wang Ho, ela tirou de um saco de linho uma pilha de moedas de bronze, escurecidas pelo invencível jogo. Sr. Chung, o escriba, acendeu um de seus charutos japoneses baratos. O capitão Doultry sentou-se em frente à madame, com suas pernas esticadas sobre o convés num grande V, as pontas gastas de seus Oxfords marrons miravam as estrelas encobertas e suas costas se apoiavam no mastro de ré, já que ele não estava acostumado a se sentar num convés. O mastro desgornido batia suavemente, e madame Lai pegou a tigela de arroz de seu capitão, inverteu-a e a jogou sobre o dinheiro. Algumas moedas ficaram presas na borda, mas ela puxou a tigela como os crupiês fazem para incluir ou excluir moedas indecisas.

— Faça sua aposta, capitão.

Ela removeu sua mão. Annie olhou a tigela e refletiu sobre seu conteúdo. Uma barata marchava no círculo de luz, passou pela tigela e fugiu pela direita.

— Vou no Kwok, em um e quatro.

Madame Lai pegou uma moeda que ficou de fora e a colocou à sua esquerda e três outras à direita. É a forma como se conta as apostas no fan-tan, nos templos e esquinas de Macau.

— Eu venço — disse ela — com dois ou três. — Então, sem mais delongas, ela levantou a tigela.

Não muito dinheiro parecia ter sido coberto. Ela estendeu seu imaculado dedo indicador para começar a contar, mas seu oponente fez um estalo com a língua e ofereceu a ela um lápis Vênus amarelo tirado do bolso de sua camisa. Ela aceitou sem fazer comentários. Com a ponta, ela separou o dinheiro nas linhas gêmeas necessárias e rapidamente começou a contar, quatro, e quatro, e quatro, e quatro e assim em diante.

Havia precisamente 14 moedas sobrando quando o sr. Chung tossiu delicadamente e o olho de Annie chegou à conclusão de que ele havia perdido. Então houve dez. Então seis, e ele teve certeza. Ele deu uma pancadinha em seu nariz. Seu lápis pegou mais quatro.

— Ah. Você ganhou! — Ela olhou com um rosto solene. No convés, à frente dela, havia uma moeda.

O sr. Chung inclinou-se involuntariamente e olhou. Não havia dúvida de que esse contador astuto também havia observado 14 moedas, e dez, e seis. Mas ele não disse uma palavra enquanto madame Lai pegava a moeda solitária e a jogava entre as pernas de Annie. A moeda rolou até ele e ficou lá, sem nem mesmo cair para um dos lados.

— Você ganha um quarto do total, capitão Annie Dowtly — ela disse suavemente. — Mas eu fico com o lápis.

CAPÍTULO 5

O *HALL* DOS NOBRES HERÓIS

ENQUANTO VOLTAVA para o *Sea Change* na sampana, uma garoa quente e transparente começou a cair. Annie refletia sobre o negócio das seis moedas do fan-tan, que deveriam ter se tornado duas, mas se tornaram uma. Ela deve ter escondido uma delas na mão, e foi feito de forma impressionante. Mas os motivos que a fizeram deixá-lo vencer eram igualmente intrigantes. Possivelmente, se ele tivesse vencido, ela teria trapaceado também, e garantido a própria vitória, não por ganância, mas simplesmente para inverter o destino, independente de uma vantagem sua ou do seu adversário; para colocar a fortuna do *gwai lo* ao comando dela, para mostrar quem é que mandava. A vontade de Lai Choi San, não as leis da sorte arbitrária, deve ter sido o que guiou essa mulher.

Outra possibilidade era de que madame Lai apenas quisesse deixar o *gwai lo* satisfeito. Quanto essa decisão, ou capricho, custaria a ela em dinheiro não se saberia por semanas — mas ela estava determinada a mantê-la.

De volta a seu barco, Annie encontrou Barney deitado num estado de graça na parte superior do tombadilho. Ele assoprava camisinhas como balões. Duas delas flutuavam do mastro da bandeira, dançando na brisa chuviscantes, e uma mulher gorda sentada no banco do piloto as admirava. Annie foi para sua cama sem comentar os acontecimentos da noite com seu colega, que estava cansado demais para tê-los acompanhado, de qualquer forma.

No dia seguinte, que era quinta-feira, eles carregaram 26 toneladas de fogos-de-artifício manufaturados por Lin Huang Chan e Filho, de Aberdeen, e navegaram para Cantão antes do pôr-do-sol. Eles chegaram às docas Whampoa na manhã seguinte e descarregaram, e Annie visitou os escritórios de Crawford e Perry, seus agentes, para ver o que estava pegando. O boicote aos navios britânicos, organizado pelas uniões comunistas em Cantão, que já durava um ano, havia malogrado da forma como esses protestos sempre malogram na China. Muitas pessoas estavam perdendo dinheiro demais para manter suas consciências políticas bem alimentadas; e, desde que os Vermelhos divorciaram-se dos Nacionalistas, não havia mais nada além do orgulho patriótico para manter o boicote. Os chineses eram patrióticos de uma forma profunda e mística, mas não no dia-a-dia dos negócios.

Ainda assim, embarcações carregando bandeiras estrangeiras, como as gastas estrelas e listras do *Sea Change*, estavam numa posição favorável. Dava para escolher a carga e o destino, a maioria era de sedas destinadas a Cingapura ou Indochina. Mas Annie pigarreou e ficou com uma pequena carga de utensílios de cozinha e coisas parecidas destinadas a Macau, uma viagem de apenas sessenta milhas. Barney gritou e uivou, já que o dinheiro era uma mixaria — como um homem pode recusar longas entregas num clima ameno quando o negócio estava lá a mão? Tudo o que Annie disse a ele era que tinha um encontro importante em Macau na noite de segunda, um encontro de negócios com alguém "grande". Então deixou Barney e foi para Cantão conversar com a pessoa conectada com a venda de armas. O acordo com madame Lai era ainda uma miragem no horizonte da mente de Annie; poderia muito bem provar ser um pesadelo do qual ele poderia querer acordar a qualquer momento. Então Annie se fez as perguntas necessárias sobre as alternativas: nada de seda ou de fogos de artifício ou de ventiladores elétricos, mas o troço com grandes margens de lucro — metralhadoras e adjacentes para a bateria de montanhas de armas construídas nos EUA de Chiang Kai-shek, das quais Annie por acaso conhecia um estoque expressivo existente no armamento da força policial das Filipinas, logo saindo de Manila.

Ah, Manila! Aquela bela desculpa para uma cidade é uma concessão permanente no amplo domínio de minhas estrelas, pensou Annie. Mas por quê? Por que Manila, Manila o tempo todo, passado e futuro, indo e vindo, quando Manila era o último lugar que ele queria ver na vida?

Na noite de domingo, eles atracaram no modesto porto de Macau, e segunda depois do almoço Annie visitou a casa de fan-tan de Yung Chung novamente. O sr. Chung estava lá, conversando com o gerente, do qual ele era parente, e cumprimentou Annie calorosamente. Ele usava um chapéu de palha inglês e um *blazer* azul-marinho com botões de metal e calça de gabardine muito grandes de um bege delicado, caindo pesadamente sobre sapatos de couro preto com pequenos laços roxos. Annie usava sua segunda melhor camisa de seda com um estranho conjunto de botões e uma calça xadrez francesa larga, que ele comprara em Seul e que sabia que lhe caía perfeitamente. Havia aparado a barba e tirado o pó de seu quepe. Ele não se preocupou em guardar seu Walther; o clima estava bem quente.

Macau é uma ilha de apenas quatro milhas de extensão. Eles andaram juntos numa charrete ao longo da praia Grande; passando pelo palácio do governador, pelo Ma Kok Mil, o templo de A-Ma, a deusa do mar, de onde veio o nome Macau; pela velha fortaleza Barra e o grande cassino flutuante de fan-tan chamado Sun Tais; e por um pequeno beco entre muros altos.

Havia um portão no muro com um sino para tocar. Um olho espiou através de um buraco, então o portão foi aberto por um homem que usava estranhas botas pretas e tinha dificuldade em andar, apesar de não ser velho. Ele fez uma reverência para o sr. Chung.

Enquanto o escriba conduzia Annie através do jardim até a casa, ele disse alegremente:

— Esse homem é um ótimo atilador de plimeila. Mas levou um tilo em luta, e perdeu o pé. Madame Lai cuida da sua gente. Ela o ajudou, fez botas especiais de Jobson's, da Queens Load, em Hong Kong.

O jardim era elegante, do tipo dos velhos jardins chineses, com pedras e árvores de formas arcaicas. Eles atravessaram uma fonte de lótus passando por uma ponte inclinada e chegaram a uma pequena casa meio escondida pela vegetação. As beiradas de seu telhado eram viradas para cima, a calha saía da boca de dragões verde de bronze.

Ela usava um manto violeta dessa vez. Era de um estilo tradicional, como aquele branco, só que mais comum, bordado com um labirinto de flores. Pareciam jasmins, jacintos. Era de gola alta, e por baixo ela usava uma pantalona branca. Não era o tipo de mulher que se veria, nem morta, num *cheongsam*. Esta noite, suas jóias eram todas de uma profunda cor azul-esverdeada, exceto por uma safira em um de seus anéis, grande como um ovo de codorna. A safira fora lapidada de uma forma que não cintilava, brilhava. Ela andou com ele pela fonte. As árvores os sombreavam, não estava particularmente quente; mas ela usava seu leque constantemente.

— É um ótimo jardim — elogiou Annie.

— Não trago pessoas à minha casa para negócios.

Annie disse a ela o quanto estava honrado.

Para negócios, ela disse, usava os apartamentos num prédio ao lado da Companhia de Jogo Yeng Chung, da qual era sócia. Ela tinha muitas conexões em Macau. Disse que seu pai tinha uma espécie de título político, ele era o Venerável Protetor da Pesca, ou algo assim. Parecia um título adequado para um gângster.

A casa dela era excelente. Era uma casa chinesa tradicional, sendo um arranjo de pavilhões com pequenos pátios e o jardim em volta; mas tinha toques macauenses: várias cores diferentes, apesar de ser predominantemente rosa, e as janelas serem desinibidamente Mediterrâneas, com vidro bem caro. Dentro, estofados portugueses misturavam-se ao pau-rosa e ao verniz preto, aos divãs, às telas e às porcelanas; e grandiosos retratos fotográficos de parentes ricos eram pendurados com orgulho entre ondas sedosas que dançavam em pinturas do mar, que parecia ser a preferência familiar.

Havia uma biblioteca com muitos livros. Madame Lai apontou para eles e disse:

— Esta é uma sala de poemas. — Parecia pouco provável a Annie que ela os tivesse lido, mas ela era uma criatura de contrastes. Ele ouviu vozes de crianças, mas não pôde vê-las. Perguntou educadamente se ela tinha filhos ou filhas; ela disse:

— Façamos como os *gwai los*. Primeiro tratamos de negócios, depois falamos de outras coisas.

Havia um caramanchão no jardim com pedras brancas entre dois salgueiros, dentro dele, uma grande gaiola com um pássaro cinza grande. Ela deu pedaços de coco ao pássaro.

— Há mais uma coisa, capitão Doultry. Você sabe como nós, gente da Bandeira Amarela, como nossos corações sentem-se com aqueles que traem nossos irmãos; gente que trai nossa gente. É bom pensar com cuidado nisso.

Annie esperava por isso desde que o dedo do grande homem com trança foi oferecido a ele como última refeição. Ele refletiu que aquele cara provavelmente havia sido mantido vivo por um dia ou dois a mais, expressamente para deixar esse ponto claro para um possível parceiro *gwai lo*.

— Acho que sou muito cuidadoso com muitas coisas, sra. Fortuna — respondeu ele, olhando o pássaro cinza em seus olhos roxos. — Mas eu nem perco tempo pensando em traição. Não é da minha natureza. — Se ela engolisse aquilo, ela engoliria qualquer coisa.

Ela o olhou de lado.

— Você é branco. Um homem da raça branca. Já não está traindo isso? — Deu um aceno. — Esse mar de brancos?

Annie se permitiu um riso. Serviu-se de alguns pedaços de coco do pássaro, da pequena cesta da madame, e disse:

— Há apenas uma raça que um homem pode trair, e é a raça de duas pernas. Eu não conto babuínos. Acho que a maioria dessa raça é nojenta, não importa a cor. Mas não acredito que eu os tenha traído. Acho que não. — Ela não disse nada. — Você deve saber, querida

— disse ele de forma suavemente petulante —, o que eu tenho feito; seus palhaços vêm me seguindo desde que eu saí da cadeia.

O pássaro cinza abriu seu bico e fez um som rouco.

— É melhor — disse madame Lai — você se tornar um dos nossos.

— Melhor pra você? Ou melhor pra mim?

— É melhor.

A organização era chamada de *Hall* dos Nobres Heróis da Bandeira Amarela. Era um tipo de tríade ou sociedade secreta, era ligada ou descendia do *Hall* do Céu e da Terra; que fora fundado por Chang Pao, o filho adotivo de madame Cheng e também seu amante. Madame Cheng I era a esposa de Cheng I Sao, chamado de Imperador dos Mares. Ele era um pirata.

No auge do seu poder, dizem que Cheng I Sao comandou sete mil juncos de guerra. Ele pensava seriamente em tentar destronar o Imperador Dragão, Chia Ch'ing. No oeste, Napoleão Bonaparte havia se coroado imperador da França, e no meio Nicholas I era o imperador da Rússia.

De qualquer forma, como Lai Choi San, a Montanha da Fortuna, contou a Annie, a fortaleza principal de Cheng I Sao ficava na ilha de Lantau, que é ao lado de Hong Kong. Numa guerra com alguns outros piratas de Haian, o Imperador dos Mares capturou o garoto — ele tinha 15 anos — e se apaixonou por ele. Não apenas o garoto se tornou o mais amado amante de Cheng I Sao, como ele também o adotou como seu filho, dando-lhe o nome de Chang Pao.

Cheng I Sao foi morto numa batalha. Para honrá-lo e, sem dúvida, por prazer próprio, sua viúva fez de Chang Pao seu amante. Ele tinha 24 anos e já era líder do Esquadrão Vermelho. Madame Cheng I sucedeu seu marido como Imperadora dos Mares, e ela, com seu jovem e belo amante, estendeu o poder do *Hall* do Céu e da Terra sobre todos os mares da China.

— Chang Pao é meu ancestral — ela disse.

Eles estavam em sua casa, tomando chá e comendo biscoitos recheados, iguaizinhos àqueles vendidos no beco ao lado do bar e *grill* Stoffer's. Estava longe de ser uma coincidência: madame Lai era onipresente e o sr. Chung tinha espiões por todos os lados.

Ela deu um de seus acenos, em direção ao céu amarelo; eram quase sete horas.

— O pai do pai do pai do meu pai era Chang Pao. Ele se tornou marido de madame Cheng I, mas teve muitas amantes. Ele era um tanka. Vou mostrar a você a placa dele um dia desses. Chang Pao foi meu mais venerável ancestral. — Ela passou para Annie o prato de biscoitos e ele se permitiu mais um. — Entretanto, ele não viveu muito. Madame Cheng I ficou cansada dele. Ele estava na cama com uma mulher e comeu alguns bolinhos. Chang Pao morreu com o veneno neles. Levou vários dias para destruí-lo, e mesmo o ópio mais poderoso não conseguiu apagar o fogo que o queimava por dentro, até que sua pele se tornou preta e caiu dos ossos.

Uma família e tanto, pensou Annie. Balançando sua cabeça em simpatia, pegou mais um biscoito.

— Você se tornará um de nossos irmãos — disse ela. Não foi um pedido.

— Isso quer dizer que terei de chamá-la de irmã?

— Não — ela disse. — Eu também serei seu irmão.

Annie não entendia a coisa mística. Ele estivera entre xamãs em Mindanao e gente do vodu no Haiti e nunca conseguira nada além de arrependimentos com essas pessoas. Ele bocejou e pegou o espelho de bronze que ela dera a ele, porque havia dito a ela que gostava de espelhos. Olhou para seu reflexo turvo e ajustou os cachos da barba.

— Madame Lai — disse cuidadosamente. — Você está me enrolando. Nunca, na minha vida, conheci um chinês que considerasse um branco qualquer coisa além do que se encontra atrás de um porco.

— Não importa — disse ela irritada. — Não importa. Isso é negócio. Você fará um juramento de sangue muito sério. Isso é o mesmo que assinar papéis para os *gwai los*. Só que mais definitivo.

— Nesse caso, ficarei feliz em assinar, querida. Vou passar por todos os percalços, mas tenho certeza de que você tem consciência do fato de que o único juramento que conta é jurar por suas velhas ganâncias. Acredito nas suas, e você pode acreditar nas minhas. — Ele levantou sua xícara de chá galantemente.

Ela não foi fisgada por essa leve colocação; isso foi óbvio em seu sorriso, que mostrou todos os seus dentes.

— Não sou gananciosa, capitão. Eu acredito no juramento. Nós dizemos: quebrar a Lei do *Hall* é a morte, e seguir a Lei do *Hall* é a morte. Acredito nessas palavras.

Annie assentiu seriamente. Ele não sentia que era hora de questionar sua atração por essa idéia. Os chineses freqüentemente tendiam a banalizar a morte.

O espelho era um disco de bronze de oito polegadas de diâmetro, com a face polida e refratando a cor do mar num instante anterior ao amanhecer. No centro de seu verso, que tinha uma pátina escura, havia uma alça redonda para pendurá-lo, e na beirada havia os 12 signos do zodíaco chinês, que também correspondiam aos pontos de sua circunferência. Ao redor da alça havia os Animais dos Quatro Quartos: ao norte, uma tartaruga preta, na qual havia uma cobra enrolada, que era chamada o Guerreiro Negro; a leste, um dragão verde; ao sul, um pássaro escarlate; e a oeste, um tigre branco.

Annie gostou do espelho. Gostou do seu tamanho e o fato de que ele refletia tudo como se na sombra de seus próprios anos. Refletia seu rosto com uma idéia bem perceptível. Lai Choi San disse a ele que o objeto fora feito na dinastia Han, "antes do nascimento do seu Cristo".

Barney sabia que algo estava acontecendo, e que tinha a ver com a chinesa; e Annie decidiu que era tudo o que ele saberia. Barney se assustaria, faria um escândalo terrível, não teria fé no sucesso da trama. Barney havia visto os esquemas de Annie darem errado várias vezes; e tudo o que ele queria era uma vida tranqüila, o orgulho de ser o primeiro homem numa embarcação tão boa, a satisfação de chefiar vários rapazes, a segurança de sentir que Annie poderia pagar para ele uma nova dentadura quando e se fosse necessário, e um pouco de Edward Lear aqui e ali. Ele queria confiar em Annie e olhar para a frente, para uma idade indefinida ao lado de uma lareira de reminiscências de dignidade, com um bom piano ao lado.

Mas Annie fazia esses planos modestos parecerem especulativos, para dizer o mínimo. Annie era louco. Quanto mais louca era a parada, mais provável que Annie fosse atraído por ela. Um homem de 51 anos!

Não era à toa que Barney estava ficando careca.

Eles estavam ancorados num cais em ruínas ao lado de onde a balsa de Hong Kong ficava, jantando juntos no convés, porque era uma bela noite. O velho homem havia cozinhado um pouco de peixe e camarões e arroz no estilo taitiano, a caixa de gelo estava cheia de Tsingtao, e uma garrafa de um excelente vinho rosê português descansava na pequena mesa dobrável coberta com uma toalha xadrez vermelha e branca. Uma cena doméstica. Annie provou o vinho, encheu o copo de Barney e colocou quinhentos dólares em notas de Hong Kong ao lado do prato de Barney. Disse:

— Isso é um pouquinho do seu pagamento, filho. Vou deixar você cuidar um tempo dos seus negócios. Aqui está uma carta colocando esta embarcação a seu cargo até que eu volte. Fique longe da gonorréia e lembre-se, óleo sessenta, não oitenta, o.k.?

— Merda — disse Barney. — Onde você arrumou essa grana?

— Tenho um pouco guardado. De negócios pessoais. — Isso era verdade. Ele havia pegado aqueles mil em ouro do sr. Chung novamente. Como Annie agora explicava cuidadosamente para Barney, esse dinheiro era um selo legítimo de um acordo, não era um suborno ou algo como uma gorjeta, que na maneira chinesa de ver as coisas colocava a pessoa em posição de subserviência ou obrigação. — É preciso se especializar em psicologia chinesa, Barney. É preciso entender meus movimentos, garoto.

Em vez de aplaudir, Barney apenas fez algumas perguntas estúpidas e inquiridoras. Annie respondeu a elas sem vontade, com respostas jocosas ou insultos, e Barney logo desistiu. Ele suavizou os sentimentos de solidão e insegurança que haviam surgido nele com resmungos e lamentações pedindo mais dinheiro; a bomba principal precisava de um novo diafragma, os meninos precisavam de uma grana, a irmã de Sock estava casando em Cingapura e precisavam mandar um bracelete de prata e por aí vai. Annie deu mais cinqüenta; ele já tinha separado em seu bolso. Disse a Barney para continuar transportando seda e talvez chá para os Straits Settlements, direto dos pequenos portos que os navios a vapor não serviam. Nada da porra do ópio, ou seria divórcio.

— Nada de armas também — disse Barney. — Ou você termina no xadrez de novo, Annie, e eu vou navegar com essa minha porra de barco direto para Nova Orleans. Você nunca mais vai me ver novamente, filho-da-puta.

— Barney — disse Annie —, não fique se remoendo. Estou cansado de ser repreendido. Estou cansado de ficar de pé num canto, e com certeza eu nunca mais quero ver o interior de uma prisão novamente. Cansei de jogar. Tenho muitas outras coisas em que pensar.

Um raio de luz apareceu no horizonte de Barney.

— Annie, essa palavras derreteram a porra do meu coração. Por que não vamos até Bombaim? Com aquela carga de tecidos? Aquelas belezas que mantêm a luz do barco sobre a água? E ela voa? Voa como um peixe voador, capi. O vento ainda sopra da mesma forma, aqueles caras do nordeste vão vê-la e nós vamos navegar trezentos quilômetros por dia naquele mar Injun, capi. — Seus olhos nadavam; ele encheu sua caneca até a borda com aquele vinho rosê. Annie sempre era chamado de capi quando o coração de Barney cantava as músicas do mar. — Não há jogo nisso, Annie. Essa é a primeira vez no ano que ouço você falar algo que faz sentido.

Annie deu a ele um olhar comovido.

— Sim. Estou cansado, Barney. Não sei. Estou apenas cansado de correr grandes riscos por pouco dinheiro.

— Annie, estamos ficando muito velhos para essa merda. Vamos ganhar mil pilas fácil dentro de um mês com esses carregamentos, e vamos voltar para Rangoon com um carregamento de *chutney* ou algo fácil e legal. E ficaremos naquela parte do mundo um pouco, onde temos um certo respeito. O mundo a oeste de Cingapura.

Annie não disse coisa alguma. Às vezes, Barney tocava em seu ponto fraco. Era verdade, as pessoas a oeste dos mares da China eram muito melhores com Barney do que os chineses. Os chineses não entendiam os pretos, nem gostavam deles.

Havia longas viagens que Anatole Doultry e Bernardo Patrick Hudson faziam quase sem ter de falar um com o outro, exceto pela discussão ocasional sobre os méritos de Bix ou Louis como trompetistas.

Annie se recompôs.

— Mil dólares? — Ele examinou o machucado no nó do seu dedo indicador esquerdo, dobrando-o para se lembrar do que Fred Olson havia sofrido por aquela parca soma. — Barney, isso não paga nem o fumo que eu mastigo.

— Desde quando você masca fumo, filho-da-puta?

— Eu fumaria, amigão. Voltando à vida mercante. Vá você levar essa carga de lençóis e toalhas para Bombaim, e certifique-se de que eles fiquem secos. Vou acertar com os agentes. Mas é melhor que você volte aqui antes do final de maio, garoto. É melhor.

— Pra onde você vai, filho-da-puta? Aonde quer ir?

— Não sei ainda.

A boa notícia que ele deixou era que talvez fosse visitar Tientsin. Isso era mentira, claro. Mas Annie tinha certeza que Barney sabia que o marechal Sun Chuan-fang estava por lá (Tientsin era perto de Pequim, cinco dias num barco a vapor) fechando novos negócios, organizando uma divisão de tropas russas brancas refugiadas e provavelmente falando com os japoneses sobre isso e aquilo. Então, quando Barney tomasse consciência (como tomaria, cedo ou tarde) do fato de que Annie partiria com um ingresso de operador de rádio no SS *Chow Fa*, ele interpretaria como outro negócio malsucedido de armas com os filipinos e com Annie tentando salvar sua pele. Dê algo para Barney resolver e ele fará isso de acordo com as inclinações de Annie. Barney sentiria uma satisfação com sua esperteza e esperançosamente não iria procurar outros motivos, revirando a lama chinesa com seu grande pé.

Quando eles estavam na segunda garrafa de vinho, Annie se inclinou na mesa branca em direção a Barney, que já estava todo lacrimoso e nostálgico, e disse:

— Barney, há uma coisa importante que eu quero que você faça. Está prestando atenção, querido?

A mandíbula de Barney, na qual os cantos tinham ângulos retos como uma escultura africana em madeira, descansava em sua mão e seus olhos úmidos olhavam as luzes do farol enquanto elas dançavam sobre suas cabeças e ressaltavam as nuvens metálicas no horizonte.

— Eu deveria ter casado com aquela guria de Samoa — disse Barney —, Sara Bamey. Ela era doce como mel. Era carinhosa. A pele dela era macia como uma bunda de nenê. Brilhava que era uma beleza. Tinha hálito de leite com cravo. Ela era suave.

Annie fez uma pausa necessária. Então disse:

— É apenas uma coisa, mas terá de ser feita várias vezes, Barney. Vou confiar em você. — Ele bateu na mão do Barney que descansava sobre a mesa. — Vou confiar em você para checar o rádio lá com o telégrafo de Hong Kong todos os dias nesse horário, para ver se deixei uma mensagem para você. E estou contando com você para estar a um dia de navegação de Hong Kong, na primeira semana de junho. Porque no começo de junho você vai me encontrar em algum lugar na floresta. Conto com isso. Vou apostar minha vida nisso, Bernardo. Essa é uma aposta que vai me pagar pra cacete, então não me deixe na mão ou vou atrás de você com uma metralhadora, parceiro.

— *Sua* vida? *Sua* porra de vida? Que porra isso vale, cara? Sua vida não vale um níquel. É bom que essa aposta pague suas contas, cara, ou nunca vamos tirar um centavo nesses esquemas dos chinas.

Na noite seguinte, Annie foi pego no cais em frente ao Ma Kok Miu, o templo de A-Ma, a deusa do mar, e levado ao *Tiger of the Iron Sea*, ancorado bem longe da costa, em frente à fábrica de fogos-de-artifício. Ele carregava uma mala média e alguns cobertores enrolados num saco oleado e seu impermeável preto embaixo do braço.

Havia muita atividade no barco. Meia dúzia de sampanas encostavam-se nele, descarregando suprimentos. Quando Annie embarcou, uma armação estava sendo puxada carregando várias caixas de metal de forma familiar, que seu olho de conhecedor identificou imediatamente como munição de 75 mm para o canhão Schneider. As caixas traziam até as insígnias familiares do arsenal chinês de Foochow. Um som, ou conjunto de sons, aproximava-se pela água, acompanhando uma sampana que carregava lindas lanternas e um padre do templo de A-Ma. Alguns de seus assistentes soltavam fogos de artifícios e tocavam o sonoro gongo que anunciava um enviado da deusa. O padre (que era chamado de *hsiang-ku*, porque era um servo da deusa do mar) estava com um manto amarelo, usava um chapéu pontudo e sentava-se em frente a uma imagem de A-Ma, ou como os tankas chamavam-na, Tin Hau: a deusa do mar e dos pescadores, porque era esta função particular dela que eles veneravam e para a qual prestavam votos. Era a imagem dela, que pertencia ao próprio junco, que estava sendo retornada a seu templo na embarcação, depois de passar um dia de cerimônia e rezas no templo (um dia que custara a madame Lai uma grana alta, mas isso já era esperado). A caixa que continha Tin Hau tinha cerca de dois pés de altura e era coberta com panos vermelhos que flutuavam na brisa que soprava nas narinas de Annie o perfume de sua aproximação. Porque quilos de incenso e *joss-sticks* eram queimados a bordo da sampana cerimonial, condizendo com a partida pelo oceano de uma grande embarcação como o *Tiger of the Iron Sea.*

O barco usava a Bandeira Amarela no mastro. Era um grande pano de seda dourada com dragões pretos em suas flâmulas, e várias cicatrizes de tiros e bombas, que haviam sido muito bem tapadas pelas mulheres dos homens que navegavam nele: os Nobres Heróis.[3]

A voz do gongo ecoava por Macau com a queda da noite, e de lá para os montes Lappa, que se erguiam sobre a cidade. A caixa contendo Tin Hau foi carregada pelo junco e colocada de volta em seu templo na sala do leme. Annie olhou para o rosto dela, era feita de madeira de pereira e parecia mesmo uma deusa, com um sorriso tranqüilo e uma expressão sábia. O monge que batia no gongo a seguiu e mais incenso foi queimado, e as bolas de Annie se contraíram enquanto ensurdecedoras salvas de fogos explodiam no templo da sampana há apenas poucos metros de distância de outro barco carregado de pólvora e munição.

Foi no clímax desses eventos que madame Lai saiu de sua cabine. Ela parecia serene, imponente e desinteressada. Dois ou três monges juniores, esfarrapados como mendigos, cantaram uma música bem

[3] Agora essas mulheres — mulheres de todos os tipos, concubinas e dançarinas — estavam indo embora. No porto sempre havia mulheres visitantes, mas diferentemente de muitos outros proprietários de navios de guerra, mercadores e pescadores, Lai Choi San não permitia que mulheres viajassem em sua embarcação, exceto as mestres de navegação e, claro, suas serviçais.

peculiar, mas com uma imponência semelhante à de madame Lai acenderam um palito *joss* — sem dúvida de qualidade — e colocaram no copo quadrado de bronze do templo. Inaudivelmente, ela murmurou sua reza. Então colocou alguns botões de jasmim no copo.

A nova lua apareceu no sudeste enquanto o *Iron Tiger* (que era como seus homens o chamavam) levantava âncora e se afastava com um barco cheio de marinheiros cantando uma música deles mesmos, com o inevitável gongo anunciando cada movimento de seus remos pretos. Então, com uma brisa fresca vinda do sudoeste, Annie viu suas velas subirem. Eram douradas na cor, feitas de uma boa lona, algodão e juta, mas o dourado era sombrio, turvo, não competia com aquele da bandeira. Para levantar a vela mestra, eles usaram um molinete com quatro homens, porque as ripas dessas grandes velas (seis em embarcações de Kuantung) eram de bambu flexível de 15 metros de comprimento.

Madame Lai não reapareceu da sua cabine. Annie se debruçou no balaústre da popa, prestando bastante atenção ao trabalho do navio ("barco" não parecia ser uma palavra adequada, ele tinha de admitir). Havia muito bate-papo e brincadeiras entre os marinheiros, que teriam horrorizado um mestre de uma embarcação ocidental, mas eles eram homens tão experientes que sua eficiência não era prejudicada por isso. Poças de luz dourada das lanternas presas aos mastros espalhavam-se pelo convés. Esse convés era escuro com óleo de tungue e era calafetado com aquele material branco de notável força e elasticidade que os tankas chamavam de *chunan*.

Algumas milhas ao sul de Macau, o capitão Wang Ho pegou um vento do sudeste. A lua e a luz sobre o mar eram de uma cor extraordinariamente verde, e nessa luz Annie tinha uma vista linda. Seguindo em direção a eles do sotavento de Macau, vinha uma canoa remada por quarenta homens. Era um *barco dragão*, uma canoa de guerra de quase sessenta pés de comprimento. Annie vira um deles sendo querenado em alguma ilha e se lembrou de como podia olhar o próprio rosto em seu casco virado para cima, de tão polida e lisa que era sua superfície.

A canoa devia estar fazendo uns cinqüenta nós, cortando os mares como uma serpente, as águas espirrando ao redor dela numa espuma luminosa. O poder e o ritmo de seus remadores lembravam Annie das tripulações da polinésia, que sempre faziam um homem ficar de pé e olhar espantado enquanto elas voltavam da pesca, cortando os mares com sua arte e sua coragem.

O capitão Wang Ho usou seus grandes binóculos de noite para ver a canoa, eram Bausch and Lomb, suspeitamente parecidos com aqueles preferidos pelos mestres peso-pesado da Marinha Mercante Britânica. Um momento depois, o junco levantou ferro e esperou pela mensagem, porque era isso que a canoa trazia.

Ela convidou Annie para sua cabine.

Ficava além da sala do leme, atrás de uma dessas portas de deslizar de madeira envernizada de vermelho. Havia duas lanternas de metal que brilhavam através de uma neblina de incenso e tabaco saindo do pequeno cachimbo da madame. A cama da proprietária ocupava a maior parte do espaço; era uma cama impressionantemente confortável, mais parecida com um divã na verdade. Camas de junco costumam ser estreitas e espartanas, mas madame Lai não era uma *lao-pan* comum (como uma proprietária de navios era chamada). Ela sentava-se de pernas cruzadas em sua cama; a jovem ama dormia no chão. Havia um grande baú torneado de latão encostado numa parede à frente, embaixo das janelas fechadas, que davam para uma passagem da popa que tinha outra porta de correr, como num navio de guerra europeu do século XVII.

Madame Lai disse:

— Sente-se, por favor. — Annie sentou-se no chão. A cabine não tinha muito além de cinco pés do chão até o teto. Ela disse:

— A Marinha Inglesa explodiu minha casa esta manhã. Minha casa na vila de Hai Chan. Na baía Bias.

Ela parecia extremamente contrariada. Era compreensível. Annie se perguntava se devia lembrá-la de que ele era americano. Ela disse:

— Tenho muitas casas. Mas esses britânicos são gente muito má. Eles enviaram dois cruzadores, esse navio com aviões, explodiram muitas, muitas casas de pescadores. Cinqüenta juncos foram explodidos. Procuram piratas, mas só encontram mulheres pobres, crianças, velhos. E não pediram permissão ao governo chinês. Porcos imundos britânicos.

— Que governo chinês?

Ela ignorou a pergunta. Estava brava com os britânicos.

— Odeio esse nome britânico. — Ela murmurou, acendendo seu cachimbo com baforadas de vingança. — No tempo dos meus ancestrais, os britânicos traziam ópio para a China. Ópio bem barato. Os chineses sempre tiveram um fraco por ópio, o Imperador sempre enfrentou gente má que fazia crescer as papoulas amarelas. Mas os navios britânicos são muito fortes. O povo chinês também... — Ela fez um gesto louco e vago. — O ópio destruiu a China.

— Achei que você admirava gente forte — disse Annie, com as sobrancelhas levantadas.

— Odeio esse nome, britânicos. Eu cuspo nesse nome.

Em Macau, a madame vivia algumas ruas além da fábrica de ópio oficial do governo português, que exportava anualmente milhões de dólares em ópio refinado para comerciantes chineses "licenciados". O que acontecia com o negócio depois não era problema de Macau. Os alemães criaram um vasto mercado para morfina e heroína, e os japoneses estabeleceram uma fábrica de heroína na concessão deles em Tientsin. Mas madame Lai não estava no clima de escutar desculpas para os britânicos.

Annie não usava ópio. Olhando sem paixão, era óbvio que havia devastado a civilização da China e que a maioria das cidades civilizadas tinha sido fisgada pela droga anestésica e hipnótica. Mas eles desejavam essa droga. Talvez uma grande dor coletiva, ou desespero, houvesse provocado esse apetite. De qualquer forma, os soldados britânicos haviam provocado isso, ajudados pelos ianques.[4] Negócios

[4] Na verdade, o primeiro ópio não-indiano enviado para a China foi turco, no ano de 1809, no brigue ianque de *Sylph*. Mas a Guerra Civil Americana interrompeu os esforços americanos de assegurar uma parte do mercado chinês. Entretanto, mercadores americanos — os *hwa-ke* ou "Demônios da Bandeira de Flor" — buscaram um pedaço da ação, assim como os portugueses, *se-yang kwae* (ou "Demônios do Oceano Ocidental"). Samuel Russel & Co, de Connecticut, teve um grande negócio de ópio em Cantão, a partir de 1816.

são negócios. A Grã-Bretanha foi a primeira nação a fazer das drogas uma indústria nacional, mas não a última.

Annie perguntou o que ela sabia do ataque à baía Bias. Muito pouco, ainda; simplesmente o governo britânico estava cansado da pilhagem de seus navios e estava preparado para atacar o território chinês se necessário, para mostrar sua indignação. Eles haviam evacuado a cidade antes de destruir as casas; tiveram cuidado de não machucar ninguém. Uma pequena casa dela, ocupada por parentes pobres, foi explodida. Foi meramente uma provocação. Navios com aviões foram mandados para vilas de pescadores para queimá-las e destruir seus barcos de pesca para um efeito simbólico, mas não prático.

Entretanto, o ataque não foi um bom presságio no dia de lançar um empreendimento pirata que iria diminuir todos os anteriores. Ela não disse isso com todas as palavras, mas Annie sabia que estava em sua mente. Havia alguns palitos queimando em frente ao pequeno templo na cabine com sua minúscula lâmpada vermelha. No templo, havia dois tabletes funerários de madeira preta; um bem velho, outro nem tanto. Eles eram os símbolos terrenos de Chang Pao e do pai dela.

Mas então, quem se importava com presságios? Annie não acreditava neles. Disse a ela que estava muito cansado e queria tirar um cochilo. Ele a deixou fumando seu cachimbo e ralhando com a pequena ama porque seu chá estava frio.

Sob uma lua verde, navegavam.

O capitão Wango Ho seguia do sul para o leste, em direção à ilha Lantau, como a madame foi boa o suficiente para informá-lo sem muitos detalhes. Seu humor estava tão venenoso que Annie não a pressionou por detalhes.

Annie estava impressionado pela forma como a embarcação seguia o barlavento, escapando um pouco do vento apenas quando manobrava, indo e vindo linda e facilmente sem chafurdar. Marinheiros ocidentais sempre falavam sobre juncos desajeitados, mas Annie, que os havia observado com cuidado, nunca vira nada de desajeitado na sua forma de navegar. Eles apenas pareciam assim quando ancoravam.

O jeito chinês de encordoar foi desenvolvido por muitos séculos de navegação costeira em mares notórios por seus ventos erráticos, seus bancos de areia traiçoeiros e furacões devastadores. A vela de um junco perdia um pouco de eficiência no ar leve devido à sua grande força e maleabilidade, quando as condições eram difíceis. O mesmo ocorria com seus modelos de casco: resistência ao mar tinha preferência em relação à velocidade. Uma barcaça de fundo chato da Nova Inglaterra era seu parente ocidental mais próximo, mas a inovação chinesa de grande leme retrátil e uma mezena que o timoneiro usava como uma espécie de asa de avião eram as soluções mais sofisticadas para os problemas náuticos. Outra coisa que impressionava o marinheiro em Annie era o rigor do *design* estrutural do casco, dividido em quatro ou mais compartimentos à prova d'água por uma pesada antepara. Precisava de muito estrago no casco para afundar um junco. Era estranho que no ocidente ninguém houvesse seriamente adotado esse sistema até que couraçados de guerra se desenvolveram.

O capitão Wang não era comunicativo. Nem ele nem seu timoneiro, um formidável sujeito impossível de se olhar, que parecia inclinado a olhar diretamente para o *gwai lo*, o que estava bem para Annie. Foi dado a ele o comando da popa e a sala do leme, mas foi educadamente desencorajado pela ama número dois da madame, que parecia segui-lo para mantê-lo sob vigilância, a ir além dessas áreas ou ao convés inferior.

Começou a chover, e rajadas de vento abruptamente atingiram o navio, o vento vinha forte pela praia do West River delta. O capitão Wang colocou uma capa de oleado japonês imperial; ele parecia preferir ter um visual internacional. Annie o assistiu lidar com o vento (devia ser do tipo de força seis ou sete) de uma forma bem tranqüila. Ele abaixou a vela principal em segundos; tão rápido quanto suas ripas permitiam, praticamente ficando sem lonas.

A madame Lai não apareceu novamente. O mar estava agitado e o vento tempestuoso, mas o junco virou muito pouco e ficou bem seco. Depois de algumas horas, a ilha Lantau apareceu sob o luar, bem à frente. A tempestade havia terminado quando o capitão Wang deslizou sua embarcação para o abrigo de uma pequena ilha ao lado da costa norte da grande ilha chamada Chep Lak Kok. Os penhascos se projetavam nos mares revoltos e no ponto norte o telhado em camadas do monastério trapista se projetava simétrico contra a lua.

Annie nunca se interessara em aportar na costa norte de Lantau. A ilha era esparsamente populada com pescadores apesar de seu tamanho, e no meio dos montes da ilha, havia vilas que nunca haviam visto um homem branco. O lugar era um refúgio lendário para piratas antes dos britânicos chegarem, e ainda era um refúgio bem conhecido para fugitivos da lei de Hong Kong. Annie se lembrou da história da madame sobre seu venerável ancestral Chang Pao. As ruínas de sua fortaleza ainda ficavam em Tung Chung, na ilha principal. Quando o junco jogou sua âncora na pequena baía a oeste do monastério, Annie concluiu que a tradição ainda era algo forte nessas regiões.

Era um pouco depois da meia-noite. Algumas luzes piscavam na baía em barcos de camarões, mas a vila chamada Cheung Sha Lan, que surgia entre as areias cinzas, parecia escura como qualquer toca de pirata, apesar de estar a apenas vinte e tantas milhas de Hong Kong, em linha reta.

Ainda estava chovendo e Annie usava seu velho abrigo quando o capitão Wang e seu oficial número um conduziam seu hóspede por uma via lamacenta, que era a rua principal. Até mesmo porcos e galinhas estavam dormindo. Eles passaram por pequenas lojas fechadas e um lugar com cheiro de ópio com uma luzinha fraca na porta. Passaram por um pequeno mas bem conservado templo e chegaram a uma casa com muros de pedra e um portão com buracos de bala. Havia um quintal com um boi dormindo e um atraente cheiro de comida que lembrava Annie que uma beliscada não seria mal.

Eles o deixaram num pequeno quarto com chão de tijolo, esparsamente mobiliado. Uma garota que não olhava para ele trouxe uma garrafa de vinho de arroz quente e um copo elegante. A garota estava vestida como uma camponesa. Ela o deixou também.

Um pouquinho depois, quando Annie estava se acostumando com o saquê, Lai Choi San entrou sem bater, seguida por sua ama número dois. Annie estava colocando seus pés sobre o divã e tentava se manter confortável sobre algumas almofadas bem duras. Ele fez uma menção educada de se levantar, mas ela o parou e se sentou na cadeira. Seu cabelo liso estava molhado de chuva e ela usava seu traje preto de algodão para o mar. Tinha uma expressão prazerosa, quase compassionada.

— Que tal um petisco? — disse Annie.

Ela balançou a cabeça.

— Você não pode comer. Um homem não pode comer antes de receber o anel do *Hall*. Pode beber vinho, vinho é muito bom para seu coração. — Ela bateu no dela. — Mas comer não. Você deve esquecer seu estômago. — Se era uma piada, ela não deu sinal algum disso.

Annie reclamou em altos brados. Disse que pensara sobre isso e que não via sentido em se unir ao *Hall* dos Nobres Heróis.

— Não sou um de vocês. E não quero ser. Podemos fazer negócios, mas por que preciso me juntar a esse clube? Esse é um acordo isolado, querida. Não vou além com você.

— Vai — ela respondeu suavemente. — Você vai. Porque quer dinheiro, uma grande pilha de dinheiro. Também porque precisa, porque meu povo espera. Eles não vão aceitá-lo de outra forma.

— Eu não vou.

— Você vai. — Ela disse baixinho.

Ele bebeu o vinho de arroz. Ela não o acompanhou; apenas ficou lá refletindo, observando o rosto dele de tempos em tempos. Annie permanecia em silêncio e tinha a aparência de estar relaxado, apesar de não estar nem um pouco.

— Estou morrendo de fome. Quero algo pra comer, e depois quero dormir. Amanhã temos muitos planos para fazer.

— Não está morrendo de fome. Você come quando está entediado, ou desconfortável.

Ela olhava para ele com um olhar desdenhoso, com a cabeça virada para cima, o queixo apontando para ele.

— Você não sabe o que é morrer de fome. Seus filhos nunca passaram fome, seus filhos nunca comeram lama para encher as barrigas. — Suas mãos descreviam a barriga de crianças assim. — Sou uma mulher rica agora, mas já fui pobre. No tempo da grande fome vi meu pai matar um fazendeiro e suas duas esposas para que a própria família pudesse comer. De outro homem meu pai pegou um garotinho e duas meninas e pediu trinta dólares para devolvê-los. Uma criança, dez dólares. O fazendeiro não pagou. Meu pai cortou um dedo do menino, de seis anos, e mandou para o fazendeiro. O fazendeiro pagou dez dólares, disse que venderia seu último porco. Disse, fique com as meninas, velho pirata, são meu presente para você. Se eu pegá-las de volta, terei de vendê-las para que meu filho possa viver.

Ela parou. Annie esperou. A parte interessante da história estava apenas começando, ele acreditava. Mas ela não continuou.

— Sempre houve gente morrendo de fome na China — disse Annie. — Muito antes dos demônios brancos virem.

— Verdade. Mas passaram fome com orgulho. Eram traídos por seus imperadores e pelos ricos gorduchos: traídos por chineses, não por demônios estrangeiros.

Ela estava ficando emotiva — num de seus estados xenofóbicos. Talvez fosse apenas pela explosão de sua casa "não importante" na baía Bias, mas Annie havia testemunhado o alargamento das fronteiras dela para incluir todos os estrangeiros. Annie sentiu-se descartável, para dizer o mínimo. Madame Lai, apesar de sua admiração pela China moderna, estava presa ao ódio pelo resto do globo habitado como qualquer aristocrata feudal chinês. Ela acreditava que o resto do mundo destruíra a China, por conspiração ou acidente. Em várias formas, ela estava bem certa. Mas o fato de a China ter ajudado, se não pedido, essa destruição, era algo que ela não podia admitir.

— Está perdendo seu tempo odiando estrangeiros — disse Annie com prazer. — Desde quando nações fortes têm pena das fracas? As nações brancas são duronas e gananciosas. E são organizadas. A China não é organizada. A China é cheia de filhos-da-puta durões e gananciosos, mas todos só querem salvar suas peles e foder com o chinês ao lado. Vocês precisam se unir, garota. Têm de encontrar algo em que acreditar. Vocês são as pessoas mais cínicas e petulantes na face da Terra.

Palavras fortes, mas inegáveis. O que ela poderia dizer?

— Não há ninguém nesse seu enorme país que não possa ser comprado — disse Annie, que estava numa posição confortável para intuir essas coisas. — Os demônios estrangeiros não precisaram lutar com os chineses para conseguir o que queriam. Eles subornaram governantes, mercadores e bambambans daqui por centenas de anos. Vocês são um país de quinhentos milhões de pessoas que foi destruído pelos caras que deveriam estar cuidando do país. Agora mesmo há mais de dois milhões de soldados vagando pela Terra Sagrada lutando uns com os outros na lama, a maioria deles fritando no ópio. Vocês são um país que come seu próprio corpo, como aquele sujeito da mitologia grega. Comendo seu próprio fígado, certo? E tudo o que podem fazer com isso, ricos ou pobres, é esconder a dor com o ópio.

Ela não o contradisse, mas falou:

— Você não admira o povo chinês.

— Não há povo chinês — disse ele. Havia bebido três quartos da garrafa do vinho de arroz de estômago vazio. — Há uma porrada de chineses, mas não há um povo chinês.

— Você é igual a todos eles. É um *gwai lo*. Você veio à Terra Sagrada estendendo a mão, com um amigo. — Ela imitou um comprimento estrangeiro. — Mas com a outra mão nas costas, você carregava uma faca envenenada. Você cortou, cortou, cortou a carne até chegar a esse fígado. — Ela colocou a mão sobre o fígado. — Você envenena essa terra, envenena, envenena, envenena com ouro e ópio. Agora os *gwai los* sentam-se como abutres sobre o corpo do grande Dragão e limpam seus ossos com seus bicos afiados.

Com uma leve sombra de culpa, o dedo de Annie coçou seu nariz, seu nariz guerreiro. Não havia ninguém, ele achava, mais racista do que um chinês com crise de depressão.

— Particularmente, não sou fã de nenhum tipo de ser humano — ele disse pacientemente. — Já falamos sobre isso, querida. Você pode dar o nome de um povo que eu deva admirar? — Ele esperou pacientemente que ela dissesse "os americanos", mas ela não disse. Lai Choi San estava deixando de lado toda essa crítica mesquinha com sua velha manha. Annie estava pronto a zombar e condenar o velho e bom EUA. E os escoceses também — se ela apenas mencionasse os malditos escoceses! Mas ela se absteve, apesar do sr. Chung, o escriba, sem dúvida ter averiguado há muito tempo que Annie nascera na amarga terra do norte, ao abrigo da grande rocha de Dunedin.

A chuva bramia nas telhas acima como um rufar infinito de maléficos tambores.

— O que você admira? — perguntou a ele. Ele não respondeu por um bom tempo. Como ela aprendeu a carregar suas perguntas com palavras assim? Ele olhava para o vazio do copo de porcelana em sua mão. Em sua borda azul, elegantes garças dançavam entre lótus.

— Eu admiro os chineses — disse ele. — Mais do que posso me dar conta até. Mas vocês fazem muita merda. — Ele olhou para ela com seu olhar direto, com um desespero simulado. — Por que fazem tanta merda essas pessoas em particular — brancos, amarelos, pretos e azuis — que eu admiro e pra quem tiro meu chapéu? — E com isso tirou seu quepe, quente e seco por sua proteção impermeável, e o colocou gentilmente sobre o cabelo liso dela.

Guiados por um homem com uma lanterna, eles foram até uma estradinha que subia as montanhas. Capitão Doultry, andando com suas pernas bem abertas, era acompanhado por oito homens no total. Vários carregavam pistolas Luger e Mauser, que eram consideradas as melhores armas no mundo e tinham um preço alto na China. Mas havia algo de cerimonioso no jeito que carregavam essas armas, a preferência que eles tinham por usar bandoleiras de couro e lona, duas ou três de uma vez, totalmente carregadas com munição, apesar do peso, e facas de vários tamanhos. Eles eram senhores, bem mais velhos do que Annie, e se movimentavam de uma forma especial. Tinham uma incrível variedade de cicatrizes. Alguns usavam quepes que costumavam usar nos batalhões de infantaria chineses, ou que pegaram de soldados mortos. Um ou dois usavam pequenos chapéus de palha dura, amarrados com cordas abaixo do queixo, que os homens tanka usavam por séculos. Esses chapéus podiam agüentar muita coisa, até golpes de espadas. O *to-kung* do *Iron Tiger* era um homem alto e forte, com braços grossos como os de Annie por muitos anos trabalhando como remador de juncos pesados. Em sua cabeça raspada ele usava um lenço vermelho amarrado com uma fita de seda.

Esse adereço era o preferido de muitos da tripulação, em diversas variedades da cor vermelha, particularmente dos canhoneiros-chefes. Ser mestre de uma arma para Lai Choi San era um papel no filme da vida que parecia exigir muita bravura. Esses homens eram orgulhosos, falavam grosso e cuspiam grosso. Os cachorros latiam na escuridão quando eles passavam.

Annie andava atrás do homem de lanterna. Em algum lugar à frente, um gongo começou a soar. Eles chegaram a um lugar onde a rua entrava num cânion, onde havia um templo e outros prédios de pedra, e uma porta se abriu.

Annie sentou-se sobre uma esteira encostada numa parede de pedra de um quarto totalmente vazio, exceto por uma pedra magnetita pendurada do teto no canto norte. A pedra era grande, colocada sobre uma moldura de madeira preta ao redor da qual os 12 pontos da bússola eram assinalados. Estava pendurada a cerca de meio metro do chão, com uma boa corda. Annie estava lá havia meia hora e notou uma pequena rotação no instrumento, que era usado na ciência chinesa do *feng shui*, ou geomancia, para determinar as energias e correntes da terra, os espaços em que estava contida e os espaços contidos em coisas vivas, sendo os seres humanos as mais importantes. Era uma ciência difícil e arcaica, mas muitas das decisões mais importantes da vida eram baseadas nela.

Annie não podia calcular a rotação, que era de não mais de três ou quatro graus para o leste. Talvez a rotação estivesse no quarto todo, ele pensou. Entretanto, ele agora estava com um humor feliz e afável, o álcool em seu cérebro não lhe dava opções. Lá fora, um galo começou a cantar. O céu além das barras da janela octogonal havia adquirido uma cor de ferro recém forjado, como a cor do oceano antes de um furacão.

O galo cantou mais uma vez, e uma terceira. O silêncio que o seguiu perturbou Annie intensamente até que ele percebeu que estava esperando pelas respostas de outros galos, que sem dúvida existiam em grande quantidade em todas essas vilas chinesas. Mas nenhuma resposta veio.

Três homens entraram no quarto. Tinham deixado suas armas e carregavam montes de penas brancas de rabos de galos crescidos. Um deles era o *to-kung*. Ele foi até a magnetita do *feng shui* e a examinou. O que fosse que indicava, o satisfez. Talvez, pensou Annie, medisse minha virtude; ou talvez minha falta de piedade, ou talvez a porcentagem de álcool no sangue que estou prestes a derramar. Ele já tinha ouvido sobre essas cerimônias.

Então o próprio geomântico veio. Usava um manto preto muito elegante. Não era velho, e seus olhos não eram inquisidores; eram tristes e não olhavam para nenhum lugar em especial por baixo de uma ampla testa e um casquete com uma jóia vermelha nele, como um oficial da corte nos tempos imperiais. Em seu pescoço havia uma verruga como um grande besouro, da qual saíam três pêlos bem compridos que balançavam na brisa de seus movimentos enquanto ele se inclinava para observar a magnetita. Mas ele não olhou para ela: manteve os dedos bem próximos dela, e foi só então que Annie percebeu que ele era cego.

O geomântico não disse nada. Eles tiraram Annie do quarto.

Cruzaram um pátio entre dois muros. Entraram num prédio muito velho de pedra esverdeada por uma porta grossa e pesada aberta por um porteiro, um sujeito baixo, forte e velho com um grande bastão com uma ponta de bronze em formato de demônio. Os três acompanhantes de Annie deram ao porteiro uma pena. Enquanto cruzavam o vestíbulo com pilares de madeiras, a porta rangeu e foi trancada atrás deles. À frente, havia um grande salão com teto baixo em cujas vigas eram talhadas medonhas feras, sob as quais os outros cinco homens que haviam vindo com Annie estavam de pé despidos até a cintura, usando faixas de seda cujos amarelos variavam da cor de lótus àquela de bosta de camelo velho. Havia uma mesa cuja superfície era de verniz vermelho; sobre ela havia incensos, um machado com uma enorme lâmina crescente e um punho como o bico de uma águia, uma bandeja na qual havia nove facas e um *kuang*, ou um jarro de bronze, cuja boca era a boca de um gato.

Annie ficou no canto da mesa, balançando levemente enquanto observava a cena. Do outro lado havia um maltrapilho mas orgulhoso *hsiang-ku*, ou padre de Tin Hau, a deusa do mar. Ele usava o convencional manto amarelo, com a cabeça raspada, unhas compridas e um longo bigode (o que era bem incomum para um padre). Os oito homens, provavelmente oficiais do *Hall* dos Nobres Heróis da Bandeira Amarela, ficavam quatro de cada lado. Colocaram suas penas na mesa e Annie notou que cada um tinha em sua mão esquerda um anel com uma pedra preta quadrada. Os anéis eram de ferro, exceto pelo do *to-kung*, que era de ouro. Na frente de Annie, havia um copo de ferro com uma alça como uma serpente mordendo sua cauda. Annie olhou ao redor e disse: "Hora de outra bebida?" Ninguém respondeu.

Era uma cerimônia muito peculiar da qual mais tarde Annie Doultry teria dificuldade em recordar os detalhes. Ele recebeu um copo que foi preenchido pelo *kuang* com um líquido escuro e quente e, como ele suspeitava, pediram que ele bebesse. A mistura tinha gosto de vinho e sangue, mas ele bebeu tudo, a coisa ficou mais fácil pelo fato de seu estômago estar mais do que disposto a cooperar, precisava de algo, qualquer coisa, para preencher seu vazio.

Uma porta se abriu. Dois homens entraram e levaram Annie para um espaço estreito com um grande fogo queimando numa espécie de braseiro de ferro. Havia homens sentados e de pé ao redor, a maioria tripulantes de madame Lai. Um gongo de dois metros de diâmetro estava pendurado entre dois pilares de madeira. O *hsiang-ku* bateu nele — "acariciou-o" é uma palavra melhor — com um martelo enrolado em seda amarela até que o gongo começou a cantar numa voz que parecia vir dos intestinos da terra.

Annie então percebeu que a poção que ele estava digerindo continha algo além de sangue, álcool e ópio, tudo o que ele já previa. Seu cérebro estava se fragmentando sob a talhadeira de uma droga poderosa e se reagrupando numa configuração desconhecida. Ele começou a ficar com medo.

O *hsiang-ku* se dirigia a ele em chinês, mas um assistente, um rapazinho cujo nome era Ch'en, disse discretamente para Annie num inglês correto:

— Cada vez que você responder, deve responder "*hou*" — apenas "*hou*". Essa era uma palavra comum, familiar, que significava concordância: "sim" ou "tá" ou "o.k.".

O *hsiang-ku* fez as perguntas a ele. Todas as vezes Annie respondeu alto: "*Hou*!" Logo os homens ao redor respondiam com ele "*Hou*!" Eles diziam numa única voz rouca que ecoava como o gongo na cabeça de Annie, e ele se sentia seguro de ter compreendido perfeitamente a questão.

Ele podia ver agora apenas um túnel estreito no meio do metal do gongo, brilhante como se estivesse queimando até o ponto de fusão.

Um cesto foi colocado perto de seus olhos. O *hsiang-ku* o abriu, e um frango branco bem grande saiu, olhou Annie nos olhos e cacarejou zombando. Seu cacarejo foi repetido pela voz do gongo, e depois por todos os frangos na vila. Era um som tumultuado, e Annie fechou seus ouvidos, e seus olhos. Mas o fizeram abrir novamente, e ele recebeu uma faca, ou adaga. Ficou com as pernas bem abertas, seu medo evaporando numa grande onda de segurança enquanto olhava para a faca. Seu cabo era de marfim, sua lâmina de aço brilhante. Sabendo o que fazer com ela, Annie agarrou o frango pelo pescoço e cortou fora sua zombaria, jogando a cabeça no chão.

Os assistentes do padre seguraram o corpo de criatura e jogaram o sangue no mesmo copo em que Annie havia bebido. Então eles o evisceraram com suas facas, enquanto os homens gritavam "*Hou! Hou!*". A voz de Annie ia junto da deles, cheia de uma convicção desavergonhada. O *hsiang-ku* recebeu o coração, que parecia ainda estar pulsando com vida, sobre um prato de bronze, depois falou com ele, dando ordens, e então, sem necessidade de ser instruído, Annie o comeu. Tinha um gosto extraordinariamente delicioso. Talvez a droga tivesse dado esse sabor, ou talvez Annie estivesse tão faminto que teria gostado de qualquer coisa.

O *hsiang-ku* bebeu do copo de sangue. Então recebeu uma pena branca. O padre abriu sua boca, enfiou a pena dentro da própria garganta e depois a retirou, vermelha de sangue. Ele olhou Annie com grande severidade. Annie não tinha dificuldade em escutar precisamente o que o velho desgraçado estava dizendo. Sem pensar, ele abriu a boca e o *hsiang-ku* enfiou a pena vermelha dentro de sua garganta, girando-a destramente.

Instantaneamente, Annie vomitou. Dois garotos ao lado do padre já seguravam uma bacia, mas mesmo assim deve ter sido extremamente nojento. Annie vomitou das profundezas de sua barriga poderosa e ficou surpreso com o quanto ele parecia ter bebido. O extraordinário é que o coração do frango não estava no caldo.

Dois homens o ajudaram. Agora Annie enxergava através do bronze do gongo e via um lamaçal infinito. Ele entendeu que estava sozinho nessa sujeira, e que aquele tempo era interminável. Então o tempo parou, e ele se convenceu de que iria ficar lá para sempre, cercado por todos os lados por esses horizontes desertos onde a sujeira abominável encontrava um céu de fogo asfixiante: um céu insuportável. Annie gritou. Ele ainda tinha a faca em sua mão, mas apesar de querer cortar a própria garganta, não tinha forças.

O céu que Annie via com olhos dopados devia ser o amanhecer. Eles o levaram de volta para o quarto amplo; quer dizer, ele se viu lá, sentado numa cadeira olhando o *to-kung* gigante, o timoneiro da madame. O homem tirou sua bandana vermelha e sua careca brilhou como os músculos do seu peito e braços. Com sua mão direita, ele pegou uma faca na mesa, que parecia com aquela na mão de Annie, e a colocou sobre a fumaça de um incenso que queimava. Então, estendendo seu braço esquerdo para Annie, o *to-kung* cortou a si mesmo onde o deltóide passa por baixo do tríceps. O sangue desceu por seu braço sem pêlos. Sem hesitar, os sete outros homens da mesa pegaram facas na mesa e fizeram a mesma coisa. Annie viu que um deles — o carinha magricelo que havia decapitado o prisioneiro de madame Lai — tinha um grande número de cicatrizes no ombro. Outro tinha perdido o braço esquerdo pelos tiros de uma metralhadora e se cortou no antebraço.

Annie se levantou. Embora se sentisse firme como uma rocha, o quarto e os homens ao redor dele rodavam enquanto ele abria os botões da sua segunda melhor camisa e a tirava. Sua pele branca, que ele cuidava em não expor ao sol, refletia as lanternas admiravelmente, e os olhos dos homens estudaram seu corpo, ficando naturalmente impressionados pela sua massividade, a grossura de seus ombros e a incomum largura de seu peito, como um cilindro coberto de fios enrolados (uma coisa curiosa para olhos chineses) e a verticalidade geral de Annie, como uma árvore. Um homem de cem quilos e 1,86m é uma coisa rara no sul da China (apesar de haver homens assim bem ao norte do país, entre o povo mongol).

O *to-kung* falou, e o jovem Ch'en explicou:

— Agora você jura, na sua língua, obedecer a lei da Bandeira Amarela.

Annie segurou sua faca no incenso e então cortou seu braço cuidadosamente no lugar correto. Enquanto seu sangue testemunhava suas palavras, ele disse:

— Eu juro seguir essa lei de vocês, que eu acredito ser a lei de honra entre homens, e não há porra de motivo algum para ficar falando. Não vou trair vocês ou a Bandeira Amarela. — Então, acrescentando um pensamento poético, ele olhou para o *to-kung* nos olhos e disse: — Quebrar a Lei do *Hall* é a morte. — Ele não sentiu vontade de acrescentar a segunda parte da citação da madame Lai: "Seguir a Lei do *Hall* é a morte", isso fazia parecer uma proposição muito unilateral.

Quando Annie acordou no pequeno quarto com tijolos vermelhos, a noite já estava chegando. Ele percebeu que havia dormido desde o começo do dia. Não se lembrava de nada sobre o final de sua exaustiva cerimônia, mas percebeu que no dedo médio da sua mão esquerda havia um anel de ferro na qual havia uma pedra quadrada de ágata com um sinal, ou palavra. Ele a examinou cuidadosamente. Sentia-se muito fraco, mas sem sequer um pouco de fome. O pequeno ferimento em seu braço estava fechado e nem doía. Ele estava deitado numa esteira no chão de madeira coberta com um de seus cobertores. O tempo estava bom e arejado. Sua camisa estava dobrada sobre a cadeira de cerejeira que Lai Choi San havia ocupado.

A garota que trouxera a ele o vinho na noite anterior veio e trouxe um prato de galinha selvagem com ameixa, arroz e bolinhos. Annie achou essa refeição uma obra prima da culinária. Seu apetite voltou com pequenas dores salivares no maquinário de sua mandíbula e ele comeu tudo, bebeu chá e tentou se sentir normal. Mas era difícil. Mais tarde a garota o levou para o pátio e lhe deu um banho com água quente, ajudada por uma das cozinheiras do templo. A garota era uma coisinha atraente e levou muito tempo e esforço com seu dever, lavando cada uma das bolas dele individualmente, mas Annie não tentou nenhuma gracinha, nem mesmo fez brincadeiras. O sol se pôs em seu rosto sério.

De volta ao quarto, ele deitou-se e imediatamente adormeceu novamente.

Quando acordou, viu uma lanterna no chão e do lado dela um mapa.

Era um mapa da Marinha Britânica do mar ao sul da China. Madame Lai sentava-se em seus calcanhares à moda cule, medindo distâncias com um compasso de navegador, que ela segurava com seus inesquecíveis dedos como se fossem pauzinhos para comer. Annie a observou com certo encanto, por alguns momentos. Sem desviar o olhar, ela disse:

— Esse é o caminho de Manila para Hong Kong.

— Sim, entendo — Annie respondeu.

— Em junho, o mar do sul da China geralmente é calmo. A fria monção de Tai Hung está cansada; ela fica apenas a oeste de Taiwan. A monção sulista ainda não ganhou força.

A ama número um estava sentada num canto preparando chá. Ela trouxe uma xícara para Annie. Era chá de jasmim, seu favorito. Trouxe seu Woodbines também, do bolso de sua camisa. Ele gostava de Wills's Woodbines; eram finos e estimulantes, cigarros típicos de marinheiros de baixa classe. Ele estendeu sua mão esquerda, seu machucado, seu cigarro e seu anel preto e disse.

— O que isso significa? Esse sinal? Essa palavra?

— Essa palavra significa Grande Urso Branco. — Ela usou o mapa para indicar o extremo norte, com um dos floreios dela, que eram música para os olhos. — Dos mares de gelo. Grande Urso Branco. Significa você.

Annie tentou não mostrar expressão alguma. Mas se sentia em casa com esse nome. Era um nome grande, e tinha a dignidade e a honra da natureza, mas nada mais. Era absurdo. Era apropriado. Mas, como todos os nomes, tinha limitações, tinha um lado enganoso, ele falou a ela.

— Não gosto de países frios.

— País frio é seu coração de *gwai lo* — disse ela e riu. Obviamente estava de bom humor.

Annie sentiu-se mais ou menos são novamente (ou tão são quanto antes), mas seus ouvidos ainda estavam sensíveis: ele estremeceu com a risada. Ela teve pena dele.

— Urso Branco — ela disse. — Você precisa guardar esse anel num local secreto. Ninguém pode vê-lo. Mas você é um Nobre Herói agora. Eu disse aos meus homens: "Decidam. Vocês precisam decidir." Disse a eles: "Se esse estrangeiro *gwai lo* é um homem de confiança. Meu povo. Meus homens." Entende?

— Claro. E acredito que em nove entre dez vezes eles concordam com você, não? — murmurou Annie.

Ela sorriu, e fez um gesto que significava às vezes sim, às vezes não, mas com ênfase na afirmativa.

— São homens — ela disse levemente. Seu tom era ao mesmo tempo respeitoso e despreocupado para os homens que a serviam. Ela podia ser irmã deles, mas também era sua patroa.

Annie impressionou-se dessa vez pela feminilidade dela. Ele viu a si próprio, a cena toda, como num espelho. Ele se viu deitado seminu sob o cobertor, no chão dessa casa de pedra de uma terrível ilha; no chão de uma das inúmeras casas, à luz de lampião. Seu coração podia ser de um país frio, mas seu sistema endócrino vivia num clima quente. O negócio que deram para ele era complexo. A lisura do cabelo dela, a estreiteza de suas costas, a beleza de seu pescoço e braços tinha um efeito sobre ele. Mas claro que ele não deixou seu estado biológico ser percebido de forma alguma. O cobertor cobriu.

— Não — disse ele —, por que eu deveria entender?

— Sim, você entende. Há uma lei do povo da Bandeira Amarela. Lei pequena, mas muito, muito severa. Você entende, muito bem.

— A única lei que você segue — disse Annie — é aquela que deixa você ser tão cruel quanto possível.

Falando assim, ele tirou o anel e colocou numa caixa de fósforos vazia que certa vez conteve uma barata, e que ele ainda carregava em seu bolso de trás. Ela riu dele novamente.

— Seus homens comem ratos — disse Annie. — Vi um de seus famosos canhoneiros engolindo um rato. Noite passada. Todo o seu pessoal come rato.

— Comemos baratas também. No mar vazio, estômago vazio, comemos qualquer coisa. — Ela estava morrendo de rir. — Rato é muito, muito bom. Amanhã vamos ter jantar de rato, especialmente para você. Desgraça! — Ela bateu em seu joelho. — Vejo franceses em Xangai comendo sapos, caramujos. A droga dos ratos tem gosto melhor. Então me diga, capitão, qual é sua lei?

A pequena ama encheu sua xícara.

— Minha lei — disse ele — é evitar terminar como o resto da carne de rato. — Ela adorou isso. Riu tanto que quase caiu.

— Carne de rato! Carne de rato! Não, você não é carne de rato — ela assegurou. — Você está bem agora. Você é Urso Branco. Você come carne de rato, mas não vai para a panela. — E então com uma brutalidade típica, ela parou de rir. Seu rosto se fechou e ela olhou para o dele fixamente. — Você é um Grande Urso Branco. Mas você não é animal. Não somos animais. Somos seres sociáveis, capitão Doultry. Temos responsabilidades.

— Bem, você não se importa se eu der as minhas risadas com isso também, importa? — Ele riu suavemente para deixar claro. Ela não entendeu o que ele queria dizer; seu pequeno corpo se inclinou.

— Suas risadas?

— Sim, a minha parte. E quanto a você?

Os dedos dela não tinham anéis. Tocaram um dos jades em seu cabelo.

— Eu rio. Oh, sim. Eu rio.

Annie, com a cabeça apoiada nas mãos, seguro sob o cobertor, com um Woodbine em seus lábios indignos de confiança, observava-a atentamente. Os dedos dela tocavam o cabelo, mexendo-os gentilmente na nunca, onde era muito fino.

— Talvez eu tenha me descuidado — disse ela de repente. — Talvez eu tenha me deixado levar por algum prazer da vida. Mas eu faço o que é certo. Tenho responsabilidades. Com meu pai, com meu povo.

— Seu pai está morto. Seu marido está morto também, não? — Era um palpite, mas um palpite fácil.

Ela contou a ele que seu pai havia se tornado escravo do ópio. Quando ele percebeu que estava quase se retirando para sempre na terra dos sonhos, tornou seu filho mais velho o líder da Bandeira Amarela. Um ano depois, seu irmão morreu assassinado, "com seus chinelos". O segundo filho assumiu. Durou três anos e morreu num furacão com sua tripulação. O Velho Homem, seu pai, ainda estava vivo; viveu o bastante para ver seu terceiro filho "perder sua alma". Um padre jesuíta que ensinava na escola missionária (padre Teixeira era seu nome) havia dominado a mente do garoto. Ele se tornou cristão. Entrou no seminário jesuíta como um noviço. Tornou-se monge.

O Velho Homem, depois de dar permissão para que seu último filho entrasse (como ele mesmo) em outro mundo, saiu pela última vez de sua pequena cabine — era apenas uma pequena caixa *toumu* — a bordo do *Tiger of the Iron Sea*, onde ele permanecera por quatro anos servido apenas por seu cachimbo de ópio e uma única serviçal, e devido a uma grande força de vontade conseguiu reassumir o comando de seus juncos de guerra, que naquela época estavam reduzidos a apenas sete. E a bordo do *Iron Tiger* trouxe sua filha (sua filha favorita, porque ele tinha várias), cujo nome naqueles tempos era Jasmim Secreta. Ela tinha 19 anos e uma educação extraordinária para uma garota tanka; mas seu pai sempre fora ligado a ela e tinha essa visão — apesar de ser um homem muito tradicional — da China moderna. Provavelmente era uma visão vinda do ópio. Ele queria que ela casasse com um homem rico, educado; apesar de ter cometido deslizes nos negócios, o velho ainda era rico, e bem conectado a essas organizações de Macau e Xangai, as sociedades secretas, que arbitravam a divisão das coisas, territórios, esferas de influência e mares no submundo chinês durante os últimos dias do império. Na Faculdade do Sagrado Coração, ela havia aprendido suas lições com tanta vontade que a Irmã Agnes conversou com seu pai sobre o futuro dela. Com medo que ela seguisse o caminho de seu filho mais novo, o Velho Homem a tirou da escola para sempre.

— Por 13 luas — disse ela —, eu naveguei com ele no *Iron Tiger*, e nunca desci à terra.

Havia dois outros homens, um velho e outro jovem, um sobrinho e um filho de uma esposa inferior, no cargo de chefe do *Hall* dos Nobres Heróis da Bandeira Amarela. Mas seu pai disse a ela o que ele tinha em mente, e sua palavra e seu desejo eram lei, claro. Então essa garota abriu seu coração para o mar, e também o fechou contra alguns aspectos dos negócios dos quais o Velho Homem não tinha intenção de protegê-la. Ele explicou que havia tanto arte quanto moralidade implícitas na prática de violência, em direção a fins que ele definia positivamente como "a maneira de Confúcio".

— Ele disse para mim, na 13ª lua antes de morrer: "Você é aquela com coração forte e cabeça sábia, minha Jasmim Secreta. Agora você precisa ter um novo nome."

Então ela se tornara Montanha da Fortuna.

Ela também arrumara um marido. Era seu primo, o sobrinho. Ela não se importava com ele. Ela o mantivera afastado, mas ele insistira em voltar e criar problemas. Então de repente morreu. Ela arrumou outro homem. Teve três filhos — dois meninos e uma menina — com ele. Depois ele foi embora, foi dito que ele partiu para Mei Kwo — América.

— Agora tenho 26 navios de guerra. E dois filhos, de 12 e sete anos. Quantos anos têm seus filhos, capitão Doultry?

Annie tentou se lembrar.

— Eu tenho um filho francesinho. Sua mãe era francesa; ela o levou de volta para lá. — Ele tentou se concentrar. — A última vez que ouvi falar dele, estava no Exército, Exército Francês, na Argélia. E tenho outro filho. — Era muito cansativo, Annie não queria falar sobre isso. Não conseguia se lembrar de quantos anos tinham nem de onde estavam.

Madame Lai deve ter percebido isso, era uma mulher bem atenta; mas mesmo assim disse:

— Tenho certeza de que você tem uma filha.

— Sim — ele bocejou —, sim, creio que sim. Posso estar errado, é claro. Ela deve ter quatro anos, agora. — De repente seu sentimento de fadiga diminuiu. Sentindo os olhos de Lai Choi San sobre seu rosto, ele desejava manter-se indiferente a toda essa conversa, mas abruptamente ele se encontrou atolado em sentimentos. Sentiu-se confuso, mas conseguiu fugir com uma pequena risada.

— Onde está sua casa? — perguntou ela. — Onde está sua mulher?

— Meu barco é minha casa. Sou um homem do mar — respondeu ele. — Meu barco é minha esposa também.

— Onde está sua filha?

— Minha filha está na América. Se você for a São Francisco, procure ela lá.

— Eu nunca irei à América — disse ela, sem desviar os olhos do rosto dele. Talvez tivesse percebido que ele estava mentindo, quem sabe? Annie não era bobo. Não era o tipo de homem que contaria a uma pirata chinesa onde estavam seus filhos. Mas ela não ficava chateada com isso; ela não estava usando isso contra ele.

Se você perguntasse a Annie quais eram seus sentimentos pela madame Lai Choi San, ele não saberia dizer. Ele teria respondido, mas teria inventado alguma coisa. Já que ele não pensava nisso seriamente até ter de dizer — ou, deixe-nos dizer, até que o próprio pensamento se manifestasse por si só — sem qualquer referência a pontos visíveis da verdade, Annie estaria feliz em contar. Claro, algumas vezes ele inventava respostas que acabavam se tornando realidade.

Mas não confiava nela. Disso ele tinha certeza.

— Você está pensando — disse Lai Choi San. — Você está pensando: eu não confio nela.

— Sim — Annie respondeu. — E não.

— Há uma coisa que nos une — disse ela. — Uma coisa além da ganância, de um juramento de sangue. Qual é a terceira coisa? Eu te digo. É o amor.

A objetividade das palavras dela o surpreendeu. Annie estava sem palavras. Mas ela explicou o que estava dizendo.

— Quero dizer, você e eu, temos o mesmo amor. Temos o mesmo amor. Pela água profunda. Água profunda. Não sou amante de grandes rios, não amo a terra. Amo o mar.

— Ouvi dizer — disse Annie — que não há palavra em chinês para “amor”.

— Não é verdade. Isso é algo muito idiota de se dizer. Muitas palavras significam amor. — Annie estava examinando o fundo de sua xícara. — O que você vê no seu destino, capitão Doultry? Seu futuro?

— Parece com bitucas de cigarro para mim.

Sua ama estava dormindo, enrolada no chão. Lai Choi San esticou seu pé (que estava nu) para ser servida, mas Annie fez um movimento para dissuadi-la.

— Chega de chá para mim, querida.

— O que é essa "querida"?

— Apenas uma figura de linguagem. — "Deixe-a descobrir essa." Annie a devorou com seus olhos; pelo menos era isso o que ele dizia para si mesmo. Ele dizia: "Annie, você está devorando essa bonequinha chinesa com seus olhos."

Imediatamente ele a viu como algo de comer, era essa a idéia. Ela era apetitosa. Será que ela objetaria se soubesse o que se passava pela mente dele? Provavelmente nem um pouco. Mas ao chamá-la de "boneca" ela objetaria, entretanto. Por outro lado, ela estava bem consciente daquilo que não podia ser mais bem descrito do que seu próprio magnetismo animal. Não, magnetismo mecânico; ela era uma bela peça de maquinário. Sua força em relação ao peso era formidável, sua estrutura era delicada e altamente perturbadora. Seus movimentos eram espertos e autoritários, sem serem brutais: um equilíbrio que o próprio Annie nunca havia atingido.

O mapa no chão se enrolou ao lado dele. Ela se abaixou, pegou um dos sapatos dele e usou como um peso de papel.

— Segure esse canto aqui, por favor — ela instruiu Annie. Ele fez isso, com um dedo, querendo ser escravizado por ela. Ela tinha aquele cheiro seco, pungente, um cheiro temperado, uma mistura de perfumes naturais e artificiais, feitos pelo homem e pela mulher. O nariz de Annie reagiu com uma profunda sensação de prazer e seu pau se estendeu com tudo o que tinha a oferecer. O cobertor se moveu, visivelmente levantado, e apesar de Annie tentar mover suas pernas para esconder, não deu certo. Ela viu o que aconteceu; parecia estar olhando bem para aquele cobertor quando aconteceu. Mas fingiu não notar.

Annie não sentiu necessidade de falar. Ela se sentava lá silenciosamente ao lado dele, admirando o mapa, como se fosse algo belo. Suas costas estavam próximas dele, da perna dele, ou mais precisamente, do interior do seu joelho direito. Ele estava deitado do lado direito numa pose geralmente vista em pinturas de personagens romanos clássicos em festas. Era a posição favorita de Annie. Sua mão esquerda era um apoio para a maçã de seu rosto e o peso de sua cabeça. Ele ajustou sua posição para que então, quando chegasse a hora de fazer seu movimento, fosse lânguido mas inexorável.

— Sim — disse ele finalmente. — Quando você está no mar, não tem de decidir nada — disse ele. — Não há ninguém para perturbar. Exceto a Mãe Natureza, quando ela se aborrece com você.

— Como assim "se aborrece"? — perguntou Lai Choi San.

— Quando ela fode você — disse Annie. — Quando ela se levanta e fode você. Então você não tem de pensar em mais nada, apenas em ser fodido, e ficar vivo para contar a história.

Com essa profundidade, ele tocou no corpo dela, tão compacto, com seu braço direito, colocando uma de suas mãos sobre o seio dela, e segurando firme. Nos braços dele, ela se sentia pequena como uma criança. Por apenas um momento ele a segurou, ou a abraçou, e então baixou o braço e deixou que ficasse sobre o colo dela, para que ela pudesse tirá-lo facilmente, como uma enorme teia de aranha — se ela quisesse.

Ela deixou o braço lá e disse:

— Bem, capitão, isso parece ser uma vida sem sentido para mim. Esperar ser fodido pela Mãe Natureza.

Não havia porque negar que era intrigante ouvi-la falar assim. Ela estava se permitindo falar daquela forma suja e desleixada, com a qual os chineses geralmente falam com amigos, família e pessoas na rua. Era uma linguagem estupenda, tão rica com obscenidades e frases sujas quanto era de possibilidades para sublimar imagens e metáforas metafísicas.

— Sra. Fortuna — disse ele. — Não acho que seja uma vida sem sentido. Tenho minha música e meu... — Uma pausa aqui, vazia como as posses daquele homem. — Tenho minha liberdade. Minha vida é melhor do que a de muitos, mas talvez não tão boa quanto a de outros. Se você olhar ao redor, não sei, sempre me impressiona ver o que as pessoas jogam numa pilha e chamam de vida. Não acho que seja tão ruim o que eu faço. Faço por mim mesmo, é tudo meu. Não há pegadas no mar.

— Claro, sem pegadas. O mar não é feito de areia — disse a sra. Fortuna. — É água. Mas a água é um espelho. — Ela levantou o mapa. Abaixo dele havia um espelho de bronze, o espelho com os 12 pontos como uma bússola de magnetita, que as pessoas da dinastia de Han chamavam de Espelho Cósmico. Tinha sua face para baixo, sua alça era responsável por uma protuberância no mar do mapa, como uma onda. Ela o pegou, olhou para si mesma em suas profundezas escuras.

— Antes das pessoas do Meio Império fazerem espelhos de metal, usavam apenas água. Água numa tigela de cobre vira um espelho para o rosto. Nenhuma pegada, nenhuma marca do rosto. Apenas você, mas de dentro pra fora. Sim? — O "sim" dela foi acompanhado por um gesto de sua mão sob a luz do lampião que iluminava a inversão do espelho de duas ou três dimensões, o que fosse visto.

Ela levantou a mão de Annie de seu colo e colocou-a no espelho.

Ele colocou o espelho no chão sem muito além de uma olhadela e voltou o braço ao redor dela, tocando seu seio novamente, através do algodão, com as pontas dos dedos. Ele não queria entrar numa discussão chinesa sobre espelhos. Ele aceitou que ela era mais do que adepta a metáforas universais; era uma especialidade chinesa. Então disse:

— Sra. Fortuna, entre os amantes que você mencionou *en passant*, como os franceses dizem, já ouve algum Demônio Estrangeiro?

— Não.

— Nunca fez amor com um *gwai lo*?

— Não. Mas matei alguns — disse ela da mesma maneira leve. Então, abruptamente, colocou sua mão na dele, pressionando-a contra seu corpo. A palma dela tinha uma secura elétrica; o choque foi imediato. — Eu mato *gwai los* — continuou ela. — Mato os cães dos *gwai los*. Mato os cães dos chineses. Mato vagabundos. Vagabundos da cidade de Xangai. Vagabundos, vagabundos. — Ela gostava dessa palavra. Dizer que sensações sexuais a faziam pensar em assassinato pode ser muito simplista. — Chiang Kai-shek — ela disse, com a voz suave, mas metálica. — Ele paga uma gangue de vagabundos número um em Xangai para matar os Vermelhos. Eles matam cinco mil, dez mil Vermelhos. Um dia talvez eu mate Chiang Kai-shek.

Annie estava acariciando o seio dela com muita ternura e respeito, quando ela fez essa colocação com uma voz de erotismo rouco. Ele podia ver os ombros dela se encolhendo. Ele não estava interessado em opiniões políticas. Estava com um tesão do inferno. Ele queria fodê-la até explodir, e explodir-se também. Era tesão pura e simplesmente, com todos os temperos da fatalidade. Ele pensou: eles devem colocar um afrodisíaco naquela bebida. E de repente teve uma crise de autoconfiança, pode se chamar de medo, mas chegou até ele subindo pela pele, pela virilha acima, como um lagarto que, ao chegar à sua orelha, falou distintamente:

— Que porra você tá fazendo, Doultry? Antes de você terminar, essa dama vai usar suas bolas como brincos. Cobertos de jade, naturalmente.

E naturalmente, isso mudou o rumo das coisas.

— Está com medo? — perguntou ela a ele.

— Talvez só um pouquinho — ele respondeu. E talvez o fato de ele ter pela primeira vez dito a verdade a tenha decepcionado.

— Sim, capitão Dowtly — ela disse. — Você tem medo. Muito medo. Bem, eu preciso aprender a entendê-lo. E você precisa me entender. Seremos bons amigos. Mas no meu coração — não, digo "minha vida"; você não entende de coração — na minha vida o amor e os negócios são duas coisas que nunca devem se cruzar. Nunca, nunca. Por favor, tire sua mão.

Ele fez o que ela pediu. Não tinha opção: a formalidade dela era tão absoluta que soava como uma freira. Seus olhos estavam no mapa; eles brilhavam sobre ele. Ocorreu a Annie que talvez ela não conseguisse compreender. Ele se desculpou silenciosamente por esse pensamento, caso ela o estivesse lendo.

— Madame Lai, não vou enganá-la nas questões do coração. Para mim, o coração é essa grande bomba vermelha aqui que move o resto de mim. Sou um homem cujo amor é uma parte e uma parcela do corpo — do qual eu tenho bastante, então não acredito que eu tenha pouco amor. Eu gostaria de ser seu amante porque, perante meus olhos, meus olhos desonrados, você é uma belezinha. — Então começou docemente uma música.

Oh, bonequinha linda,
Grande bonequinha linda
Deixe-me pôr os braços em você
Eu nunca poderia viver sem você.

Ela não pôde evitar sorrir. Enquanto ele cantava esses versos com sua voz leve e prazerosa num tom perfeito, seu rosto brilhava com sinceridade. Ele tinha seu melhor aspecto. Lai Choi San deve ter pensado o mesmo; ela tinha um refinado senso de ocasião, porque se virou e andou até a porta. Lá ela parou novamente e acenou para o Annie, segurando suas mãos à moda antiga. Ele estava no terceiro verso quando ela saiu, deixando para trás seu mapa e seu espelho, mas seguindo-a veio a ama com a louça do chá, para quem Annie mandou um generoso beijo, o que fez essa bela jovenzinha virar o rosto confusa. Sua patroa pode ou não ter observado isso; com madame Lai nunca se pode ter certeza.

CAPÍTULO 6

TUFÃO

De Manila para Hong Kong, a vapor, levava-se dois dias. A maré do norte estava tranqüila e o junco fez uma parada no cabo Bojeador, no noroeste da ilha de Luzon, no quarto dia, 27 de abril, no final da tarde, tendo alcançado uns oito nós.

Apesar de nada em particular ter acontecido durante esses quatro dias, foram dias importantes. Foi nesse tempo que Annie começou seriamente a pesar o potencial do seu acordo. Ele chegou a isso: se há um grande carregamento em junho, como madame Lai prometeu, a mais cerrada segurança será planejada pela Companhia de Navegação a Vapor Indochina. Vários de seus navios na costa haviam sido atingidos por piratas; era uma companhia rica, e eram cuidadosos. O que era igualmente certo é que o plano de madame Lai para capturar esse navio de 10 mil toneladas e 16 nós, o *Chow Fa*, tinha uma probabilidade de sucesso. A terceira certeza era que ele mesmo, o Dândi Annie, era a condição *sine qua non*, se não o *deus ex machina* daquele roubo. O que ele precisaria fazer seria duro, mas ele era um homem duro. A soma de seus cálculos, que ocuparam todos os quatro dias da viagem, era de que as chances gerais de dar certo eram algo além de setenta por cento, mas menos do que oitenta — digamos, três para uma. Então, no final, com tudo isso, ele tinha de dizer:

— Annie, você está dentro.

Ele recebeu uma cabine na popa superior, logo acima dos quartos de madame Lai e do capitão Wang. O *tou-mu*, um homem pequeno e sempre nervoso, que podia ser chamado de primeiro homem, tinha a cabine adjacente, e o canhoneiro-chefe, a cabine oposta. Por quatro dias, Annie viveu lado a lado com esses colegas chineses. Essas cabines, os escritórios, tinham um metro e meio de altura, um e vinte de largura e de um comprimento tal que mal dava para deitar; era como dormir dentro de uma embalagem. Annie ficou impressionado ao conhecer as baratas, um ótimo tipo chinês criado no mar, com senso de humor. Elas eram as melhores espécimes entre uma longa seleção de insetos — sem falar nos ratos amistosos, que a tripulação alimentava até que estivessem gordos o suficiente para a panela, e algumas estranhas espécies de camundongos que não valiam a pena catar, porque não valiam a pena comer.

Ele queria estar próximo desses 44 bandidos em todas as suas vilanias, suas depravações, suas calosidades e sua camaradagem bem-humorada. Para ajudar, ele até fingiu compartilhar de suas absurdas superstições. Por exemplo, quando a brisa nordestina morreu, simplesmente se apagou, quando eles ainda avistavam a costa, todos sabiam que isso era uma dessas calmas repentinas freqüentes nessas latitudes em abril, e logo passaria. Mesmo assim, houve muita cantoria, e um barco de papel decorado com folhas de ouro e papéis de reza foi jogado ao mar, no lado do ancoradouro, pelo executor. Um gongo foi batido num ritmo lento e ondulatório enquanto o barco de papel navegava, seguindo ao sul pela corrente.

Então um sopro de vento o pegou e empurrou o brinquedo brilhante como um pássaro pela água. Outro sopro preencheu as velas do *Iron Tiger*, e eles seguiram seu rumo novamente.

A tripulação tinha hábitos imundos aos olhos ocidentais, mas não mais do que a maioria dos homens deste mundo. Eles nunca tomavam banho, mas passavam metade de suas vidas esfregados pela natureza, na água do mar; eram conservados em sal. Suas peles eram mapas magníficos do clima em que eles viviam, na cor de mogno. Seus rostos podiam contar histórias que poderiam arrepiar você. Entretanto, Annie se sentia confortável entre eles, porque eles eram homens do mar, e como todos os homens do mar eram mal-humorados e emocionais, mas tolerantes e com uma mente mais aberta do que os habitantes da terra — tinham mais pé no chão, resumindo. Por exemplo, eles tiravam as pulgas de suas roupas remendadas sempre de bom humor. Quando sabiam que Annie estava olhando, comiam as pulgas azaradas apenas para chocá-lo; porque, claro, ele não escondia sua repulsa — por que deveria? Isso divertia a tripulação. Ele era um palhaço. Então se tornou engraçado, o Grande Palhaço Urso Branco. Era um trabalho duro, mas Annie era um profissional, afinal, e os tanka curtiam sua apresentação. Riam e ofereciam tragadas de seus cachimbos e pedaços dos peixes que pegavam. Eles pescavam o caminho todo, sempre havia redes puxando, e com dois dias fora, além da costa, a pesca se tornou abundante.

O difícil era Tang Shih-ping, o canhoneiro-chefe do *Iron Tiger*. Espalhou-se (provavelmente pelo sr. Chung) que Annie conhecia armas. Annie não fez nada para reforçar esse boato; ele mantinha distância dos canhões e das infinitas limpezas de armas. Eles eram loucos por armas, como bandoleiros mexicanos nos filmes. Mas Annie continuava sentindo o peso de Tang Shih-ping em suas costas. Esse homem havia passado a vida casado com um harém de canhões; era um veterano de 24 anos de guerras. Seu romance atual era com um Schneider de 75 mm da madame Lai.

Então um jovem, um rapaz forte mas não muito inteligente, trouxe a Annie uma cópia de um Colt 1911, modelo do exército, que fora remodelado para uma munição de nove milímetros de Luger Parabellum. Com uma linguagem de sinais, ele explicou qual era o problema com a arma e atirou um pouco para demonstrar. No quarto tiro, travou.

Annie soube imediatamente o que havia de errado e sabia como consertar. Ele até observou com olhos gentis o garoto desmontar a arma. Então disse a Ch'en, que falava inglês:

— Diga pra esse cara que sinto muito, mas apenas vendo armas. Compro e vendo. Não entendo muito como elas funcionam.

Tang Shih-ping se aproximou. Refletiu sobre o problema rindo e viu que uma lingüeta da carga desenhada para um cartucho 45 não fora preenchida o suficiente para engatar, toda vez, nas belas balas européias. Annie bateu em suas costas e deu parabéns a ele. Quando chegaram a Manila, estava se dando bem com esses rapazes, o canhoneiro-chefe havia diminuído a pressão dos seus olhos e estava sendo civilizado.

Lai Choi San não falou diretamente com Annie nas primeiras trinta horas na ilha Lantau. Quando o monte Vitória apareceu no horizonte, ela habitava seu próprio mundo, à maneira que estava acostumada a fazer e ignorou seu hóspede completamente. Annie havia ouvido sobre esse estratagema; havia lido em livros — histórias sobre duques ingleses excêntricos que nunca falavam com seus hóspedes até o terceiro ou quarto dia de uma viagem à casa de campo. Madame Lai tinha uma atitude parecida. Para Annie estava tudo bem; ele não estava entediado.

Ele não se importava em se sujar. Sabia se adaptar. Mas tinha um gosto especial por manter cuidada a sua barba, assim como os marinheiros são com seus cabelos. Havia um barbeiro a bordo que podia raspar uma cabeça em dez minutos, então naturalmente Annie pediu para aparar a barba.

Era final de tarde, o cheiro do jantar saía dos fornos de carvão pela brisa, e a maioria da tripulação foi ver o barbeiro. Annie sentou-se no banco. Ele havia enrolado a cabeça num lenço de seda gasta listrada de verde, no mesmo estilo deles. Isso era para proteger seu cabelo, que estava crescendo de maneira desordenada. Entretanto, ele não queria raspar dos lados e atrás com o barbeiro. Ele usou seu espelho de bronze para indicar: a barba, por favor. Só aparar.

O barbeiro estudou a barba criticamente por todos os ângulos. Finalmente, depois de receber muitos conselhos de alguns dos espectadores, indicou a Annie com seus dedos: vinte centavos. Isso era além da conta, e Annie não estava preparado para ser gozado sobre algo tão sério, então protestou. Houve uma discussão, e não foi mera formalidade. Eles acertaram em 16 centavos. O próprio barbeiro não levou muito tempo, entretanto. Ele deu à barba um visual clássico chinês, com duas pontinhas.

Madame Lai estava olhando a cena do alto da popa. Ela sorriu, mas não riu, então ninguém da tripulação riu também enquanto Annie estudava o resultado no espelho, encostando-se a um canhão modelo antigo. Seus dedos sentiram as pontas. Ele deu ao barbeiro os 16 centavos e dois centavos de gorjeta e então se levantou e foi para onde o jovem Ch'en estava, pintando uma parte entalhada de uma divisória, uma escultura com repetições de um símbolo chamado "bem-estar" (que, virado ao avesso e chamado por seu nome sânscrito, *svastika*, estava sendo utilizado pelo demente, mas carismático, jovem líder do Partido Nacional Socialista, na Alemanha). Annie disse:

— Desculpe-me, Ch'en — pegou seu pote de tinta dele e afundou as pontas da sua barba nele. Era tinta vermelha.

O efeito era tremendo, e já que era permitido rir agora, todos riram, os sons de animal de madame Lai entre eles. Ele havia sacrificado a integridade de sua barba para fazê-la rir. Sua barba já fora de muitos formatos e tamanhos. Era mais um pedaço do queixo do que uma barba. Mesmo o malvadinho *tou-mu* riu, uma risada rouca. Mas Annie fez tudo isso por ela. Gostava de vê-la rir e de ver a grande exibição de sua boca, ornamentada com ouro, ouro chinês. Mas os dois não se aproximaram um do outro; nunca estavam sozinhos.

Entretanto, sob a luz do meio-dia, eles tiveram uma conversa. Foi depois da manhã, quando o vento havia deixado o mar por algumas horas e eles estavam se dirigindo de leste a oeste com a monção do inverno vindo fraca do estreito de Formosa (ou Taiwan, como os chineses o chamam). Era evidente que estavam indo para a ilha Pratas. A madame sentava-se no seu lugar de costume, num baú da amurada com uma de suas amas, e às vezes as duas, a seus pés. O capitão Wang circulava fumando e discutindo sobre cavalos de corrida com o timoneiro no quarto do leme abaixo. Era estranho como todos que tinham o feitiço de Hong Kong, ou sua influência, falavam sobre cavalos de corrida ou apostavam neles.

Madame Lai nunca conversava com o *to-kung*. Ela falava apenas com o capitão Wang. Ele fez o resto. Mas essa noite ela disse à sua ama número um para contar a Annie que esperava que ele não estivesse cansado demais para se juntar a ela para um cigarro. Ela gostaria de experimentar um de seus cigarros, era a mensagem.

Annie foi até ela. A ama número dois estava sentada embaixo de uma sombrinha preta. Annie disse:

— Vocês estão indo para Pratas.

— Sim. — Automaticamente seus olhos olharam para o céu. — Vento curto esta noite. Lua grande. Conheço a ilha Pratas muito bem.

Annie não comentou. Ele não conhecia nenhum marinheiro ocidental que gostaria de ficar a cinco milhas de Pratas de noite, sob qualquer tempo. Num clima incerto, aumente para vinte milhas, essa era a regra de Annie, e ele não era conservador.

Ele olhou para o céu também, e a superfície do mar. Ele cheirou o ar com seu sistema olfativo desenvolvido.

— Se quer saber minha opinião, se eu tivesse um barômetro, eu apostaria que o barco afundaria. Há um clima pesado no norte, e você está perdendo a cabeça em seguir esse caminho.

O sol brilhava de uma forma branca. Lai Choi San disse:

— Há um Tiet-Kiey vindo de longe. Está vindo da ilha de Bataan, e o capitão Wang e eu concordamos que vamos cruzar seu caminho. Estamos indo rápido, ele vai ficar para trás. Mas vai nos deixar um vento forte do norte, de Manila.

Annie estava prestes a perguntar onde ela tinha conseguido essa informação, uma vez que ela não tinha rádio; mas em vez disso ele foi até o capitão Wang, que estava conversando com o timoneiro, e perguntou a ele com sinais educados se podia pegar seu binóculo emprestado. Capitão Wang permitiu. Annie virou para o leste, na direção de Bataan, quatrocentas milhas à frente. O horizonte estava claro, enevoado, propício. Então sentiu o capitão Wang bater em seu ombro e apontar, um grau ou dois ao norte e bem além da névoa do horizonte. E lá, brilhando na objetiva daquelas lentes poderosas, havia um rastro de vapor que deveria ser do nível strato-cumulus, seis milhas verticais sobre as águas do estreito de Luzon e da ilha de Bataan.

— O que é Tiet-Kiey? — perguntou Annie a madame Lai.

— É o nome do Redemoinho de Ferro — ela disse. Annie nunca ouvira aquele nome antes, mas sabia tudo sobre tufões. Tinha familiaridade com a fúria daquele velho senhor que era o vento, a fúria que se equiparava palmo a palmo com terremotos, vulcões, monte Pelée, Krakatoa, com aquele grande touro sobre o qual o universo descansava. Quando a arena é ampla como as águas, e um pirata e um mentiroso sentam-se juntos no banco de pedra de Nero, deve-se esperar para ver um ato de violência daquele velho senhor, que tem uma majestade que faz ressonância à palavra "catástrofe".

— Madame Lai Choi San — disse Annie — acho que seu mestre de navegação, ou *lio-dah*, ou o que quer que chame, é um cara bem competente. É minha impressão. Mas seria inteligente fazer um movimento para sudoeste agora mesmo, e deixar essa boa brisa nordestina nos levar para tão longe dos rabichos desse tufão quanto possível, e ainda mais longe dos recifes Pratas também. Tentar cortar caminho pela frente dele é pura loucura.

— O capitão Wang não é meu *lio-dah*, é meu *tou-jen*, ele é meu olho direito. Sob a Bandeira Amarela, nós chamamos o mestre de navegação de "olho chefe". — O próprio olho chefe estava pegando de Annie seu Bausch and Lombs, apesar de aparentemente não precisar dele para ver o Bafo do Dragão avançando sobre eles. — Ele, meu *tou-jen*, diz que podemos cruzar na frente facilmente. Seguindo em frente, bem em frente. Passando pelo porto das ilhas Pratas, podemos pegar um vento atrás de nós que nos deixará em Manila na hora do café da manhã de amanhã.

Com isso, madame Lai deu uma gargalhada. Era o sinal para a ama número um rir e aplaudir, e para o capitão Wang sorrir, e então veio um eco de uma risada grave do timoneiro.

A corrente de risos se espalhou simetricamente, tocando os humores da tripulação enquanto eles ajustavam as vergas e começavam a se preparar para o pior. Alguns deles até tiraram seus chapéus, jogando-os no convés. E o junco avançou com o vento para o leste.

Ocorreu a Annie que esse pequeno ataque de histeria poderia ter sido dirigido a ele — de uma forma simpática, claro. Madame Lai, seu olho chefe e sua tripulação concordaram — porque essa era uma tripulação democrática, como as melhores tripulações de piratas — em navegar com o Redemoinho de Ferro até o inferno. Talvez eles encarassem como uma questão de fé. Era uma questão de vontade, de qualquer forma, porque ninguém estava particularmente apressado, e Manila na tarde de amanhã seria perfeitamente satisfatório. Mas Annie não disse mais nada para contrariá-los, ou aconselhá-los. Se eles queriam ir, iriam.

Então a cabeça de um dragão preto de oitenta milhas de extensão e alto como a estratosfera ergueu-se no leste e avançou sobre eles. Ele seguia o apetite de sua língua em espiral, que foi lançada pelo Redemoinho de Ferro em seu movimento cíclico. O oceano começou a ficar da cor de ferro que Annie havia visto no bronze do espelho. Um cheiro vasto começou a se espalhar verticalmente, como o balanço do berço do mar. Havia pouco vento, mas com a respiração de Tiet-Kiey, o junco parecia se mover como uma navalha sobre a superfície da água.

O timoneiro manteve o barco em linha reta, as velas todas abertas em desafio enquanto o sol se punha como se para sair do caminho. E onde a língua de vapor negro alcançava a luz adormecida, ela se tornava de um amarelo vivo.

Annie percebeu que se o vento girava do nordeste para o norte, significaria que a margem frontal da depressão estaria neles. Tufões são como ciclones, seus ventos giram ao redor de um centro de baixa pressão, geralmente a não mais de dez milhas de distância. No hemisfério norte, esse giro é em sentido anti-horário (e no hemisfério sul, o inverso). Então com experiência não é difícil perceber onde o tufão está, mas num barco movido a vento, geralmente quando se percebe é tarde demais. A roda dos ventos vem em ataques temerosos. Tempestades como essas são chamadas "pés-de-vento" pelos homens do mar. Mas um pé-de-vento de tufões geralmente sopra em velocidades de centenas de milhas por hora, mesmo em sua margem externa.

Annie colocou seu oleado, amarrou o capuz sob sua barba e adotou uma expressão sombria. Porque ele sabia o que esperar e, ao olhar para o leste, podia ver a primeira rajada vindo pela superfície do mar, como uma cunha de escuridão cheia de espuma. O capitão Wang estava pronto; seus homens estavam levantando a ponta da verga, deixaram as velas cair com um estrondo no bambu e a estavam amarrando enquanto o vento continuava avançando, dobrando a vela e a verga do traquete. Eles derrubaram a mezena também, e o capitão Wang deixou só o traquete, foram três partes enrizadas. Mas ele queria manter um pouco de vela içada, se pudesse. Você não pode manter uma vela de encontro a um tufão, porque o vento é tão forte que pode te puxar para cima, se quiser.

Uma grande onda levantou o barco, uma onda que os rodeou de espuma, e então, enquanto eram carregados, com a embarcação inclinando-se com medo do vento, essa onda quebrou-se e enrolou-se sobre o junco, jogando-o quase de lado, antes que deslizasse pela face negra da água. Annie não podia ouvir nada além do rugido das ondas, mas podia ver o rosto de Lai Choi San sorrindo como um demônio, agarrada a um tirante da mezena; e enquanto a água caía e a pequena ama se agarrava a ela, a mulher parecia rir.

O junco levantou-se da água, mas você mal podia notar, porque uma parede de chuva os atingia horizontalmente numa rajada de vento. O timoneiro estava tentando manter a popa no mar, com aquele pedacinho de vela de traquete esticado, empurrando o navio para baixo e levando sua proa para cima para atingir a altura do mar. O velho casco de madeira do junco fora construído com uma força que só podia ser comparada à de um barco de ferro. O barco vivia num mundo com nomes de metais, num mundo onde os Redemoinhos e os Tigres eram antagonistas forjados pelo mesmo metal escuro que os chineses admiravam, mas odiavam. Esse era o Mar de Ferro onde o barco deveria sobreviver. Ele estalava e rangia como um monstro numa caverna de água, e o mar varria seu corpo enquanto ele afundava depois emergia da água, resistindo à opressão dos elementos.

Madame Lai ainda estava empoleirada sobre seu baú, encaixadinho num canto da popa, no seu lado mais alto, então ela pode se abaixar sob a parede de madeira de seu lar quando o mar grande surgia. Ela se agarrava ao tirante da mezena, seu cabelo estava solto, balançando ao vento como a crina de um cavalo louco. Annie se segurou com seus pés contra as ripas do convés, colocadas lá para esse propósito. Ele queria tirar seus Oxfords marrons; queria ter lembrado de trazer suas botas de borrão. Ele se agarrou à estrutura de metal de um dos canhões; o nariz estava preso e servia como um apoio para suas mãos. Ele havia passado por muitos ventos piores do que esse, mas ele odiava-os como ele odiava o medo, e pela mesma razão. Isso pode soar falso para alguns, mas era assim que acontecia. Então ele tentou se desligar de lá, manteve um pensamento forte na cabeça: a puta está apenas tentando me impressionar. Ela se colocou nisso. Ela fez isso de propósito.

Bem, estão foi assim que madame Lai usou o Redemoinho de Ferro para seu propósito, ao invés do redemoinho se aproveitar dela — o que, claro, já deve ter acontecido mais de uma vez, porque ela havia passado metade dos anos de sua vida em juncos no mar. Ela estava gritando algo para ele em chinês.

— Eu fiz de propósito. Olhe o que eu fiz! — era provavelmente o que ela gritava, porque tinha uma cara selvagem e triunfante, como uma heroína de Cecil B. DeMille, só que dava para ver que era sincero. Ela era uma puta arrogante, mas era parte de seu charme.

O vento cessou de repente, como o sibilar de uma bala de canhão; e esse é sempre um momento horrível, porque você pode ouvir o rugido da próxima rajada, a próxima parede de ar, cinco milhas à frente, se aproximando. Levou menos de quatro minutos para atingi-los. O capitão Wang, que ainda estava lá na frente da popa, gritou à tripulação para baixar a vela para a última ripa, que estava apenas a dois pés de profundidade. Foi isso o que fizeram. O convés abaixo deles estava inclinado para cima, apontando para o céu, porque o junco estava subindo para encarar uma dessas imensas elevações do mar, e por alguns momentos Annie pôde ver claramente o horizonte, atrás deles. Ele podia ver a frente da onda se aproximando como uma faixa de espuma branca sobre uma paisagem de morros cinza. Mas essa impressão não pode ter durado mais do que alguns instantes, com o rugido do vento e a água explodindo em moléculas divergentes, antes da próxima rajada atingi-los.

O *tou-mu* estava com os homens rizando o traquete, sua impressionante voz foi a última coisa que Annie ouviu. Então o pedaço de vela que eles haviam deixado partiu-se com um estalo, e a armação de bambu dobrou-se quase ao meio antes de se quebrar. O tufão uivando nos grossos mastros expostos, enxárcias e cordames, carregou-os por um Mar de Ferro. Madame Lai esticou sua mão e agarrou a de Annie e gritou em sua orelha:

— Nós vamos! Nós vamos! Vamos mais rápido do que Tiet-Kiey! — Ela manteve o braço esticado, o algodão preto molhado sacudia ao vento, enquanto o junco adernava novamente; o vento soprava do nordeste agora.

Como madame Lai e seu capitão haviam previsto, o caldeirão do tufão passaria atrás deles; tudo o que eles pegaram eram as margens externas do círculo de vento. O *Iron Tiger* cruzara seu caminho o suficiente para evitar o vórtice central da coisa, que passaria pelo menos trinta milhas atrás. Tudo o que o barco pôde fazer foi correr na frente. Claro, corria na direção certa, o que garantia o bom humor de madame Lai e sua tripulação. Eles deixaram o barco correr. O *to-kung* tinha dois homens com eles no cabrestante, e o capitão Wang gritava conselhos para eles, porque tudo o que eles podiam ver no convés principal era água e escuridão.

Agora estavam nos dentes do furacão. Ele brandia uma única nota, um grito constante como uma matilha de coiotes, mas com um certo vazio, não com o chamado doloroso que Annie fora forçado a ouvir em alguns ventos. E ele se lembrava de que tinha ouvido alguns marinheiros chineses chamarem mares assim de “os cães brancos do caçador”, que era uma boa expressão. Ele estava impressionado em notar que a pequena ama ainda estava em seu lugar, como um carrapato, enrolada atrás de sua patroa, que tinha costas estreitas mas fortes. A crista de uma onda tinha acabado de passar por eles, em parte por baixo e em parte por cima do navio, mas a embarcação ainda cambaleava por uns momentos, como se tivesse pousado num suporte de uma luneta. Os olhos de Annie, cheios de preocupação, mas também admiração, estavam nos de Lai Choi San, porque valia a pena olhá-la. Então ele a observou vendo o que havia a frente, e estava tão fascinado pelo comportamento dela que continuou a olhar, enquanto ela ficava de pé, com suas pequenas mãos agarradas ao tirante, acenando naquele seu inimitável jeito imperial, apontando com uma expressão de divertimento diabólico na única direção significativa — aquela do vento, e da embarcação e seus ocupantes. Então da torre do vigia veio um grito de morte que Annie sentiu mais do que ouviu. Ele olhou em volta para ver o que estava acontecendo, e o que ele viu quase o matou de medo.

Estendendo-se por onde os olhos podiam ver, o que não era muita coisa nessas condições, havia um monte da cor de neve como o cume de uma montanha de algum planalto do Himalaia. Era a rebentação montanhosa no recife de Pratas. Então, o mar se moveu, deslizou pelo recife, e a vista se perdeu. Mas na mente de Annie, seus olhos permaneceram fixos naquele morro de espuma branca uma milha ou duas à frente, porque aparentemente não havia mar para passar por isso. Tinha talvez apenas dez milhas de extensão, mas agora o vórtice do furacão passava por trás dele, trinta milhas ou mais, bem atrás; e com cada uma de suas rajadas passando, levantando-se a cada minuto, uma onda cíclica de ventos direcionava-os para o oeste. Não havia como lutar contra isso; eles podiam voar com aquela violência. Então voaram por aquele recife que havia arrebentado mais navios e marinheiros do que qualquer outra coisa da natureza no mar da China. Um barco podia sobreviver a um furacão, mas passar por Pratas certamente o destruiria.

Annie, com suas costas para o vento, engoliu bastante água e gritou no ouvido da chinesa:

— Estamos indo para o Pratas, querida.

Ela olhou para ele. Podia não ter escutado, mas abriu um sorriso. Annie então viu que ela havia perdido o juízo.

— Sua idiota! Filha-da-puta! Você fez de propósito! — gritou ele num tom que ela não podia ouvir. Mas mesmo assim ela balançou a cabeça e tentou acenar tão violentamente que quase se soltou e quase foi puxada para fora.

— Vôo do *Iron Tiger*! — gritava ela, se vangloriando.

O capitão Wang gritava para o *to-kung* no convés abaixo, mas o segundo já via o que estava acontecendo. Quatro homens estavam no molinete que içava o leme; suas madeiras e cordames rangiam silenciosamente enquanto traziam a grande peça de volta à devida cavidade na traseira do junco, até que eles tinham apenas um pé, se tanto, do cabestrante na água. As ordens seriam as mesmas em qualquer língua, em qualquer navio sendo levado por um tufão para um recife de corais. De tempos em tempos, eles podiam ver, cada vez mais perto, com as ondas quebrando ao redor: um grande e acidentado recife que se erguia normalmente a apenas alguns pés sobre um mar calmo. Como a parede de uma fortaleza, mas sem simetria, o recife protegia uma lagoa com rochedos de corais negros que os marinheiros chamavam de "cabeça de negro", que dava para se ver claramente, já que a lagoa, apesar de coberta por pequenas ondas, tinha apenas cerca de um metro de profundidade e parecia calma como uma poça d'água em contraste com o oceano feroz por trás. Mas quando um navio atingia o recife de Pratas, o que aconteceu várias vezes, ele era arremessado para fora ou sugado depois do primeiro impacto e então era jogado de novo e de novo contra o coral. Mesmo um junco de madeira-dura se desintegraria em pouco tempo; e apesar da salvação estar apenas a algumas jardas, a tripulação era normalmente socada até a morte no mar ou afundava naquelas condições.

— Preciso ir para o lado antes que bata. Preciso sobreviver a essa aventura insana. — Annie disse baixinho para o vento, enquanto ele olhava através do vento ofuscante e da água que borrifava. Madame Lai amarrava-se com a linha das enxárcias de sua mezena, sem dar atenção à sua vítima *gwai lo*. E com seus pés nus afastados um do outro, seus olhos gritavam em sua língua para seu timoneiro a única coisa que o comandante de um navio poderia dizer numa circunstância daquelas:

— Segure o leme, parceiro.

— Está seguro.

— Mantenha o barco à tona.

O junco foi sugado para a última depressão das ondas, antes do mar se levantar e fazer com que ele batesse no recife.

— Bem, aí vamos nós — disse Annie, pronto para saltar, porque o barco ia na velocidade da onda, uns trinta nós, o que provocaria uma batida como a de um carro e acabaria com tudo. Mas quando o recife negro se ergueu sobre a proa e Annie correu para a amurada do navio, ele se sentiu sendo erguido como no elevador do Waldorf

Astoria, com o barco se levantando abaixo dele por uma grande onda, para cima e para cima, então Annie se segurou e não pulou, porque ele não era lento em seus pensamentos. A onda se ergueu mais alto, muito mais alto do que o recife, e o *Tiger of the Iron Sea*, com todas as suas cinqüenta toneladas, ergueu-se com ela. Então a proa desceu, dividindo aquela grande onda em duas e impulsionando o barco para o topo daquele muro de corais. O casco bateu, descendo rapidamente com sua quilha, num som de quebra. O navio tremeu da proa à popa, enterrado numa nuvem de espuma, que continuava caindo, e Annie olhou para a rocha lisa e brilhante onde eles estavam presos, abaixo de todo o fundo do junco, que também estava plano, mas balançava lentamente de um lado para o outro, tremendo como um animal vivo.

Ele sentiu uma sensação única de vazio, na qual o ranger do casco parecia distante. Sua proa parecia inclinada, à frente não havia nada além do céu turbulento, o vazio e a espuma — a cabeça de Annie instintivamente se virou para olhar para trás, e ele viu Lai Choi San, pendurada em seu cordame como um lêmure, olhando para trás também, e seu grito anunciou o que todos podiam ver claramente: outra enorme onda, alta como uma casa, erguendo-se na escuridão, e com muita espuma atrás dela, caindo junto a ela.

Annie se abaixou, segurando a amurada com ambas as mãos, então a crista da onda caiu sobre eles de uns trinta pés de altura. Caiu com o som de água escutado apenas através da água, jogando-o pelo convés. E por trás dela veio o resto, empurrando o junco para frente sobre a superfície de coral, mas dando ao casco liberdade suficiente para salvá-lo da destruição e levantando-o novamente como um coco e jogando-o para as margens do recife. O barco passou por lá como um grande tronco, por um momento interminável antes de cair novamente sobre as espumas.

O rabo da onda o empurrou para frente, fora do caos da lagoa, com a embarcação girando em seu eixo como um brinquedo. Em ambos os lados erguiam-se pedaços de coral do fundo da lagoa, mas à frente havia um canal cujas ondas pequenas protegiam o junco, que estava intacto, com o vento soprando por seus mastros e cordames, deixando-o livre.

Annie ficou de pé. O capitão Wang estava abaixado. Ele parecia ter se machucado, mas sorria com um orgulho inegável, enquanto olhava para sua patroa. Ela estava enlaçada no cordame, como um gato preto, seus cabelos ainda balançando ao vento, rindo daquela forma chinesa barulhenta que os ocidentais às vezes tomam por histeria. Sua pequena ama havia desaparecido (sob a amurada à frente e abaixo da escotilha na sala do leme). Mas Lai Choi San não estava preocupada com uma coisa pequena dessas. Annie a amou e quis matá-la.

Um quente e úmido vento soprava do norte, trazido pelo tufão. Era um resíduo do Redemoinho de Ferro, mas imitava firmemente a monção nordeste. Madame Lai alisou para trás seu cabelo negro e apontou para o recife, no qual as ondas ainda quebravam monotonamente, um recife que era um pouco mais baixo naquele ponto, um pouco mais plano no topo e um canal de três braças de profundidade, apenas o suficiente para deixar o casco de um junco passar.

— Este é o lugar — disse madame Lai, apontando para trás. — A este lugar, o irmão do meu pai trouxe seu junco numa grande tempestade. Muitos, muitos anos atrás. Antes dos outros terem feito isso. Esse lugar é chamado de Portão do Mar Raivoso. Hoje, fiz a passagem também. — Ela parecia imensamente orgulhosa e satisfeita consigo mesma enquanto dizia isso. À frente, seus homens gritavam com o prazer de uma vida renovada. Alguns cantavam.

Ela tinha todos os motivos para estar satisfeita, pensou Annie. Seus braços estavam cansados; sua mão direita ainda estava agarrada ao balaústre da popa. Sua garganta doía; ele percebeu que talvez tivesse estado gritando suas opiniões e seus sentimentos. Mas agora apenas assentiu lentamente na direção de madame Lai, enquanto a lagoa os empurrava gentilmente pelo canal entre as cabeças de negro. Os homens dos timoneiros estavam abaixando o leme novamente, para cuidar do barco.

Eles jogaram âncora na lagoa e ficaram lá por três horas mais ou menos, arrumando o navio e reparando o traquete. O tufão passara para o sul do mar da China. A noite caiu e, apesar de o vento ainda soprar no recife de Pratas, as estrelas apareceram, trazendo luz suficiente.

O recife, que era mais ou menos elíptico, cercava pequenos montes de areia com arbustos castigados pelo tempo, como repolhos gigantes, e algumas palmeiras inclinadas. Isso era a ilha de Pratas. Convólvulos cresciam sobre tudo e geravam o perfume desse cemitério. Nessas folhagens, piratas e pilantras haviam construído um templo para Tin Hau, um templo para a deusa do mar feito de madeira, com figuras de navios naufragados, espeques e balaústres talhados, amuradas de metal, espelhos de cabines, revestimento de plátano e mesmo os metais das pontes de comando de vários navios. E quando os pescadores e piratas não estavam cultuando sua deusa, os servos dela eram uma tribo de ratos de navio, junto a gansos e maçaricos-das-rochas.

Enquanto os homens do *Iron Tiger* seguiam para esse pequeno templo pela luz que vinha do mar, cantavam uma música para sua deusa e batiam em três gongos num ritmo incompreensível. Eles acenderam vários palitos e os colocaram em apoios para boiar sobre o mar da ilha prata. No momento perfeito, pela sensibilidade estética e seus profundos rituais religiosos, a lua apareceu num horizonte claro a oeste como uma imperadora de prata, a serva de Tin Hau.

CAPÍTULO 7

"FECHEM ESSA MALDITA PORTA!"

De manhã, o capitão Wang pilotou seu junco por uma fenda no recife a leste e seguiu com bons ventos por mais dois dias antes de atracar no cabo Bojeador, ao noroeste de Luzon, a ilha mais ao norte das Filipinas.

O grande junco deslizou para o ancoradouro de pescadores no crepúsculo, mas era um navio muito chamativo para madame Lai ficar por lá. Annie foi levado a terra com sua sacola e num táxi motorizado foi para o hotel Oriente, um lugar confortável para visitantes abonados onde ele sempre sonhara em se hospedar. O sr. Chung se juntou a ele lá, vindo de um navio a vapor de Macau, alguns dias depois.

Annie pensou intensamente, ainda que intermitentemente, sobre a quase catastrófica decisão da Madame de enfrentar o tufão. Ou a decisão fora aproveitar a vantagem do Redemoinho de Ferro para que ela pudesse saltar sobre a barreira de corais da ilha Pratas? Seria esse um débito que ela tinha com um ancestral? (Na China, as únicas dívidas de honra eram aquelas para com ancestrais.)

Annie decidiu que tudo era um emaranhado de circunstâncias, que a madame sem dúvida consideraria fortuitas, e que permitiram-na apostar como fizera, apostar seu navio e sua vida contra os elementos — e ganhar. Ele se lembrou claramente da única grande conversa que ele tivera com ela sobre esse assunto, quando eles navegavam para sudeste, deixando Pratas para trás.

— Você tem sorte — dissera Annie.

— Claro, um pouco de sorte. Mas conheço minha embarcação. Conheço meus homens. Sei daquele lugar onde o recife é plano e onde há água clara por trás.

— Madame Lai, você é mimada. Não há razão para correr um risco desses no mar.

— Há uma razão — disse ela, de volta com seu narguilé prateado, tendo largado os Woodbines. — Quando há uma boa sorte no vento, deve ser usada, mesmo se não houver ganho com isso. Os sinais dizem ao meu astrólogo, e Tin Hau me diz, que essa é uma viagem bem-aventurada. Gosto de mostrar aos meus homens, mostrar ao meu barco, que quando estou com boa sorte, sempre venço, porque sou forte com o espírito dos meus ancestrais.

Bem lógico, pensou Annie com um cinismo vazio, cansado.

— Não tenho fé nos seus ídolos — disse ele. E não acredito que você tenha fé neles também, senhora. Sua religião é uma mistura de deuses e deusas tirados de todos os cantos. É um monte de baboseira, uma droga de jogo. Eu não tenho religião, não mais do que você, mas também não jogo com ídolos.

Ela assentiu com seriedade. Tragou em seu cachimbo levemente.

— É verdade, eu jogo com ídolos. Sabe por quê? Deixe-me contar: é melhor mostrar ao mar que somos crianças. Melhor mostrar... — Ela acenou para suas velas, o céu branco, o universo.

— Você pensa que suas deusas gostam de receber coisinhas de papel prateado fingindo que é dinheiro? Dólares de prata, pesados e duros? — Annie sempre quisera uma resposta direta de um verdadeiro chinês, ou chinesa, para essa pergunta. Mas não adiantava; ela não daria uma resposta lógica a isso.

— Sim, elas gostam — respondeu ela, alegremente. — Porque elas sabem que é um jogo de crianças. A Rainha do Céu vê muito bem que somos tolos como crianças. E que temos medo dela. E que somos pobres, mas não idiotas. Por que jogar dólares de prata de verdade no fundo do mar? Hein?

Annie não sabia como responder a isso. Bocejou bem alto. Ela se aproximou e bateu no joelho dele para acordá-lo.

— Melhor jogar, capitão Dowtly, e não esconder que somos crianças. A vontade dos céus não é tão severa, tão cruel com crianças. Qual é o nome da sua filhinha?

— Maima — disse Annie. — Maima é o nome dela. — Ele se sentiu ferido.

Anatole Doultry, um mestre de navegação de seu próprio navio mercante por 14 anos, voltou para seu emprego na marinha mercante em 10 de maio de 1927, como um oficial sênior de rádio do SS *Chow Fa*. O plano de madame Lai de instalá-lo naquela posição foi realizado com uma precisão impecável, que impressionou Annie, apesar de ele ter tentado não demonstrar isso ao sr. Chung, a quem via freqüentemente, ou ao sr. Ting, um residente de Manila que cuidava dos negócios de madame Lai naquela cidade e que cuidou da doença súbita de um operador júnior no navio, um jovenzinho chamado Chou Ah So.

Chou Ah So era uma pessoa inteligente. Vinha de uma sólida família de operadores de telégrafo em Hong Kong e foi à escola do governo para telegrafia sem fio. Depois de nove meses de um curso de operador e muita prática em inglês, ele passou em seus exames e conseguiu um certificado com honras. Chou Ah So era um belo exemplo da nova geração da Colônia Chinesa da Coroa, brilhante, tecnicamente capacitado, que adquiriu modernas habilidades e era bem-vindo no trabalho internacional da indústria naval. O mundo do rádio estava expandindo rapidamente. O jovem sr. Chou — que tinha apenas 24 anos — se dava bem com seus chefes britânicos, e por que não se daria? Mesmo assim, a investigação do sr. Chung identificou-o imediatamente como uma possibilidade de negociação.

A cooperação de Chou Ah So, sua informação, e sua doença repentina (a suspeita era de cólera) haviam custado a madame Lai menos de três mil dólares.

A rota marcada para o *Chow Fa* era Manila-Hong Kong-Xangai e volta, com uma parada ocasional em Amoy. Era uma ótima embarcação construída em Birkenhead nos arredores de Cammell Laird, terminada em 1921, movida a óleo, hélice dupla e uma turbina, dez mil toneladas registradas e 395 pés no total. Suas turbinas Brown Curtis tinham 6.500 cavalos de potência; sua velocidade de navegação era de 16 nós. Era um navio bem fundado, bonito, com chaminés gêmeas e acomodação para 210 passageiros de primeira e segunda classes, além de quatro compartimentos para carga, um dos quais era refrigerado. Geralmente transportava oito mil toneladas de peso morto em carga, porque Manila era um dos portos que se expandia mais rapidamente no mundo, e os negócios entre filipinos e chineses eram intensos.

Pontualidade era sua essência. O *Chow Fa* normalmente ficava uns dez ou doze dias em Manila, onde recebia sua carga. Se um de seus três operadores de rádio ficassem doentes na rota, em Xangai ou em Hong Kong, seu mestre seguia com os dois restantes. Mas em Manila não havia motivo para isso. Três homens eram contratados para cuidar de um serviço de rádio durante 24 horas. Então, em Manila, um homem doente seria substituído. O fato de Annie Doultry ter um antigo certificado internacional de operador e muita experiência fizeram dele a escolha óbvia, assim que a companhia foi informada, pelo próprio Chou Ah So, que Doultry estava em Manila procurando emprego. O fato de ele ser branco e ter um nome conhecido entre os círculos de marinheiros facilitou a questão. Seus problemas com a lei por contrabando de armas não foi colocado contra ele, especialmente na Ásia, onde os brancos se unem e um contrabandozinho ocasional faz parte. Também aconteceu de um velho conhecido de Annie ter se unido recentemente à embarcação como primeiro oficial. Seu nome era Stoddart McIntosh. Annie tinha passado 71 dias com ele, entre Brisbane e São Francisco, no clíper *Thermopylae*, carregando 2.500 toneladas de lã. Isso foi em 1898 ou 1896, Annie pensou — antes que o século XX amanhecesse em nós, de qualquer forma.

Annie havia sido o terceiro homem naquele lendário navio, o *Thermopylae*, e McIntosh, que era alguns anos mais velho, fora o segundo. Eles se lembravam um do outro, apesar de nunca terem se encontrado novamente depois que Annie saiu de Frisco em direção ao Klondike.

— Então você acabou nesse fim de mundo afinal, Stoddy — disse Annie enquanto olhava para as acomodações do *Chow Fa*, com esse pequeno marujo de nariz vermelho de Aberdeen.

— Você disse que nunca viria.

McIntosh disse:

— O grude é bom nessa banheira. Esta é sua cabine. — Continuou, abrindo a porta de um cofre. Ele se jogou na cama, testando suas molas para seu velho colega, e olhou para ele com um seu rosto rosado por baixo de seu quepe imundo.

— Você só tem esse cigarro, meu rapaz. — Ele estava fumando um dos Woodbines de Annie. — Tenho família em Melbourne. Três meninas lindas. Fui mestre do *James Dollar*, você sabe. Era um grande barco de ferro de quatro mastros do Robert Dollar, construído em Port Glasgow. Nós levávamos açúcar do Havaí, mas eles não conseguiram faturar, deixamos o navio de lado.

McIntosh saiu no convés e olhou para o porto de Manila e a floresta de chaminés sobre seus elevados píeres. "Se não pode vencê-los, junte-se a eles." A cena era viva com a iridescência e o perfume de óleo de coco, as chaminés de grandes máquinas, o poder construtivo do império americano.

Annie fez duas vezes a viagem, Manila-Hong Kong-Xangai-Hong Kong-Manila, nove dias para ir e oito para voltar. Era um trabalho fácil. Sua função era de fato operar o rádio e seu pagamento era de 42 dólares por semana. Não havia nada de incomum nos oficiais de alguns navios que não tinham conseguido, ou querido, movimentar-se com o tempo, vivendo seus últimos anos em pequenas sinecuras a bordo de navios de vapor — especialmente na Ásia. Annie havia mudado seu endereço oficial para o Instituto dos Marinheiros em

Manila. Ele sabia que Barney nunca pensaria em procurá-lo por lá, num endereço que era sinônimo de dificuldades financeiras e marinheiros fracassados.

Em sua terceira viagem, ele já conhecia o *Chow Fa* de cabo a rabo. Ele gostava mais de McIntosh agora do que há trinta anos. O homem se lembrava de muitas coisas sobre os velhos tempos que Annie havia esquecido (um esquecimento deliberado ou não, como ele poderia se lembrar agora?). Mas Annie percebeu que seria bom comprar um drinque para McIntosh e escutá-lo divagar. Seria bom ganhar sua confiança. Era parte do plano.

Eles foram para um bar perto do porto na Escort Street. Annie se lembrava de Manila, dos tempos em que não havia aquela rua. McIntosh bebia apenas cerveja; seu estômago lhe dava problemas. Annie tomou alguns schnapps com suco de limão — o *barman* chamava isso de Krupp's Cannon — e enquanto Stoddy falava sobre São Francisco, a memória de Annie de repente começou a funcionar e ele viu tudo como se fosse ontem.

Era uma sensação estranha para Annie. Mas ele sentia que não era o mesmo desde que bebera toda aquela merda com os rapazes da madame Lai; ele achava que era esse o motivo. Stoddy McIntosh falava sobre o velho barbudo que havia navegado o *Highland Glen* nos mares apavorantes ao oeste e ao sul do cabo Stiff. Fora em outubro; e as onipotentes ondas estavam batendo no cabo Horn, desgastando suas rochas negras com vingança, sessenta pés da espuma de suas barbas, com imensa malevolência.

Agora Annie podia ver. Ele podia ver aquele mar voltando como uma imensa mão. Quando o clíper passou por isso, ele pôde ver por uma neblina de água, como no recife de Pratas, mas muito mais frio, a roda do *Highland Glen* despedaçada, o barco também, como caixas de fósforo, o convés partido, o timoneiro jogado quarenta metros à frente por aquela mão cinza, gritando por sua perna quebrada e segurando-se pela sua vida enquanto o mar tentava puxá-lo. O navio fora varrido de cabo a rabo. Dois homens se foram e o mastro do traquete alguns minutos depois. Tudo se estilhaçara e flutuara como flâmulas do próprio navio do diabo. Mas 68 dias depois eles atracaram em Liverpool, ainda em um pedaço, com 2.500 toneladas de minério de cobre. Annie se lembrava agora. Via tudo, claro como cristal.

Na China, as coisas estavam ficando cada vez mais loucas. A Quarta Divisão do Sexto Exército Nacionalista, bastante comunista, havia ocupado Nanquim e o general Cheng Chien havia encorajado suas tropas a saquear todos os consulados, negócios, e instituições internacionais. O cônsul dos Estados Unidos havia mandado os destróieres *Noa* e *Reston* e eles haviam bombardeado a cidade pelo rio, colocando uma barragem de metralha nas ruas. HMS *Emerald*, um grande destróier britânico, fora atacado por rifles e um marinheiro fora morto, então atacara a cidade com metralhadoras de 4,7 polegadas. Os jornais comunistas diziam que milhares haviam sido mortos; os Demônios Estrangeiros disseram que não haviam sido mais de algumas dúzias. Uma semana depois, com Xangai já ocupada pelas 24 corporações do Exército Nacionalista do generalíssimo Chiang Kai-shek, o grande líder havia enfrentado a polícia comunista que estava andando pelas ruas armadas com Mausers e metralhadoras e matou tantos quanto pôde. A batalha se deu nos becos por dias. Os vermelhos se esconderam em seus prédios e fábricas e lutaram até o fim.

Mas para Annie, que jogava dominó com o engenheiro-chefe do *Chow Fa* (David Mogden era seu nome) no alojamento na primeira noite saindo de Manila, em 29 de maio, tudo isso parecia remoto e irrelevante. Os negócios continuavam, navios britânicos e americanos estavam por lá, e os mares não eram propriedade da China — o oeste havia se apoderado deles. Além do mais, eram 22h45, hora de dormir no sul, e Annie poderia não chegar até Xangai. Ele tinha assistido pessoalmente ao carregamento de quatro toneladas e três quartos de prata (em caixotes de quatrocentas libras) no Cais 9 algumas horas antes de partirem. Vários passageiros vieram a bordo também, mas Annie não deu atenção a eles. Sua cabeça estava no trabalho.

O terceiro oficial do *Chow Fa*, o "apanhador de pidgin" e facilmente o mais desagradável, era um jovem chamado Peter Storch. Ele era uma dessas figuras inglesas caricaturais e estóicas em todos os aspectos, menos em um: ele era australiano do porto Adelaide. Sua impecável túnica branca tinha um cômico cinto e coldre do Exército Real, no qual estava metido um enorme Colt estilo *cowboy* cartucho 44. Essa era uma das armas mais poderosas que poderia se portar naqueles tempos, antes da Magnum. Annie tinha a impressão de que o jovem Storch era meio fanático. E era um babaca também.

Logo depois do café da manhã, uma hora antes da partida (que seria às dez horas da manhã), Storch estava em seu posto, procurando o "pidgin". Ele era um oficial júnior do convés, e ser chamado de "apanhador de pidgin" refletia uma de suas obrigações. Agora, essa palavra "pidgin" era um tipo de gíria chinesa para "negócios" e também se referia a pequenas quantidades de carga que eram enfiadas num navio pelos estivadores em troca de gorjetas, mas não estavam no relatório de carga e por isso eram transportadas de graça. Para combater essa prática, era dever do "apanhador de pidgin" ficar de olho na carga do convés, como última coisa antes de partir. Isso ocorria quando os passageiros de segunda classe estavam entrando também, e confusão e discussões sobre o que era legitimamente "bagagem" e o que deveria ser chamado de "carga" eram comuns.

Storch tinha prazer naquele exercício de autoridade; e o que há de errado nisso? Com sua grande pistola enfiada na cintura e sua prancheta com o relatório oficial de carga, ele conferia a carga do convés cutucando caixotes, indecifráveis caixas de papelão e importunando as galinhas nos engradados que os trabalhadores chineses costumavam levar para todo lugar. A maioria das discussões que ele tinha era com mulheres — velhas avós, garotinhas — porque eram geralmente as mulheres que cuidavam da bagagem da família.

Annie estava no convés também, debruçado na amurada do convés A. No lado da doca do Cais 9, quatro dos guardas Sikh do *Chow Fa,* ajudados por dois policiais filipinos, checavam os passageiros procurando armas. Era um trabalho tolo, e todos sabiam disso. Eles não revistavam mulheres, por exemplo. E se armas fossem colocadas à bordo, elas já estariam lá, escondidas na carga ou na bagagem oficial. Nenhum pirata profissional naquele tempo iria arriscar ser descoberto por um apanhador de pidgin com armas escondidas entre galinhas ou entre as saias de mulheres.

Às 8h15, duas vans grandes vieram com estrondo até o cais, precedidas por dois policiais com uma motocicleta e seguidos por um Ford com uns caras de um banco. A comitiva parou no cais número 2, mas não era onde o conteúdo da van seria alojado. Eles usavam os próprios içadores do navio — não os guindastes elétricos dos quais a Luzon Sevedoring Company estava tão orgulhosa — para carregar a prata.

Madame Lai estava certa quanto à prata também. Não estava na carga oficial. Foi entregue por Butterfield e Squires, os agentes, para transporte em 10 de junho, a próxima partida do *Chow Fa*. Essa era uma medida de segurança para confundir os sistemas de inteligência pirata. Metais preciosos e dinheiro em espécie raramente eram transportados nas datas marcadas, e se eram, essa também era considerada uma medida de segurança, pela raridade de tal conformidade entre planos e prática. Mas o serviço de inteligência de madame Lai também era bom em subterfúgios. Ela sabia quando a prata verdadeira partiria, e estava certa.

Estava em caixotes de madeira que pesavam quase duzentos quilos por peça, então a lógica indicava a Annie que eles continham seis lingotes de prata. Havia 28 caixotes. Annie os contou como sua verificação pessoal; porque madame Lai dissera que haveria mais de quatro toneladas e meia, e o sr. Chung e o sr. Ting confirmaram isso. E assim era.

Os 28 caixotes foram baixados no convés principal e levados pelos homens com roldanas até a caixa-forte. Isso ficava bem abaixo da ponte de comando; era dentro da "fortaleza" em outras palavras. Um quarto grande sem passagens para fora, a fortaleza tinha uma porta dupla de aço como único acesso. A prata encheu metade desse quarto; havia outras coisas lá também, valores dos passageiros e por aí vai.

Annie desceu e os observou guardando o metal por um tempo. O primeiro oficial McIntosh estava lá com o intendente naval, Harry Stokes; era seu dever estar presente. Annie passou um tempinho com eles antes de sair, mas sua mente estava em seu trabalho.

A importação e exportação de prata era um negócio grande e misterioso na China. A economia chinesa era muito baseada — se era baseada em algo — na prata. Esse sempre havia sido para os chineses um metal muito mais significativo do que o ouro, tanto prática quanto misticamente. A onça chinesa de prata, chamada de tael, era a base para várias transações importantes.

O mais estranho era que quase nenhuma prata era encontrada na China. Mas a acumulação dela era considerada de uma importância primária pelos Imperadores Dragões há quinhentos anos. A primeira Guerra do Ópio foi travada contra os britânicos principalmente por causa da preocupação imperial sobre a grande evasão de prata para pagar drogas. A China era o maior mercado para o frio metal branco, o Metal da Lua. O ouro nunca esteve no mesmo patamar aos olhos chineses.

Em Manila, a prata era estocada, especificamente para os gostos chineses, em lingotes de mil taels de Xangai, ou cerca de trinta quilos a peça, com uma pureza de 999 milésimos. Cada um desses tijolos gigantes valia cerca de 1.600 dólares de Hong Kong ou 800 americanos. Vendo-os em montes luminosos, como Annie os via com os olhos de sua mente, pareciam extremamente belos. Na verdade, seu olho se encarregou de manter a bela imagem brilhando como uma luz sobre o mapa de seus movimentos, enquanto ele a empilhava até o teto de sua cabine, de sua posição na cama. Annie gostava de pensar que era a boa prata americana, não mexicana, que repousava naquelas caixas de madeira na caixa-forte do *Chow Fa*, no convés principal, bem abaixo da cabine de rádio, que ficava ao lado.

Os outros dois operadores de rádio, ambos chineses, ocupavam uma cabine de duas camas a bombordo. A de Annie era a estibordo. Chou Ah So tinha sido o operador-chefe, responsável direto perante o capitão Bristow, o mestre do *Chow Fa*, por todas as operações e aparatos. Tanto o transmissor quanto o receptor eram Marconis, o instrumento inicial um Poulsen arco 12-kW, o segundo um de três válvulas. A cabine de rádio ficava no meio do navio, entre as cabines dos operadores, todas as três dando para um corredor transversal. A cabine era um quarto escuro e sem janelas com um ventilador barulhento, que evidenciava a estranha idéia de alguns especialistas de que a reclusão, e mesmo a escuridão, ajudava numa melhor telegrafia Morse.

No final do corredor estavam as cabines dos oficiais juniores e do terceiro engenheiro. Acima havia a dos mestres, engenheiro-chefe e dos primeiros oficiais, comparativamente acomodações mais espaçosas. Acima de tudo estava a ponte de comando e a sala dos mapas. Esses três conveses, ou andares de convés, como eles ainda chamavam, eram referidos como convés, convés superior e convés de ponte; todos constituíam o sistema nervoso e um enclave caucasiano, o coração e a mente do navio. Essa área poderia ser completamente separada das acomodações do passageiros tanto de primeira quanto de segunda classe, que ficavam mais atrás (com um suntuoso salão de jantar de carvalho e painéis franceses cinzas e iluminação central bem provida por um teto de vidro e a sala de fumo com janelas "cottage" e painéis com cenas de um campo de caça inglês). Era também separada do convés principal abaixo, onde ficavam os beliches dos garçons e dos passageiros de segunda (que freqüentemente chegavam a mil, mas nunca estavam na lista oficial de passageiros do navio), num grande e fedido dormitório na região traseira, o rabo do navio.

Surpreendeu a Annie que três chineses viessem dividir essa chamada "fortaleza" apenas porque podiam operar um rádio e recebiam menos. Mas eles eram obrigados a dividir essa privilegiada acomodação porque era uma parte indispensável da estrutura de comando, referida no Relatório da Comissão de Pirataria como "conceito de fortaleza" uma defesa contra os lobos-do-mar.

Stoddy McIntosh demonstrara os procedimentos na manhã seguinte de Annie ter embarcado no navio. Havia pesadas portas de aço à prova de bala com janelas de observação no convés principal e no convés A; e grades de aço à frente e embaixo do caminho que levava à ponte, e mesmo ao longo dos lados abertos da embarcação, na superestrutura. Havia grades extras em ambas as portas para a ponte de comando e até *dodgers* dobrados de meia polegada de aço que podiam ser girados para cobrir os oficiais na ponte de tiros de pequenas armas que fossem dirigidas de onde a maioria da tripulação (os chineses e filipinos eram 120) estava alojada.

McIntosh mostrou a Annie suas armas regulamentadas: um ótimo revólver 38 Smith & Wesson, modelo sem cão, num coldre com cinto, além de três dúzias de balas. Annie colocou em sua cintura como a maioria dos oficiais, que sempre reclamavam das armas, como se elas os envergonhassem. Também, eles se cansavam de carregá-las com todo aquele calor, mas as últimas regras de Prevenção à Pirataria eram inflexíveis quanto a isso. Todo oficial tinha um rifle de repetição Winchester 300 em sua cabine, e havia mais seis num cofre na ponte, com munição suficiente para sustentar um batalhão dessa improvisada fortaleza, essa cidadela.

Era esperado que os piratas subornassem membros da tripulação para facilitar as operações. Era onde o tradicional sistema de guarda indiano tinha sua relevância. Os indianos de Hong Kong estavam lá para trabalhar para os britânicos. Eles nunca tinham nada a ver com os chineses, exceto para as funções de policial, guarda de prisão, soldados ou seguranças em trens e balsas. Eram quase todos ex-soldados indianos, e sua lealdade era garantida. É impressionante, mas não havia registro de nenhum soldado indiano ter traído seus empregadores em Hong Kong.

Os guardas a bordo do *Chow Fa* eram Sikhs, como os vigias no presídio Vitória. Para Annie, isso fazia tocar uma doce e triste melodia da memória, ao vê-los andando para cima e para baixo com suas armas Greener nos ombros como se fossem Lee-Enfields do exército. Seus turbantes eram brancos, imaculados, em volta de seus imensos cabelos e barbas, que eram divididas no queixo e puxadas para trás das orelhas. Eles comiam ótimos peixes com *curry* e *pilaus* com ervilhas. Os cozinheiros chineses ficavam bem incomodados, mas tinham de aceitar.

— Você já estudou a ciência da psicologia, Stoddy? — perguntou Annie.

— Ouvi falar. Mas nunca pensei muito sobre isso.

— Os chineses não têm psicologia — disse Annie. Eles estavam no salão, bebendo limonada. Annie entrava em serviço às 9 da noite, ele havia recebido o turno da noite, e ninguém fora contra. — É por isso que eles não confiam uns nos outros. — Que colocação absurda; ele havia feito de brincadeira, sem dúvida.

— Eles acreditam em demônios. São pagãos — disse McIntosh. Ele encheu seu cachimbo, iria para a cama depois disso. Uma fria brisa entrou pela porta aberta e o mar brilhou, apesar da lua não ser visível ainda. Era a luz das estrelas, pura e simplesmente. Nenhum desses sujeitos fechou os olhos para a beleza daquela cena.

— Os chineses — disse Annie — são um assunto que me interessa, Stoddy.

McIntosh grunhiu. Eles não o interessavam, ele era um homem grosseiro, grosseiro mas firme, e nunca conhecera propriamente uma mulher chinesa. Na verdade, as chinesas costumavam gostar de homens como Stoddy McIntosh, um homem sem imaginação e sem crença em demônios, um sujeito que acreditava que havia causas e efeitos, um sistema de leis naturais, dadas por Deus ou sem importância.

— Você sabe no que acreditam? Na força de vontade — disse Annie enfaticamente. — As várias vontades da natureza não são diferentes das de um homem ou de um demônio, apenas um pouco mais poderosas. Agora, eu e você, nós temos vontades. Há alguma lei para comandar isso? — E lá foi ele, com seu lado escocês falando novamente. — Você pode me responder isso, Stoddy?

— Há leis para a natureza humana, Annie.

— Se você acredita nisso, você é um psicólogo, Stoddy.

Isso agradou McIntosh, apesar de não se poder dizer pela sua expressão.

Mais tarde, Annie disse:

— Se há uma coisa em que eles têm alguma veneração é num capricho absoluto. É um destino cego. É a sorte. Talvez haja uma inclinação natural em todos nós, vermelhos, brancos, amarelos e azuis. O que você acha, Stoddy? Venerar essa cegueira? Existe algo assim?

— Eu mesmo gosto de apostar de vez em quando — explicou o velho marinheiro. — Mas dizem que há leis para isso também, para apostar, estou falando das probabilidades disso. Ou não haveria agenciadores de apostas.

— É bem verdade, Stoddy, bem verdade. Eu sou cego, parceiro, sem erro. — Annie sacudiu a cabeça e saiu para o convés. Ele se inclinou na amurada e removeu seu quepe, deixando a brisa soprar em seu rosto e cabelo.

Peter Storch, o terceiro oficial, estava a cargo da ronda noturna começando meia-noite, e Annie foi até a ponte de comando para dizer alô antes de entrar em serviço, como de costume. O navio já estava há quase 14 horas fora de Manila e o clima não poderia ser melhor. Storch estava na sala dos mapas fazendo sua entrada no livro de ponto.

O substituto do timoneiro já estava na ponte. Annie disse para Storch.

— Há uma nova estação em Xangai tocando música de dança, senhor. Quer descer comigo e escutar? A recepção está excelente esta noite.

O "senhor" era irônico, claro. Annie não gostava do Terceiro Oficial Storch; mas não era culpa do homem, era a natureza. Storch o agradeceu educadamente e deu um sorriso vazio; ele não apreciava o límpido romance das ondas sonoras.

Annie desceu novamente para o convés A. Ele foi para sua cabine e fechou a porta. Pegou a arma que estava em seu cinto, descarregou-a e desmontou-a. Ele desengatou seu canivete suíço também e com sua ajuda dobrou o percussor do revólver em vários graus. Era algo difícil de se fazer, mas depois disso você podia puxar o gatilho e a coisa não iria disparar, por que o percussor errava a cápsula da bala.

Annie colocou o revólver de volta em seu cinto, abriu sua sacola, pegou seu Walther e escondeu embaixo de sua cueca. Elas eram antigas, com uma cordinha em vez de elástico, o que era ideal para segurar uma bela automática bem abaixo da barrigona. A boca da pistola descansava na grande raiz de seu pau, tudo ficava invisível sob suas volumosas calças "Doultryescas" para o mar.

De sua sacola, Annie também tirou seu espelho de bronze. (Ele presumiu que era dele, temporariamente, ao menos, porque madame Lai não pedira de volta.) Annie deu uma olhada em si mesmo. Na sombreada cabine, cuja portinhola dava para o convés abaixo do passeio, a luz estava perfeita no espelho. Não é preciso dizer que Annie havia aparado sua barba sozinho. Sacrificara suas formidáveis pontas, não por razões estéticas, mas para parecer com um capitão do mar novamente, em vez de um demiurgo chinês mefistofeliano. Para dizer a verdade, ele havia gostado daquelas pontas, mesmo que houvesse um resíduo de tinta vermelha nelas que parecia com velhas manchas de sangue. Mas ele não podia nesse tempo se permitir provocar pavor e medo nos olhos dos outros, dadas as sensíveis circunstâncias de sua missão.

Ele afastou o espelho e foi para a porta ao lado fazer seu trabalho.

O sr. Peter Justice, um dos dois operadores juniores do telégrafo, era apenas metade chinês. Ele era um homem agradável e educado, de fala mansa, que lembrava o ator Warner Oland — sem sua malícia. Ele não conhecia seu pai, que poderia ser qualquer um, mas provavelmente era um homem do mar. A razão pela qual sua mãe (ou ele mesmo?) havia escolhido o nome Justice era uma questão que aparentemente ninguém nunca havia perguntando, exceto Annie. O operador mestiço respondeu:

— Não é bem um nome, é um desejo. Um desejo inútil.

Peter Justice aceitou alguns dos cigarros Woodbines sempre disponíveis de Annie enquanto saía do seu turno, e contou sobre seu alívio por ter acabado de enviar o sinal "negativo" da meia-noite para o cabo d'Aguilar, Hong Kong, e também assinou a estação chinesa em Cantão, em 1.800 metros, para testar. Ele disse que recebeu um sinal bem fraco de Cantão. Peter era um homem determinado, sempre querendo testar as condições de transmissão.

Annie deu boa-noite ao Peter e sentou-se à mesa. Sempre havia aquele cheiro rançoso, ácido, na cabine de operação, pelas baterias de emergência estocadas num canto.

Ele ligou a chave Morse. Tinha uma barra de metal, uma mola com ajustamento de tensão, uma fenda entre seus pontos, também ajustável (um dezesseis avos de polegada era a média profissional), e um botão preto de Bakelite. Era um instrumento com um significado forte e elegante.

Annie colocou seus fones de ouvido. Ele virou o *dial* para ver se Swatow estava lá, nos 1.800 metros. Swatow esteve longe por um tempo pelo marechal Sun Chuan-fang; era parte do seu domínio. Quando ele se retirou, os Nacionalistas assumiram; e depois disso a estação entrava e saía do ar irregularmente. As facções comunistas usavam isso como um símbolo da intransigência antiimperialista. Mas Hong Kong estava vindo, alta e clara. A maioria do tráfego era de navios mercantes, dando suas posições, e recados de passageiros, mandando telegramas para o correio. Passageiros de primeira classe haviam se acostumado com isso rapidamente: mandar telegramas de negócios de/e para navios tinha um toque de classe, de modernidade; um dia, eles diziam, as pessoas teriam telefones sem fio em seus Buicks e Bentleys.

Agora, o ajuste de espaço. Uma pequena cerimônia, mas importante: o espaço entre os contatos com mola da chave. Annie ajustou girando os botões, sentindo o toque, o cheiro. Essa fenda é uma corda de um violino de maestro, a ponta dourada da caneta de um poeta, o ritmo do grande leque punkah dos escravos na biblioteca do sultão — resumindo, uma coisa de talento pessoal, mas com ecos que faziam a terra girar. Annie alterou-a em um centésimo de polegada. Mais fechada, uma fenda mais fechada do que o operador Peter Justice poderia conseguir. Annie gostava de uma chave apertada. Ele podia mandar 25 palavras por minuto. Talvez fosse isso que mantivesse seu dedo indicador tão ágil.

Os guardas Sikh trocavam de turno a cada quatro horas, como os vigias do navios, mas na metade das horas, para evitar confusões inseguras. Eles tinham seu próprio estranho sistema de rotação; isso significava que seis deles sempre estavam a postos, dia ou noite. Um cabo chamado Jamal Singh, que já havia sido cabo de lanceiros Spahi na cavalaria de Punjabi, era o sênior. Não era jovem — nenhum deles era, todos eram durões — e ele já estava trabalhando em navios há três ou quatro anos. Ele havia sobrevivido à pirataria do *Tung Chou* em 1925 e levava seu trabalho a sério. Mas os Sikhs sempre levam seus trabalhos a sério; eles são pessoas muito conscientes. A Unidade Anti-Pirataria de Hong Kong havia se tornado uma instituição bem organizada e encorajava pequenos movimentos migratórios de soldados indianos aposentados para a Colônia da Coroa para preencher posições, que já eram quase duas mil em 1927. Mas essa impressão de eficiência, do império se preparando para emergências, era prejudicada pelos argumentos de uma natureza paranóica criados pelos oficiais costeiros da China sobre questões de autoridade: a quem os guardas deviam obediência: ao capitão superintendente de polícia ou ao capitão do navio onde serviam? A questão nunca foi esclarecida de um ponto de vista disciplinar. Mas os fatos de seu valor em ação falavam por eles mesmos. Os piratas sempre procuravam os guardas primeiro, e uma grande quantidade deles era morta ou ferida. Era decisão do capitão quando render um navio. Até que ele fizesse isso, os indianos lutavam até a morte.

Um sistema de segurança só é tão bom quanto seus homens. Mas o sistema do sistema é importante: suas táticas e habilidades são relevantes. A experiência provara que o momento de maior vulnerabilidade era o momento agora iminente. Annie consultou seu rolex. A guarda estava prestes a ser trocada.

O ponto fraco do navio tinha a ver com as acomodações. Até alguém desenhar navios que tivessem espaço para um grupo de guardas indianos em quartos para oficiais, eles tinham de ser acomodados com a tripulação, na frente, ou (como no *Chow Fa*) com os garçons e a equipe da cozinha nos fundos. Alojar os operadores chineses atrás de portas de aço, atrás de grades na "fortaleza" da ponte de comando já era mudar um pouco as convenções e a forma das acomodações. Tampouco havia lugar para os guardas. Então, quando eles trocavam, os que estavam de folga tinham de entrar e aquele que trabalhava tinha de sair por essas portas de aço. No *Sunning*, no *Seang Bee* e numa dúzia de outros navios, era esse momento que os piratas bastardos haviam escolhido para atacar a ponte de comando com uma chuva de balas.

Annie deixou a porta da cabine de telégrafo aberta. Através do corredor transversal, ele podia ouvir os passos das botas dos homens que se posicionavam. Ele havia observado seus movimentos; podia visualizar sua atenção sólida e barbuda. Eles não revelavam que porta usariam, bombordo ou estibordo, até que quatro guardas dispensados marchassem e se posicionassem fora dela, com suas armas Greener no peito. Por trás da porta, um homem a abria — não havia fechadura no lado "inseguro" como eles chamavam — enquanto dois dos seus colegas o cobriam por trás do "*dodger*" de aço no final da escada para a ponte. O quarto homem permanecia no topo, no portão de grade da própria torre, cobrindo aqueles abaixo. Além dos Sikh, havia o oficial da ronda — o terceiro oficial Storch naquela noite, com sua 44 nas mãos, desejando, profundamente, alguma ação.

Annie escutou as ordens educadas do cabo Singh, que estava saindo de seu turno. Ele escutava as botas e o fechar de portões, o ir e vir. Houve algumas conversas alegres em panjabi, e então estava tudo quieto novamente no *Chow Fa*.

Um andar abaixo, no convés principal, uma rotina similar acontecia nas portas superiores para a sala das máquinas. Esse era o detalhe impopular com os indianos, embora eles fossem estóicos. O calor da sala das máquinas era o fardo do engenheiro, mas tinha de ser dividido com os guardas, em rotação, logicamente. Entretanto, havia um sentimento geral de que a rigorosa proteção dessas regiões esfumaçadas, apesar de vital ao navio, era supérflua de um ponto de vista estratégico. A sala de telégrafo era o alvo vital; se um ataque não pudesse neutralizá-la instantaneamente, um SOS traria a Marinha. Claro, levava um certo tempo para a Marinha se mexer, mas quando se mexia, o navio capturado estaria se movimentando também, com o chefe deles no timão e os rapazes pelo navio todo, pilhando-o. Ter um navio da Marinha de Sua Majestade atrás de você não era brincadeira, mesmo para um pirata chinês.

Annie sentou-se numa posição caída, com seus fones de ouvido, escutando Hong Kong. Cerca de 21h45, o rapaz da cabine trouxe a ele uma pequena caneca de café. Annie estava dando seu primeiro gole, a língua mergulhando um quarto de polegada, o lábio inferior no esmalte quente, quando houve uma batida na porta e Harry Stokes colocou sua cabeça dentro.

— Olá, Annie — ele disse.

— Ei, Skroff — disse Annie, saindo de sua posição desleixada. "Skroff" significava "intendente naval", o trabalho de Harry. Ele era um contador, como o sr. Chung. Mas Harry era uma bicha obediente à lei, firme, de cerca de 35 anos, com um garoto em cada porto. Agora, Annie se dera ao trabalho de ser amistoso mas também manter-se na sua. Ficar íntimo das pessoas não era parte dos seus planos, na verdade, seria um problema, como a presença de Harry em sua cabine agora provava. Annie xingou a si mesmo, literalmente dizendo bem alto:

— Vá se foder, Annie. — Ele tinha o hábito de conversar com o Skroff no refeitório, de tomar chá com ele e McIntosh e discutir sobre *show business*. Agora veja em que situação estava.

— Eu senti pena de você, parceiro. Da sua solidão — disse Harry, facilitando sua entrada.

Annie o encarou.

— Posso sentar e tomar café? — perguntou Harry. Ele tinha uma revista *Everybody's* embaixo do braço. Era um homem muito bonito, com bastante cabelo e um leve estrabismo, quase imperceptível, exceto quando olhava para você. Coisa que ele fazia; ele olhava para as pessoas assim — e elas eram levadas pelo desequilibrado olhar daqueles magníficos olhos azuis. Ele era durão, entretanto, e nunca perdia a chance de dar porrada em alguém. Não dava para evitar gostar dele.

Annie não disse coisa alguma. Ficou lá na frente de sua pequena mesa com toda a parafernália, e o extintor de incêndio na parede e o ventilador zumbindo irritantemente e tomou seu café com uma expressão bem cansada.

— Você não teria um Woodbine, teria, garotão? — disse Harry.

— Vá se foder — disse Annie.

— Me desculpe?

— Foda-se, sua bicha louca — disse Annie. — Antes que eu arrebente sua cara. Se você tentar enfiar a mão dentro da minha calça novamente, eu arranco seu pau pela raiz e faço você comê-lo.

Harry olhou para ele como se ele estivesse louco. Esse jovem e poderoso homem, no auge da vida e da saúde, estava muito espantado para ficar com raiva. Levantou seus olhos e disse:

— Bem, não é que você está irritadinho? Cruz-credo! — Então sorriu, um pouco envergonhado talvez, mas só um pouco, e olhou vagamente pela cabine. Havia uma *pin-up* ou alguma belezinha presa no painel dos mapas. Apenas essa garota, uma puta morena. Ela atraiu a atenção de Harry.

Enquanto isso, Annie ficou lá sentado. Esfregou suas têmporas com seus dedos, olhando para o *dial*, o *dial* do rosto de sua máquina eletrônica. Ele parecia preencher o espaço disponível. Então Harry partiu, silenciosamente fechando a porta atrás dele. Ele tinha uma grande atração por Annie, mas percebia que ele era um homem estranho.

Annie escutou mais uma vez Hong Kong. Havia um grande navio japonês, o *Manshu Maru*, relatando sua posição fora de Pescadores e o terrível tempo com neblina. A recepção estava turbulenta. Neblina é bom para malfeitores, e o *Hall* dos Nobres Heróis da Bandeira Amarela, do qual eu faço parte (pensou Annie), não é exceção. Aí vamos nós.

Ele ligou seu transmissor. Levou algum segundos para esquentar. Então ele sintonizou nos 1.350 metros e transmitiu a mensagem, "Humpty Dumpty sentou-se num muro". Ele repetiu isso algumas vezes e então escutou. Um sinal veio de volta do além.

O garoto da cabine bateu e entrou. Perguntou a Annie:

— Gostaria de mais café? Há bem mais, lá em cima.

— Não, obrigado — disse Annie, escrevendo palavras sem sentido em seu bloquinho. O garoto saiu. Annie soltou seus fones de ouvido e tirou sua Walther de dentro das calças para verificar sua segurança. O problema com as Walthers era que você nunca podia saber se estava seguro, com um dedo ele a puxou pela corda da cueca. Então ele a colocou de volta em seu lugar, levantou-se, empurrou o transmissor para fora do seu *rack* e removeu um pequeno, mas vital componente com uma chave de fenda. Jogando essa coisinha no seu bolso, ele abriu a porta e saiu.

Havia dois guardas lá. Eles estavam abaixados nas sombras, um deles encostado, conversando. O convés estava razoavelmente bem iluminado. Ambos os homens olharam para Annie. Apesar de não haver motivo para serem formais, eles pareciam ser bastante, mesmo quando jogavam conversa fora. E apesar de não haver necessidade, um deles enrolava seu bigode. O outro, agarrando sua arma como uma criança, seguiu em frente. Esse era o sistema: um na ponte de comando o tempo todo, um no portão principal do convés A, e um circulando e checando os portões. Então, como eram sentinelas experientes, eles trocavam de lugar e falavam sobre sexo. Os Sikhs são pessoas muito sexuais. Aquele que se afastou olhou Annie nos olhos (Annie ficava na entrada do corredor, olhando a cena como um admirador.) e o saudou amistosamente.

Isso era muito gratificante para o oficial de rádio. Ele saudou o homem de volta. Então, enquanto o guarda um desaparecia, Annie foi para a amurada, se inclinou para o mar e fixou seus olhos no mastro de proa.

Havia uma luz correndo lá, mas isso não era importante: ele estava interessado em algo mais misterioso. Levantando suas sobrancelhas numa expressão de raiva incontrolável, ele xingou para a antena de rádio. Apenas um fio, um fio nu esticado 120 metros entre o mastro da proa e a chaminé número um. No meio do caminho, um segundo fio descia para a ponte e para o interior da cabine de operação.

— Foda-se — ele sussurrou. — Foda-se essa porra.

Ele olhou para o guarda — Mohan era seu nome, corpulento, com nariz grande, bem semita na aparência, apesar de sua função.

— Qual de vocês vagabundos andou fodendo com minha antena? — Apontou com o dedo para cima, com olhos violentos, injuriosos, vingativos.

Mohan estava acostumado a ser xingado, mas Annie era algo além. Entretanto, o Sikh manteve a compostura e olhou calmamente para cima. A antena, ou aerial, como os britânicos a chamavam, era bem visível, refletia a luz. Mohan não sabia de que diabos Annie estava falando, e deixou isso claro em poucas palavras. “Não, senhor”, com uma expressão de “não pergunte pra mim”.

Annie seguiu até a ponte.

O intendente chinês no timão e seu ajudante podiam sentir a irritação nos passos e evitaram olhar. Peter Storch estava fora na ala da ponte olhando para a noite através de binóculos exatamente como os do capitão Wang. Annie foi até ele e disse:

— Há algo de errado com a maldita antena. Quero dizer, aerial. — Ele apontou com sua chave de fenda.

Da ponte, o fio estava bem mais próximo, e o fio de conexão vinha até uma caixa de junção que ficava na própria sala de comando, ao lado da porta. Assim Annie começou a atacá-la com sua chave de fenda, murmurando para si mesmo, enquanto o jovem Storch olhava, fazendo perguntas sem sentido. Ele não sabia muito sobre rádios, um assunto sobre o qual Annie havia se informado dias atrás.

— Está falhando — disse Annie. — Não consigo pegar um sinal. — Ele olhou para o interior da caixa de junção. — Aqui está o.k. Tudo em seu devido lugar. — Ele colocou a caixa de volta. — Deve ser um isolador. Na ponta do mastro ou na chaminé. O que você acha, Peter?

Annie olhava para a chaminé. Na luz refletida do convés abaixo, dava para ver o isolador onde uma ponta da antena estava presa, um pouco fora da ponta pintada de preto da chaminé.

— Peter — disse Annie —, vou checar aquele isolador. Pode estar quebrado.

— Ah, Doultry — disse Storch. — Não diga isso. Pode ser sabotagem?

Annie deu a ele um olhar preocupado enquanto descia os degraus.

— Pode ser, Peter. Há pelo menos uma chance em um milhão de ser sabotagem.

Annie bateu na porta de aço do convés A.

— Abra, abra! — disse ele alto para Mohan. O outro guarda, o grandalhão, estava lá também. — O rádio quebrou — anunciou Annie. — *Kaput*, sabe? *Kaput* lá em cima.

— Eu falo inglês, senhor — disse Mohan, tirando um chaveiro do bolso de sua calça, pesado com chaves para seis portas de aço.

— Então pode vir comigo, colega — disse Annie. — Eu quero uma escolta. Pode ser sabotagem.

Mohan entendia o significado daquela palavra muito bem. Ele abriu a janelinha redonda da porta e olhou através. Ele podia ver o passeio do convés A. Estava bem iluminado; havia dois ou três passageiros de segunda classe, todos asiáticos, do lado da porta do refeitório, bem no final, a cinquenta pés de distância. Mas a abertura da porta requeria um exercício de cuidado também. O outro guarda cobriu seu colega por trás, enquanto Mohan seguiu Annie.

Annie subiu os degraus para o convés, seguido por seu acompanhante, e então uma escada com um sinal de "Apenas Tripulantes" para o telhado, cheio de ventiladores. Eles andaram até a chaminé, parecia grande, seu azul claro era mais claro sob a luz das estrelas, com fumaça saindo em direção à popa com a brisa.

Annie soltou a corda que ia da chaminé até a antena, e rapidamente a baixou. Era como baixar um varal. Ele ouvia o som da vitrola no salão da primeira classe que abria para o convés de passeio logo abaixo, e a terrível voz de Al Jolson cantando. Havia risadas também. Havia cerca de cinqüenta passageiros de primeira classe a bordo, a maioria brancos, britânicos, americanos e alemães, e alguns homens de negócio filipinos, como sempre muito bem vestidos, alguns com suas esposas. E meia dúzia de chineses do mesmo tipo, mas sem esposas. Mesmo chineses bem de vida geralmente viajam de segunda classe; por que gastar dinheiro? (Mas eles costumavam dizer uns aos outros que era para evitar se misturar com os brancos.)

Claro, não havia nada de errado com o isolador de vidro da antena. Mas Annie mexeu com ele e com o fio da antena, xingando levemente para impressionar Mohan.

— Rompeu-se — ficava repetindo. — Vê isso? — Ele segurava um pouco de fio anteriormente partido, que tirou de seu bolso. — Sabotagem! — disse através dos dentes.

Depois de fazer esse conserto fantasma e prender a antena novamente, Annie voltou para as portas do convés A de forma apressada e furtiva. Ele continuou resmungando frases curtas para Mohan sobre a antena ter sido deliberadamente fodida, e o Sikh destravou a segurança de sua arma e a armou com olhos de ataque. Deve-se mencionar que essas armas Greener, calibre 12 de repetição carregadas com sete cápsulas 00, eram uma ótima escolha de arma para uma confusão com desordeiros chineses. As Greeners eram parecidas com "armas de trincheira" Winchesters, com as quais o general Pershing havia equipado trinta mil dos seus homens na França, em 1917.

Annie bateu na porta de ferro. Mohan estava de costas para ele, cobrindo o passeio do convés A. A janelinha de espiar se abriu e Peter Storch olhou para Annie.

— Sabotagem — disse suavemente.

— Meu bom Deus — foi a voz de Storch. — Aqueles porcos!

A fechadura foi girada. A porta de aço se abriu. Annie estava passando quando vieram dois tiros, quase em sua orelha, e Mohan tombou no convés sem uma palavra, duas balas na cabeça.

Annie girou em seu eixo, numa elegante pirueta, tirando seu revólver com muita rapidez. Havia um sujeito chinês pendurado de cabeça pra baixo da amurada do convés logo à frente, com uma automática segurada por ambas as mãos, que ele descarregou em Annie. Mas errou — de propósito, claro. Annie atirou no homem de cabeça pra baixo a dois metros de distância. *Clique*, fez a arma com seu gatilho entortado, e *clique* e *clique* novamente enquanto ele atirava em mais dois homens balançando pela amurada como macacos do convés acima. Eles tinham pistolas; correram para a porta atirando, com balas ricocheteando no aço, mas tomando cuidado para não acertar Annie, que mesmo assim gritava "Merda!" e caiu como a Torre de Babel, tomando cuidado para passar sobre o corpo de Mohan e tombar à direita da entrada da porta enquanto outro Sikh atirava com sua Greener através dela, apesar de ansioso para fechar a porta.

Foi muito bem planejado. Era uma queda de circo, em homenagem ao amante favorito da mãe de Annie, um acrobata italiano.

Enquanto Annie abaixava-se com tanta perfeição, Peter Storch estava descarregando sua 44 pela janela da porta nos primeiros atacantes. Ele acertou um, o guarda acertou outro — como eles poderiam errar daquela distância? Mas outros dois chegaram até a porta. Annie tentou se arrastar por ela enquanto o Sikh grandalhão tentava fechá-la com sua perna. Annie xingava, seu revólver fazia clique em vez de bang. Um pirata baixinho que parecia com um vendedor chinês correu sobre suas costas e morreu em frente à porta, com o Sikh estourando ele. O homem caiu sobre Annie, gritando. Reagindo com grande presença, Annie agarrou o corpo do homem e o usou como uma trava adicional para a porta. O Sikh era então obrigado a tentar arrastar os dois, Annie e o pirata, com quem ele fingia lutar através daquela porta, para que pudessem fechá-la. Era uma tarefa impossível e o Sikh foi atingido tentando cumpri-la. O som ensurdecedor de balas parecia vir de todos os cantos do navio, mas Annie podia ouvir McIntosh gritando: "Fechem essa maldita porta!"

Também deitado de bruços, mas a 15 metros do passeio do convés A, Ying K'ou, o líder dos homens de madame Lai, fazia mira cuidadosamente com uma pistola automática Mauser, apoiando seu braço no espeque da amurada. Ele mandou uma bala direto pela janela da porta, que não tinha mais de quatro por quatro polegadas, esse era seu alvo, e estava bloqueado pela boca da enorme Colt do terceiro oficial Storch, que já tinha acertado pelo menos três tiros. A bala vingadora, feita na Alemanha, acertou o cilindro da 44 e ricocheteou a setecentas milhas por hora na boca de Peter Storch, aberta pela sua concentração de atirador. Saindo pela sua orelha, caiu no mar, com o fantasma do jovem a seguindo de perto.

Na entrada da fortaleza do *Chow Fa*, e em cada lado da sua porta, havia montes de corpos, alguns mortos, como o de Peter; alguns feridos, como o do Sikh, que tinha duas balas nele, e também aquele do homem que o havia atingido, apesar da arma ter levado um bocado do seu braço. Havia um vivo, são e salvo — chamado Annie Doultry.

Stoddy McIntosh, primeiro oficial, saiu de sua cabine no convés superior, de cuecas, com sua Winchester, ainda gritando, "fechem essa maldita porta!" Ele olhou para baixo da escada e viu a carnificina. Desceu correndo sem hesitar, atirando com o rifle de repetição. Um dos seus tiros bateu no aço do convés a uma polegada da cabeça de Annie, que ainda estava deitado, mas isso foi o mais próximo que Stoddy chegou de atingir qualquer pessoa importante. Havia cerca de seis piratas vivos pela porta agora, alguns deles com uma arma em cada mão, com os cérebros fervendo em adrenalina. Dois já estavam na cabine de operação. Um deles atirou na cintura do primeiro oficial.

Stoddy se sentou num degrau da escada e balançou a cabeça.

Peter Justice estava sentado meio dormindo e totalmente nu na frente do rádio, tentando fazê-lo funcionar, quando os atacantes chegaram. Suas mãos se ergueram alto no ar, mas foi por um milagre que não atiraram nele também.

Deitado de costas, Annie olhava as estrelas através de uma fumaça de pólvora e o perfume amargo de cordite. Dois homens mortos deitavam-se sobre ele. Annie não tentou movê-los.

Ying K'ou, que estava vestido num belo terno de Xangai, ficou de pé perto do rosto de Annie e sorriu para ele. Ainda havia tiroteio, a maioria nas portas da sala das máquinas, onde um dos guardas estava bancando o herói com uma mangueira de vapor. O segundo engenheiro, que estava de plantão, levara um tiro na mão; mas mantinha as portas fechadas, apesar das terríveis ameaças. Dois dos piratas tinham sido escaldados por aquele vapor. De onde Annie se deitava, estava silencioso agora, exceto por alguns gemidos e xingamentos, alguns em língua Sikh, porque o guarda grandão ainda estava vivo, deitado alguns metros à frente, atrás da porta de aço que ele tentara tão valentemente fechar. Annie estava coberto de sangue, a maioria era dos piratas, que tinham provado primeiro o gosto da pólvora. Mas o próprio Annie parecia mal; parecia machucado. Seus olhos pareciam com aqueles de um homem próximo à morte. Talvez o sorriso de Ying K'ou fosse encorajador.

Annie podia ver Stoddy McIntosh sentado lá no topo da escada, com o queixo no joelho. Ying K'ou, que não tinha mais de 25 anos, subiu os degraus para a ponte, que seus amigos já haviam rendido, abrindo seu caminho através de McIntosh sem pensar duas vezes, porque todos podiam ver que ele já estava acabado.

Annie arrastou seu corpo por baixo dos cadáveres que o cobriam e foi até a amurada do navio, apoiando-se nela, sentado. Mais dois chineses vieram pela porta, pisando nos corpos de seus camaradas. Eles viam Annie, mas o ignoravam, porque tinham ordens estritas para deixar o *gwai lo* barbudo em paz, estivesse morto ou vivo. Um deles pegava armas caídas, incluindo a de Mohan e de outro guarda. O segundo estava inconsciente agora, ou talvez morto. Annie esperava que não fosse assim, porque daria a ele um sério problema, um problema de testemunha, já que Peter Storch já estava morto. Annie refletiu sobre isso por um momento ou dois, enquanto escutava os ocasionais tiros abafados da sala das máquinas lá embaixo, e tiros mais altos do salão de primeira classe, onde estavam agrupando os passageiros, assustando-os com tiros nos espelhos e nas cenas de caça. Ele também podia ouvir o mar, e a respiração sôfrega de McIntosh. Mas Annie chegou a uma decisão; e ao chegar nela, enfiou a mão nas calças e na sua cueca e tirou sua Walther. Em seguida, rasgou sua camisa de uniforme branco e com mão firme pegou um bom bocado de sua própria pele, que numa outra situação poderia ter sido chamado de "pegar com gosto". Era um pedaço sólido, incluindo um músculo massivo embaixo de uma camada de gordura que havia dado a ele uma silhueta helênica quando era jovem. E pensando assim, ele apontou a pistola para esse punhado de pele, com a boca da pistola não a menos do que oito polegadas de distância, para evitar se queimar, e apertou o gatilho.

A bala passou direto pelo bife. Com sua saída, veio mais sangue e dor suficiente para Annie dizer "ah, porra" para os corpos ao redor dele enquanto deslizava sua arma pela amurada e a deixava cair no mar abaixo.

O engenheiro-chefe, o cadavérico de magro mas de natureza rechonchuda David Ogden, de Londres, dormiu durante o pior da ação. Ele gostava de beber e tinha um cofre cheio de gim em sua cabine. E quando acordou com uma pistola em seu pescoço, achou que era *delirium tremens* novamente. Um homem de natureza contrastante, Harry Stokes, o Skroff, pacífico por tradição, estava acordado e indo pegar sua Winchester, dois segundos depois dos dois tiros que mataram Mohan.

Harry teve a sabedoria de ir até a ponte, em vez de descer como McIntosh, para ser atingido. Na ausência forçada de Peter Storch ele descobriu que era o único oficial ali, e havia batido as grades no topo de ambas as escadas. Eram portões de aço, mas não tão sólidos como os de baixo. De trás do portão de estibordo, ele podia ver abaixo o convés A e manteve fogo constante nos invasores. Atingiu um na perna. Mas já que nenhum dos timoneiros podia ajudá-lo (eles mantinham suas cabeças abaixadas), não podia cobrir o lado da portinhola também, pois se encontraria numa chuva de balas por causa de dois homens que atiravam cegamente através da grade daquele lado. Harry não tinha esperança de sobreviver a uma situação daquelas. Ele se rendeu, ainda intacto.

Os seis guardas Sikh de folga foram surpreendidos nas duas cabines que dividiam na parte de trás do navio por uma fuzilaria que partiu as fechaduras de suas portas ao mesmo tempo. Um deles foi morto em sua cama sem razão aparente a não ser exibicionismo de pirata. Os outros cinco foram amarrados com fio e trancados numa das cabines.

O capitão Bristow tinha um pijama extraordinário — para um mestre da Marinha Mercante — de seda com listras verdes e brancas. Ele havia se rendido, sabiamente, depois de dar vários tiros simbólicos com sua pistola. Os dois intendentes chineses tinham feito a mesma coisa. O terceiro oficial Storch, Stoddy McIntosh e o oficial de rádio Doultry eram as únicas perdas entre os oficiais do navio.

Os defensores da sala das máquinas mantiveram-se firmes até que Ying K'ou arrastou o capitão Bristow até a porta e disse que iria estourar os miolos dele. O capitão Bristow não era covarde e não disse nada, mas o terceiro engenheiro percebeu que já era o bastante e abriu.

Ying K'ou, como a maioria dos 28 homens com ele, havia viajado de segunda classe. Eles estavam todos bem vestidos e com um visual respeitável. Três deles haviam viajado de primeira: um respeitável mercador com sua secretária e concubina, bem abastado e generoso com as gorjetas, para um chinês. Sua bagagem fora inspecionada, mas com formalidade e sem esperança de descobrir inúmeras armas escondidas no fundo falso de seus baús.

Eles renderam os oficiais da sala de mapas, que levava à casa do leme. O corpo de Peter Storch estava onde havia caído. Annie, uma terrível figura coberta de sangue, com a camisa rasgada e um ferimento bem visível, ajudou Harry Stokes a carregar McIntosh de volta para sua cabine, onde eles o deitaram. Não havia médicos entre eles. No salão da primeira classe, a esposa de um homem de negócios americano estava gritando com um pirata que brincava com o olho de vidro de seu marido, rolando-o pelo bar. Os outros iam sistematicamente para as cabines dos passageiros, juntando todos os bens de valor em pilhas no refeitório, sob a luz do teto de vidro. Era seu sistema democrático: tudo que fosse de valor ia para a pilha, e nada era escondido. Mas as roupas eram diferentes; alguns dos homens de Ying K'ou pegavam novos chapéus de palha, e outro pegou um *smoking* de que gostou, embora fosse grande.

Na sala dos mapas, o capitão Bristow disse:

— É melhor você cuidar desse ferimento, Doultry. Eles fizeram bonito, meu velho, bem bonito.

Ying K'ou disse para o timoneiro manter exatamente seu curso marcado para Hong Kong. O *Chow Fa* manteve seus 16 nós constantes. Era cerca de 22h45. Então o jovem foi para a sala dos mapas e apontou uma Greener para o rosto de Annie e disse:

— Agora venha conosco e deixe o rádio o.k. para Hong Kong.

— Vá se foder — disse Annie.

Harry Stokes estava fazendo uma atadura em Annie. O capitão Bristow disse:

— Doultry, faça o que ele diz. É uma ordem.

Annie desceu para a cabine de rádio, acompanhado por três homens. Lá, tirou do bolso o componente que havia removido do transmissor, colocou no lugar, sentou-se e mandou o sinal de negativo e recebeu uma mensagem de Hong Kong, ainda quinhentas milhas distante.

— Eu mandei direitinho, correto e direto — ele disse para Ying K'ou. — Porque um de vocês manés deve conhecer o código Morse, certo? Diga a esse capitão que um de vocês entende dessa merda, vocês me cobriram o caminho todo.

— Eu entendo o código Morse — disse Ying K'ou. — Quer que eu mande para você? Tipe-tipe tap? Em chinês? — Ele estava num ótimo humor. Era um desgraçado bonito, também, com o rosto de um aristocrata mongol e o corpo de uma pantera. Quando não estava rindo, seu rosto era cruel, com a pele lisa, com belos músculos na bochecha. Harry Stokes não conseguia tirar os olhos dele quando Ying K'ou deixou Annie e voltou para a sala dos mapas. Mas não se deve tirar conclusões apressadas. No momento ideal, Harry tirou seu chaveiro do bolso, balançou na frente do nariz de Ying K'ou e disse:

— Vê isto aqui? Esta grande aqui? São as chaves para a caixa-forte, desgraçado. — Com isso, ele jogou o chaveiro todo pela janela, para o fundo do mar.

Ying K'ou apenas riu dele e voltou para a cabine de rádio, onde Annie estava fechado, ostensivamente sob guarda. Na verdade, Annie estava mandando outro sinal:

"Humpty Dumpty teve uma grande queda" foi a mensagem. Mandou duas vezes, na verdade, no comprimento de onda combinado, antes de receber uma resposta: "Recebemos você alto e claro", em chinês. Depois disso, em consideração à remota possibilidade de que o diálogo pudesse ser captado por alguém, nada mais foi dito pelo novo operador de rádio de madame Lai, um garoto de 18 anos, em seu uniforme Marconi novinho em folha, a bordo do *Tiger of the Iron Sea*.

Madame Lai atacara o *Chow Fa* com 29 homens — e Annie Doultry. Desses, quatro haviam sido mortos e cinco, feridos, dois dos quais morreram no dia seguinte. A companhia do navio perdera o terceiro oficial Storch, dois dos guardas Sikh e um foguista malaio que levara uma bala na cabeça num combate na sala das máquinas.

Dos feridos, tanto o primeiro oficial McIntosh quanto o Sikh grandão estavam em péssimas condições.

Não havia morfina no *kit* médico do navio. Que ironia, numa China afundada em drogas. Eles colocaram Stoddy em sua cama e Annie ficou com ele. Estava com muita dor, com suas pernas paralisadas, porque a bala Mauser havia evidentemente atravessado seu intestino e se alojado em sua espinha. O capitão Bristow também estava lá.

Um dos piratas, um sujeito jovem, veio com um pouco de ópio e um cachimbo. Annie derreteu com seu novo isqueiro, da forma correta, e fez McIntosh fumar, apesar de ele se recusar. Mas tornou as coisas mais fáceis para ele.

Naturalmente, o revólver danificado de Annie havia sido confiscado pelos piratas com todas as outras armas do navio. Mas ele dera um jeito de conseguir de volta — descarregado, claro. O segundo sob comando de Ying K'ou, um bandido gordinho, mas animado num terno chinês formal e azul, chamado Li Yung Fen, devolveu para ele na cabine de McIntosh.

— Arma ruim — disse o Terno Azul com um sorriso maldoso.

Annie a desmontou lá mesmo. O percussor entortado era evidente, e Annie disse:

— Ah, olhe isso! Os malditos! Malditos!

O capitão Bristow olhou para ela e balançou a cabeça.

— Você a deixou jogada por aí, acredito? — disse ele. Annie olhou para ele e depois para o chão. — Na minha cabine — murmurou ele —, no armário. — Bristow continuou balançando a cabeça.

— Aquele cachorro, Fong — disse Stoddy McIntosh. — Eu nunca confio nesses cães. Nunca gostei daquele Fong.

— O vandalismo daquela antena — disse o capitão — foi a isca que nos pegou.

— Pois é, foi isso. — McIntosh se esticou e tocou a mão de Annie. — Você é um sujeito de sorte, Annie. Sujeito de sorte. — Ele estava viajando no ópio. — Eu nunca gostei desses fedidos chineses, para te dizer a verdade.

Annie odiava ver sangue. No ringue de luta, especialmente, um corte no rosto do lutador o fazia estremecer de pena e náusea. Então, quando eles o acompanharam para a cabine de operação novamente às três da manhã, ele aproveitou a oportunidade para pedir por favor a Ying K'ou passar uma água na porra do convés A. Seu pedido foi aceito.

Ele mandou o sinal "negativo" mais uma vez, sob altas ameaças de uma morte lenta e terrível, para impressionar a platéia. Na verdade, o sistema todo era idiota, porque nenhum mestre de navegação deixaria um operador de rádio se recusar e aceitar as conseqüências de engenhosas facas de piratas chineses, mesmo se existisse tal herói.

Stoddy McIntosh morreu por volta das quatro horas da manhã. Quando aconteceu, ele estava sozinho com Annie, Harry Stokes havia saído para buscar o rapaz de terno azul com o cachimbo de ópio, que tivera muita consideração. Stoddy agarrava a mão de Annie; então o segundo sentiu a sensação gradual de sua mão afrouxando, e olhou o rosto do homem de perto enquanto a alma deixava o corpo.

Como muitos já notaram, havia definitivamente uma impressão de exalação, de uma desistência, de uma saída sendo feita. Apesar de ser bom lembrar que Anatole Doultry era ateu, que não dava bola para religião ou crenças místicas, fossem cristãs ou pagãs, não havia como saber se essa descrença era fruto de uma verdadeira e acurada reflexão sobre suas convicções. Ele era um pensador profundo, afinal. As camadas de suas imposturas eram como as de uma cebola. Mesmo assim, Annie sonhava com o núcleo da verdade. Mas, como sabem todos que tentaram descascar uma, não há uma cebola dentro de uma cebola, apenas as inúmeras camadas de sua substância, necessariamente finita; e então não há mais nada.

Quando chegaram, às três da manhã, Ying K'ou enviou o sinal de "negativo" sozinho, apenas para mostrar que não estava brincando. Ele nem perguntou a Annie como era, qual era o código. Ele havia observado os oficiais de operação fazerem isso duas vezes, e ele leu as letras na tecla de clique como um profissional. Ele era um jovem muito inteligente.

O guarda Sikh com duas balas no tórax não morreu. Tinha uma constituição excepcional e sobreviveu por muitos anos ainda, com apenas um pulmão. Eles o colocaram na cabine de Peter Justice e as pessoas fizeram turnos para cuidar dele. Ying K'ou permitiu aos oficiais liberdade normal de movimentos, já que eles cooperavam de forma sensata e razoável. Depois que seu sangramento parou, o guarda Sikh pôde dar ao capitão Bristow um relatório coerente do que acontecera nas portas da fortaleza conquistada do *Chow Fa*. Ele fez questão de elogiar, em primeiro lugar, a bravura do Oficial de Rádio Poultry (*sic*) por tentar atirar numa gangue de piratas com um revólver adulterado (que o Sikh atribuiu secretamente ao exibicionismo insano do homem branco, mas foi muito cavalheiro em não dizer isso). Nem o guarda reforçou o caso de que, quando Annie caiu, ferido à bala, ele impossibilitou o fechamento da porta, selando o destino do navio.

Depois dessa conversa, o capitão Bristow asperamente disse a Annie que o recomendaria a uma medalha para o governo da Colônia da Coroa em Hong Kong.

O *Chow Fa* manteve seu curso na manhã seguinte e fez sinais no sol brilhante para uma embarcação mercante e para o HMS *Athena*, um destróier numa patrulha de praxe. Os sinais absurdos — negativos — eram mandados rotineiramente e recebidos na estação do cabo d'Aguilar (apesar da recepção à luz do dia não ser tão boa). Os passageiros foram alimentados e entretidos por um dos piratas, que se vestiu com o uniforme do chefe dos garçons, completo com um quepe com fitas douradas (um quepe que depois foi vendido e acabou na cabeça de um dos canhoneiros da madame Lai).

Como já era de se esperar, vários passageiros quiseram mandar telegramas para dizer que se atrasariam. Isso não foi permitido, mas Ying K'ou disse que seria o.k. mandar qualquer mensagem normal, fosse pessoal ou de negócios, e até mensagens dando razões plausíveis para mudanças nos planos que efetivamente adiariam os compromissos das pessoas ou viagens subseqüentes. Annie teve a tarefa de explicar isso aos passageiros, porque ele havia sugerido essa concessão, para manter um fluxo normal de mensagens de rádio do *Chow Fa* durante o dia. Um silêncio mortal pareceria suspeito. Vários passageiros aproveitaram a oportunidade, com graciosos agradecimentos ao belo demônio chinesinho com sua Luger apontada para os rins de Annie, no final do salão onde eles ficavam reunidos. Nenhum deles entendeu o truque, porque entendiam muito pouco de rádio naqueles tempos. De qualquer forma, como Annie explicou ao capitão Bristow, os piratas poderiam inventar todo tipo de mensagens falsas para mandar — ou até mesmo reais, para seus parentes ansiosos.

Às duas da tarde, Ying K'ou pediu ao timoneiro que seguisse oito pontos em direção norte. Às sete da noite, na aurora do sol que se abaixava, Annie pôde ver da ponte de comando, onde ele estava fumando com o capitão Bristow, o brilho dos recifes de Pratas ao noroeste do horizonte.

Quando a escuridão caiu, o *Chow Fa* ancorou com ondas tranqüilas, uma milha ao sul de Pratas a cerca de 12 braças de profundidade. Três juncos estavam ancorados na lagoa, dentro do recife, onde apenas um junco sonharia em ir. Dois deles já estavam navegando e vieram através de uma passagem, com suas velas imponentes na penumbra. O *Iron Tiger* ficou na lagoa, parcialmente escondido pelo perfil da própria ilha. Mas os mastros altos foram instantaneamente reconhecidos por Annie. Ele podia até ver, brilhando com suas novidades, a antena presa entre a vela principal e a mezena.

O ferimento de Annie não era brincadeira. Doía como o inferno. Como todo mundo, ele dormia muito pouco. Ninguém falava muito. Annie mal tinha falado, a não ser sobre operações de rádio, desde que McIntosh havia morrido.

Os dois juncos vieram lado a lado a bombordo e chegaram rápido ao *Chow Fa*. Eram os dois barcos mais rápidos de madame Lai, com metade do tamanho do *Iron Tiger*, mas com cascos bem macios, que as mãos dela já haviam descrito. Houve gritos de saudações exuberantes e então Ying K'ou pediu à tripulação do navio a vapor para descer as escadas, e mais quarenta homens de madame Lai vieram a bordo.

Esses garotos eram piratas pra valer, todos em suas vestes próprias, não disfarçados como caixeiros viajantes de segunda-classe. Eles usavam seus lenços vermelhos e suas bandoleiras e facas, e dispararam algumas centenas de tiros para diversão, nas chaminés principalmente. Mataram os passageiros de medo, porque tinham uma paixão obsessiva por apenas uma coisa: prata! o metal da lua!

CAPÍTULO 8

A SABEDORIA DAS PÉROLAS

Os VERDADEIROS PIRATAS, os malandros à moda antiga com bandanas vermelhas, vieram pelos lados do *Chow Fa* tão determinados e sedentos de sangue como saúvas. De sua posição quase moribunda, Annie rapidamente percebeu o dilema deles — e sentiu-se solidário com o pulsar de seu ferimento. Porque esses eram garotos que se viam como piratas e que provavelmente tinham todos visto Doug Fairbanks ou algum outro valentão do cinema agarrar uma corda, voar para o lado de um navio, levantar uma bandeira pirata e partir para a limpeza. Eles sabiam o que era esperado deles. Eles próprios esperavam. E apesar de Annie ter adquirido muito respeito pela disciplina e pelo lado humano de madame Lai, ele podia sentir uma energia ou desejo não exercitado nesses jovens chineses selvagens que poderia levar a problemas. Ele cruzou seus dedos o melhor que pôde para que todos lá lembrassem que Annie Doultry estava do lado deles.

Os homens do *Iron Tiger* eram, de uma forma estranha, supérfluos. O trabalho de pegar o *Chow Fa* — traiçoeiro e perigoso — fora realizado por apenas alguns poucos piratas mascarados como passageiros, pela intervenção sorrateira de Annie e também pelo estrito, mas previsível, regimento do próprio *Chow Fa*. Era natural que os garotos de bandana vermelha se sentissem perdidos, sem uma luta. E nesse sentido, uma figura como Tang Shih-ping, o canhoneiro-chefe de madame Lai, estava em primeiro lugar. Nem um simples tiro saíra dos canhões do *Iron Tiger*. Onde estava o Tigre? Onde estava o Ferro? Então Tang viera a bordo do navio capturado com uma trouxa de dinamite (um recurso natural do seu departamento) e uma vontade irresistível de acendê-la.

Seu alvo, claro, era a caixa-forte com suas barras de prata. Sim, as portas poderiam ter sido soltas com paciência e um esforço persistente, ou arrancadas com uma fração da carga trazida por Tang. Mas o canhoneiro chefe queria um grande estrondo, e naturalmente todo mundo acreditou que sua especialidade era confiável em matéria de ajustar o tamanho do barulho. Mas, meu Deus, ele usou dinamite demais — quatro bastões quando um seria o suficiente — aqueles três a mais eram uma marca de necessidade emocional, e combinavam com o fervor dos piratas. Annie notou que os bastões de dinamite eram quase do mesmo vermelho que as bandanas que os piratas usavam — ou do sangue que latejava em suas cabeças quentes.

O ruído da explosão foi tão inesperado que Annie não teve tempo de se abaixar ou se afastar. Dois dos piratas — desesperados para serem os primeiros na caixa-forte (algo para dizer a seus netos) — foram jogados como bonecos de pano e voaram longe; demais para seus planos de ter netos. De onde ele estava, Annie podia ver não apenas seus restos chamuscados, mas todos seus pedaços espalhados, o suficiente para eliminar suas chances de reprodução, e até mesmo de viver. O barulho da explosão e a perda de dois piratas num estalar de dedos poderia ter intimidado os outros; mas só os tornou mais violentos, ou loucos. Na fumaça, havia mãos prontas para arrancar fora os pedaços de metal quente, sem se importar com os fragmentos dos camaradas mortos. E quando a fumaça se dissipou na brisa do mar, houve a primeira vista dos caixotes. Foi então que Ying K'ou, ainda usando aquele terno risca-de-giz de Xangai, que o disfarçara de passageiro, adiantou-se com vários de seus Lobos Secretos e começou a arrastar os caixotes para a luz.

Esse foi o clímax da operação toda. Madame Lai agora podia ser vista na ponte, como uma imperadora observando os saques de uma guerra estrangeira. Ying K'ou esperou a ordem definitiva dela, e Annie viu a pálida mão da mulher flutuando — era um sinal, mas era também como um movimento involuntário, como se uma criança vivesse dentro da imperadora e quisesse ela própria arrebentar os caixotes.

Mas foi Ying K'ou e uma barra de ferro que completou a destruição do primeiro caixote. Foi ele que arrebentou a madeira fina e a delicada proteção de tantos jornais dobrados.

Então foi Ying K'ou, tão garboso em sua vestimenta cinza, o primeiro a avistar o ferro fundido — amontoados brutos de um metal sem forma, nem tão sofisticado como a barra de ferro com a qual ele abrira o caixote! Ele segurou um pedaço do troço, como se fosse o coração de um animal sacrificado, e o falatório ao redor cessou, como se o vento no mar de repente parasse. Na verdade, houve um momento de silêncio opressor, tão fúnebre, tão espantoso, que Annie podia ouvir os estalos e rangidos do navio no mar. Levou só esse instante para a verdade ser aceita. Oh, para se certificar, outros caixotes foram arrebentados naquele frenesi que logo se tornaria um clamor por vingança — sete outros caixotes ao todo, e ferro em todos eles. Nesse instante, Annie olhou para cima e viu o rosto ferido de madame Lai; no mesmo instante, ela se virou para olhar para ele, e em seu semblante fechado, ele sentiu uma pergunta: "Doultry, isso é um truque seu?", e ele sabia que nunca encontraria outra alma na Terra (nem mesmo a mãe de sua esposa) de quem teria tanto medo se ela o estivesse perseguindo.

Annie podia sentir os piratas muito próximos do motim, ou pior, de um sentimento de que cada lei do destino fora afrontada; não havia limites para o que eles podiam fazer. Rapidamente, a tripulação sobrevivente do *Chow Fa* e a maioria dos passageiros ricos se juntaram. Como se ele fosse o culpado por revelar o odioso ferro fundido, Ying K'ou gritava suas intenções de massacrar cada oficial vivo. Seu olhar furioso incluía Annie Doultry. E melhor de tudo, ele iria estripar o capitão Bristow e oferecer seus órgãos para madame Lai. Por um momento, no entanto, a senhora comandante não podia ser avistada. Teria ela determinado que a discrição era melhor do que a presença numa situação tão desagradável para uma autoridade onisciente?

Teria havido uma orgia de morte, não fosse por Tang Shih-ping, o disciplinador canhoneiro-chefe. Ele era um homem de deveres, um homem treinado para a exatidão, como os canhoneiros devem ser. Ele estava horrorizado com seu próprio excesso anterior de entusiasmo; ele, se não mais ninguém, estava ferido pela perda daqueles dois piratas em seu grande estouro. E, como um homem da Marinha, Tang tomou a frente. De fato ficou na frente de um dos caixotes fechados e levantou uma espada, uma espada que pegou no convés.

— Vocês estão loucos? — gritou para seus próprios homens. — Esqueceram do resto da caixa-forte? São inúteis? Não pensaram que a prata pode estar escondida? Pode precisar de uma busca minuciosa?

Então foi a ganância que acalmou a sede de sangue nos piratas, e foi a vergonha que fez com que eles se espalhassem, como ratos procurando por queijo. Tang fizera uma aposta feliz. Porque na caixa-forte, atrás dos caixotes, foram descobertos dez mil dólares em ouro, que eram levados para Xangai para subornar um líder militar. Era algo — uma gorjeta, pode-se dizer! Mas levou os piratas a uma busca mais detalhada nos passageiros, o que trouxe boas jóias, algum dinheiro e uma bela coleção de caixas de cigarros da Tiffany (assim como vários passageiros sangrando).

Foi então que madame Lai apareceu no convés, tanto para agradecer seus homens por cada aquisição como para manter um bom cálculo disso em sua mente. Ela não se esforçou para falar com Annie Doultry. Não que ele fosse boa companhia. Ele tinha um pequeno, mas significativo, ferimento de bala (um que o idiota provocara em si mesmo). Ele havia se arriscado à forca por um quarto de ferro fundido e talvez mais 2.500 dólares e algumas jóias. Ele também havia colaborado com a morte de Stoddy McIntosh, não tanto um velho amigo quanto um amigo novo, mas um que lembrava a ele o que poderia ter sido. Na cabine de Stoddy, foi Annie que juntou as poucas coisas deixadas por uma vida no mar. Notavelmente, havia uma velha e amassada fotografia em sépia do *Thermopylae*, o navio em que ele e Stoddy tinham navegado quando moleques, o adorável *Thermopylae*, o rival mais próximo do grande *Cutty Sark* na navegação do Oceano Índico. Annie começou a sentir um certo horror — pior do que remorso — por sua aposta ter terminado tão mal para os outros.

Mas então foi brutamente arrastado para o convés, onde Ying K'ou (que havia tirado seu paletó cinza) estava pegando reféns: ele havia escolhido três ricos chineses e estava calculando um resgate de talvez mais 100.000 dólares por seus colegas. E quando estava nessa, ele decidiu pegar dois oficiais — o intendente Harry Stokes (será que Ying K'ou percebera o olhar ávido e persistente do sujeito?) e... "Você, *gwai lo*" sussurrou Ying K'ou. Ele apontava para Annie Doultry e não deixava nenhuma dúvida quanto a isso.

Então Doultry, Stokes e três chineses foram levados para um dos juncos dos piratas. A noite não estava longe. Os Lobos Secretos metodicamente destruíram o rádio e desmontaram o motor do *Chow Fa* e deixaram a maioria dos passageiros à deriva. A tripulação podia fazer reparos e o navio chegaria a um porto em segurança, com os passageiros competindo para contar e vender histórias de como os demônios haviam pego cada dólar e quase cortado todas as gargantas. A lenda da pirataria nunca termina.

No meio tempo, enquanto a noite caía em mares calmos, os juncos voltaram ao seu navio mãe. E nas primeiras horas da manhã pararam ao lado do *Iron Tiger* na lagoa da ilha de Pratas. Era um lugar adorável, na estação mais agradável do ano; mesmo assim, Annie Doultry não podia evitar pensar que era o princípio do seu julgamento.

— Então o que você acha, Annie? — Era a décima vez, no mínimo, que Harry Stokes perguntava a ele. Eles estavam lá, confinados numa pequena cabine, e Stokes nem pensara em pôr as mãos em Annie. Em vez disso, ele o estava aporrinhando com perguntas intermináveis e sem resposta com as quais um homem tenta convencer a si mesmo de que ele não está sentado no próprio túmulo.

Annie estava prestes a dar uma resposta brutal quando a porta de sua cabine foi destrancada e dois piratas apontaram para Annie numa forma que não deixavam dúvida de que ele deveria segui-los.

— Deus o ajude, Annie — sussurrou Harry.

— E você, frutinha — resmungou Annie.

Annie foi levado para a cabine da própria madame Lai Choi San, onde a mulher esperava na luz de uma lâmpada fraca. Nada em sua postura era sedutor.

— Capitão — suspirou ela. — Não tivemos tanta sorte. Você me traiu?

— Eu?

— Todos estão perguntando.

— Porque eu sou *gwai lo*, o branquelo do plano? Você acha que atirei em mim mesmo?

— Acho que seria capaz. Você falou com a Companhia? Alertou-os?

— Se eu falasse com a Companhia, o que eu ganharia? Uma medalha, uma recompensa? Quanto? 5.000 dólares? E por isso eu arriscaria ter meu pescoço separado da cabeça por seus amigos? Em vez de um quarto de 400.000 dólares? Isso e mais. Como uma pessoa esperta como você pensa assim?

Madame Lai olhou para ele e então à distância, como se para avaliar esse estranho homem o melhor possível.

— Talvez. Pensei que você gostasse de mim, Cap.

— Gostar?

— Gostasse de mulheres chinesas?

Annie refletiu.

— Não acho que "gostar" seja a palavra.

Essa conversa poderia ter se tornado mais quente e interessante. Havia vinho sobre a mesa, Annie notou. Mas naquele momento, o sr. Chung entrou na cabine carregando uma pequena pasta de couro. Seu rosto estava congelado, não apenas porque ele preferia não mostrar reação em ver Annie e sua patroa juntos, mas por causa das notícias que tinha.

— Então, Chung — disse madame Lai com uma impaciência mal dissimulada. — Nada de prata?

— A prata, eu acho, era uma fachada.

— Fachada? — perguntou madame Lai. — Para quê?

— Para isso — sussurrou o sr. Chung.

E ele colocou a pequena bolsa na mesa.

— Encontrei isso embaixo da cama de um passageiro de segunda classe. Percebi que o couro era bem novo. Couro muito bom inglês. Me perguntei por quê.

Dizendo isso, o sr. Chung levantou a aba e trouxe o lampião mais perto, para que fosse como a luz da lua. Revelou uma lã de algodão e, sobre ela, como globos oculares, em fileiras apertadas, havia pérolas. Um grande suspiro deslizou da alma tensa de madame Lai. Não eram pérolas comuns. Eram pérolas brancas, pérolas escuras, pérolas creme, pérolas do tamanho de unhas, de juntas, de bolas de roleta; e o melhor de tudo, havia 12 pérolas verde-escuras grandes, as mais caras que o mar tem a oferecer.

— Quantas? — perguntou madame Lai. Porque ela sabia que Chung já teria feito a conta, e podia até já ter uma ou duas pérolas em seu bolso, como presente.

— Tlezentas e oito — disse Chung. — Contei duas vezes.

— O valor? — perguntou Annie, parceiro novamente no empreendimento.

— Por alto — disse Chung, era evidente que ele era um homem cauteloso —, quatocentos mil dólales. — Uma pausa. — Amelicanos — acrescentou.

Madame Lai e o sr. Chung estavam ocupados com planos e cálculos, sem mencionar a gratificação física de tocar em cada pérola, estimando seu peso, e falar sobre isso. Annie tinha sentimentos contraditórios. Ele foi ao convés do *Iron Tiger* e andou o mais gentilmente que pôde entre os corpos dos feridos e mortos. Ele não contou. Ele não tinha a habilidade de contador do sr. Chung. Ele preferia não saber exatamente quantos dos piratas, da tripulação e dos guardas Sikh haviam sido mortos por aquele "engano" de 308 pérolas.

Ele se encontrou no balaústre da popa: era o lugar onde madame Lai gostava de sentar-se para comandar. Annie não se importou de tomar uma decisão. Simplesmente tirou o uniforme que usava no *Chow Fa* e o atirou no mar. Tinha algumas roupas velhas, roupas de pirata, e elas não serviam muito bem nele. Ele era um homem maior do que a maioria dos piratas. Mas se sentia mais confortável, como um navio que havia navegado muito tempo com cores falsas. Então ele se inclinou no balaústre e fumou um dos seus Woodbines.

Cedo ou tarde ele teria de arrumar um novo suprimento — ou desistir de fumar — ou dar seu último suspiro.

— Você está melancólico, capitão? — perguntou madame Lai. Mesmo na escuridão da noite, numa posição de vantagem, ele não a vira se aproximando. Era como se ela fosse um fantasma. Mesmo sob um vestido vermelho escuro, preso bem folgado, havia muita sugestão da substância de seu corpo, lá na verdadeira luz da lua, não aquela destinada a revelar pérolas.

— Lamento a morte de McIntosh — disse a ela.

— Três meses atrás, você nem sabia que McIntosh estava vivo.

— Três meses atrás, querida, eu não sabia que você existia.

— Você quer dizer que ficaria triste se eu levasse uma bala?

Annie olhou para ela cuidadosamente. Era sempre igual: ela era linda, ou bonita, mas letal também — como uma cobra quando você olha nos olhos.

— Bem, quanto a isso — disse ele, sentindo-se em Edimburgo novamente —, eu teria de ver para saber.

— Então, agora você sente por McIntosh. — Ela o fez soar como uma capa de chuva usada. — Você sente por si mesmo, capitão.

Ela estava certa, ele sabia, sem raiva ou ressentimento. Ele sabia que faltava nele aquele abrupto jeitinho chinês dela, de ser louco por algo e então esmagá-lo. Mas com toda sua natureza escondida, por que ela estava atraída por ele?

— Cem mil dólares, capitão Dowtly — disse ela, e ele soube que ela se esforçava para soar o mais chinês possível para perturbá-lo.

— O que são cem mil dólares? — disse ele para si mesmo. — Viu um, viu todos.

— Quer vir para a cabine? — perguntou ela. — Segurar as pérolas?

— Não, obrigado, querida. Vou fumar um pouco e pensar.

— Não vou perguntar de novo.

De manhãzinha, enquanto a tripulação do *Iron Tiger* estava tomando seu café da manhã (não era uma cena bonita em termos de etiqueta), madame Lai Choi San veio para o convés e pediu silêncio. Ela usava um manto escarlate, no qual a exuberante figura de um tigre estava bordada em dourado, e fez questão de se postar em frente ao sol nascente. Era difícil de escapar da impressão de que ela era o amanhecer, ou uma força a competir com o sol. Annie pensou: que coisa seria esse broto na Broadway ou em Hollywood!

— Minhas crianças — ela começou, e um tipo de gemido de apreciação passou pelo corpo coletivo desses grossos piratas. Era como se eles estivessem sendo curados. Era como se, de uma forma profunda, mais profunda do que eles jamais haviam conhecido em vida, ela fosse a mãe deles.

— Minhas crianças — disse ela —, vocês suportaram muita coisa.

Houve um murmúrio de assentimento.

— Vocês deram sua coragem e habilidades para uma grande empreitada. E se decepcionaram terrivelmente. Eu chorei por vocês. Nem pude falar, por causa dessa tristeza. Mas nesta manhã, estou aqui diante de vocês, minhas crianças, sem um traço de tristeza.

Isso foi inesperado. Essa era a mãe que realmente sabe mais do que seus filhos sonhariam. Os piratas começaram a sorrir. As cicatrizes em seus rostos sumiram. Era como se a mãe deles dissesse que era o aniversário deles. Sentiram que algo grande estava vindo.

— Como a tristeza teria lugar — disse madame Lai — quando há tal *triunfo*! — Essa última palavra foi gritada. E Annie podia ver os piratas se virando uns para os outros com um "o que ela disse?" A palavra era tão ousada, tão fora de contexto.

— A sorte está com vocês, e eu estou com vocês. Durante a noite, não conseguia dormir. — E nesse ponto madame Lai deu uma bela piscadinha para Annie. — Eu inspecionava a bagagem dos passageiros. E fomos resgatados, minhas crianças. Porque numa sacola humilde eu encontrei pérolas, pérolas impressionantes.

Com isso, ela afundou suas mãos numa tigela que foi colocada diante dela pela ama número um, e suas mãos, aquelas flexíveis mãos, vieram pingando com pérolas tão grandes que houve piratas aposentados anos depois que diziam serem grandes como bolas de golfe. A platéia ficou louca de alegria, prazer e contentamento. Eles eram um só novamente, uma família, uma força, e filhos de sua mãe.

— Ouvi dizer — disse ela — que aqui há valor; pelo menos trezentos mil dólares americanos!

Pandemônio.

O sol se ergueu mais alto, como se bombeado pelo entusiasmo histérico da tripulação do *Iron Tiger*. Cada gongo e tambor no navio (o suficiente para uma orquestra, pensou Annie) foi batido. Não houve forma nessa "música" claro, exceto a forma da tremenda satisfação da tripulação do navio, num uníssono, até que só se ouvia uma batida. Annie estava impressionado como nunca antes em sua vida, por como um bando de indivíduos poderia se tornar uma multidão ou uma força única mais potente do que a soma de seus números.

Fogos-de-artifício explodiram. E a figura de Tin Hau, deusa dos piratas, foi levada pelo convés com todos prostrando-se diante dela, conforme ela passava. O café da manhã "espartano" passou diretamente para uma festança e folia. Havia filas pacientes de piratas teimosos esperando para passar na frente da tigela de pérolas, com cada rosto fixo em suas glórias opalescentes, e tantas mãos se esticavam para apenas um toque. E lá estava o sr. Chung, com óculos polidos, cuidando para que nenhuma mão levasse nada.

Foi nessa festa espontânea que madame Lai encontrou Annie no convés.

— Não vai beber, capitão?

— O dia é muito jovem — respondeu ele com um sorriso estranho.

— Entendo — ela disse, e lá estava novamente, a bruta voz chinesa, como se para zombar da maneira com que a fala de Annie oscilava entre Edimburgo e a Costa do Pacífico americana. — Talvez eu deva mostrar algo do seu interesse?

Annie seguiu a madame até a sala dos mapas. Havia bem menos espaço do que antes, por certo motivo: numa mesa que ocupava metade do recinto estava o rádio Marconi mais moderno que o dinheiro podia comprar.

— Um presente para você, capitão — disse madame Lai.

— Para mim?

— Se você vai navegar conosco, quero que tenha um rádio para brincar. O melhor. Veja se é do seu agrado.

Oh, Annie gostava, ele tinha de admitir. Sentou-se na cadeira e, em poucos minutos, viu que aquele era o novo modelo sobre o qual tinha ouvido falar. Mas como madame Lai conseguira aquilo?

— Capitão — disse ela, antes que ele tivesse tempo de perguntar. — Eu estava ansiosa para lhe comprar um ótimo presente. Nada é demais para meus amigos.

Annie sorriu para a intrincada máquina enquanto um *flash* de artimanha, uma verdadeira piada com a madame, ocorreu a ele.

— Posso? — perguntou ele, apontando para o aparato.

— Claro — sorriu madame Lai. Ela levantou sua mão e um garoto pálido, de não mais do que 16 anos, apareceu, acenando para Annie. — Esse é Mai Ying — disse ela —, da escola de Telegrafia de Hong Kong. Sabe?

— A melhor — concordou Annie.

— Ele é o operador número dois. Ensine a ele, Cap.

Então foi isso: ele ganhava um presente, mas ao mesmo tempo tinha esse garoto para vigiar o que ele fazia, para certificar-se de que ele não estava indo além. Muito bem, se era para fazer um truque, sejamos rápidos, pensou Annie.

Rapidamente ele ligou o transmissor e colocou no comprimento de onda mantido no *Sea Change* (essa história não perderá nenhum detalhe). Então, por todos os seus recentes entusiasmos e frustrações, ele enviou:

Eles navegaram numa peneira, navegaram
Numa peneira eles navegaram rápido
Com apenas uma vela verde oliva
Amarrada com uma fita para navegar...

— O que é isso? — perguntou madame Lai para seu garoto Mai Ying.

— Rápido demais para mim — disse o jovem com pesar.

— É apenas uma música *nonsense* do sr. Edward Lear — explicou Annie. — Chamada "The Jumblies" (Os Confusos).

— *Nonsense*? — disse madame Lai. Esse era um conceito que ela não conseguia captar muito bem. Fez Annie sorrir e acenar para si mesmo — não havia espaço na alma da madame chinesa para brincadeiras tolas, enquanto que para Annie isso era a própria vida.

— Sr. Lear era um grande brincalhão com as palavras — ele disse. — Ideal para testes de transmissão. Ele gostava de fazer poemas sem sentido.

— Como isso é possível? — perguntou a suspeitosa chinesa. Brincar para ela era uma prática que requeria um gato e um rato, e só era divertido realmente se ela fosse o gato.

— Bem — disse Annie expansivamente —, é uma coisa britânica, creio eu: soar cheio de significado, mas louco como um chapeleiro também. Aqui vem mais. — E seus dedos fizeram o código Morse numa velocidade incrível — era o melhor trabalho de rádio que ele já havia feito.

Eles navegaram numa peneira, navegaram
Mas isso os trouxe para Chep Lap Kok
Numa peneira navegaram rápido
E chegaram até segunda no máximo.

O rosto virginal de Mai Ying se contorceu com perplexidade.

— Não fazemos isso na escola — disse ele.

— Bem, filho, eu ensino a você — disse Annie. — Esse garoto é meu parceiro — e abraçou o menino. Na verdade, ele estava um pouco bêbado pela sua música de palavras "*nonsense*". Annie podia falar assim por dias, uma vez que o ritmo estivesse em sua cabeça.

— Mai Ying — disse a madame Lai severamente. — Você tem muito trabalho a fazer. — O garoto acenou e corou, maravilhado com as rápidas mãos de Annie Doultry. Não foi nenhum sacrifício para Annie sentar-se com o garoto por horas. Ele gostava de aprender e era educado, recitando estrofes da sublime tolice do sr. Lear. E então o *Iron Tiger* e seus juncos adjuntos navegaram pelo mar do sul da China, com uma folia inabalável a bordo e contos cintilantes de Calico Pie e uma coruja e um garoto flutuando pelas ondas do rádio.

Então, em questão de poucas horas, os piratas avistaram a ilha de Lantau, fora da costa de Macau. Era um bom lugar para descansar, porque aquela costa naquela época do ano tinha neblinas da mesma forma que um bêbado tem dores-de-cabeça. As formas eram turvas, nubladas, apareciam um minuto e desapareciam no seguinte. Apesar de Annie estar certo, por um momento, que ele havia pegado a estranha forma de Chep Lap Kok, uma ilha menor entre Lantau e a costa.

A frota jogou âncora, e mesmo na neblina foi notada. Sampanas começaram a aparecer de Lantau, trazendo garotas para se juntar à festa no *Iron Tiger*. Essa festa das pérolas nunca cessou ou diminuiu, mas logo o convés estava repleto de corpos: corpos em furiosas atividades de amor — pode-se dizer que era como uma lata com iscas vivas. No seu caminho para a cabine de madame Lai, Annie Doultry tinha de pisar cuidadosamente com medo de acertar alguém em partes delicadas. E relaxado como estava de sua crise, ele não deixava de apreciar totalmente a imagem de tantas garotas deitadas, sendo fodidas como loucas, mas ainda sorrindo para o *gwai lo* como se dissessem:

— Quer ser o próximo, branquelo?

Na cabine do comandante desse excepcional bando de piratas, Annie disse a madame Lai:

— Seus meninos vão dormir bem esta noite.

— Eles merecem — disse ela. — Todos merecemos. Você vai dormir também, Annie Dowtly?

Mas não deve haver surpresa se nossos leitores e nosso herói suspirarem juntos nesse ponto — porque não perceberam você e ele que Anatole Doultry (que recebeu seu nome de um romancista) e madame Lai Choi San (uma grande fêmea e bem fatal) estavam destinados a sua própria noite de amor? Se amor é a melhor palavra para isso... Annie nunca teve certeza, então é melhor que você decida. Mas, um aviso, se você tem vergonha de ler os detalhes do que um homem crescido e uma mulher madura podem fazer numa cabine no meio do mar do sul da China, então é melhor que pule algumas páginas. Se não...

Ela estava bem nua à luz do lampião, e Annie — francamente — estava surpreso, ou foi apenas o fato da verdade finalmente aparecer? Enquanto a madame Lai nua era inegavelmente esplêndida e promissora, Annie Doultry viu um delicioso contraste: em seus seios, seus ombros, sua bunda (oh, Deus, sua delícia de bunda!), madame era claramente chinesa, mas em suas pernas, em sua barriga inexistente e na curva de seu pescoço ela poderia ser... Européia? Então, a possibilidade veio para Annie afinal: essa autêntica guerreira chinesa poderia ser uma mestiça (assim como ele), algum tipo de eurasiana, uma mistura das habilidades e pecados do mundo, transbordando de desejo de ser fodida pelo *gwai lo* — seu *gwai lo*. Isso tocou Annie, porque ele adorava as receitas das sujas misturas da vida.

Olhando através da fechadura da cabine, o olho inexperiente de Mai Ying (tanto a aprender) viu os trapos caírem longe do corpo de Annie, como se uma grande estátua estivesse sendo revelada. E o garoto perdeu o fôlego — talvez nunca mais tenha sido o mesmo — ao ver a outra estátua, a torre inclinada da mijada, toda a masculinidade do capitão Annie. Mas madame Lai não podia tirar seus olhos disso. Sentada na cama como uma garotinha que reza, seu rosto caiu sobre o grande falo e — o garoto na fechadura não podia acreditar no que via — sua boquinha de ameixa parecia abrir como um túnel para engolir vários centímetros da ferramenta escocesa.

Num momento, Annie ficou de lado, madame Lai era como uma planta crescendo sobre ele, e sua pequena mão (segurando a maior pérola negra) estava em seu cu colocando a pérola no melhor lugar.

— Oh, Deus — gritou ele. — Estou indo!

Ela não podia responder. Uma das desvantagens de uma felação tão extremada como a dela era que eliminava qualquer chance de conversa e poesia. Mas nada é exatamente perfeito nessa vida, e para Annie Doultry a delicada mas firme pressão em suas partes traseiras estava em perfeita sintonia com a erupção de seu pau. Ele gozou e gozou — estamos falando de um herói aqui. Em certo ponto, sua amante recuou para ver a inalterada erupção, como um encanador dizendo a um cliente: "Não me culpe. Essa torrente vai parar quando tudo estiver vazio."

Finalmente Annie Doultry terminou, e a madame olhou para o pau dele que decrescia com satisfação — apesar de ainda não ser das maiores satisfações — enquanto seu queixo pingava sêmen.

— Capitão Annie — disse ela —, você tem água para um deserto.

— E você, minha belezinha — disse ele.

— Você me ama? — perguntou ela.

— Eu? — disse Annie, surpreso. — Amar você?

— Sim — suspirou ela.

— Então me diga, moça — sua mãe?

— Sim?

— Era de Liverpool, Marselha ou de Galveston, Texas?

Ela olhou para ele surpresa, depois brava. Porque essa era uma preocupação da qual nunca conseguira se livrar — e era possível que sua posição como comandante de piratas ficasse em perigo se qualquer suspeita que surgisse.

— Vi isso na sua xaninha — disse ele.

— E eu pus uma pérola no seu cu — ela disse a ele com um sorriso matreiro.

O olho veloz de Mai Ying então viu Annie se levantar e avançar para a mesa onde a tigela com as pérolas estava. Ele pegou uma concha daquele caviar gigante e voltou para a cama, com o punho soltando algumas pérolas.

— Agora, querida — disse ele e Mai Ying não pôde acreditar nisso, parecia empurrar sua mão entre as pernas da madame e preencher sua preciosa cavidade vaginal com pérolas roubadas. Ela uivou — houve dor de verdade, assim como surpresa — mas num segundo ou dois ela estava gemendo e se contorcendo, porque ele a havia virado como uma panqueca e com sua outra mão estava em sua passagem traseira, pronto para enviar uma coleção de pérolas. Madame Lai podia ouvi-las batendo umas nas outras e não sabia se podia viver com o prazer insano daquilo. Mas Annie sabia o que estava fazendo, então as pérolas finalmente encontraram seu clitóris e reduziram a mulher comandante a um estado de êxtase e rendição que era o céu e o inferno: céu porque ela nunca havia sentido tanto prazer e desprendimento, mas inferno porque nenhum homem nunca a havia visto tão fora de controle. E madame Lai Choi San preferia matar um homem, qualquer homem, do que ceder controle a ele.

Quantas horas depois? Quem se importa? Quem está contando? Ainda estava escuro, Annie Doultry acordou e sentiu o suave balanço do navio ancorado. Ele certamente ainda estava na cabine da madame. Sim, com certeza, porque à esquerda havia um fraco lampião sob a luz do qual eles fizeram amor. Não havia dúvida nisso. Annie podia sentir o calor em seu pau ainda, e havia esse maravilhoso ferver em sua bunda. Mas que diabos era aquilo? Do que ele sentia cheiro? Em algum lugar muito próximo havia algo doce como rosas e ainda podre como a morte, ao mesmo tempo.

Ele precisou de um tempo para seus olhos se ajustarem à luz. E então viu, olhando diretamente para seu próprio peito, viu, ao norte do seu umbigo, uma pilha artística de... era pudim de chocolate?! Que diabos? Então ouviu um doce e leve ronco. Olhou para o lado e viu madame Lai, enrolada num sono estático. Meu Deus! Annie percebeu, que a doce putinha havia deixado uma adorável porção de si sobre ele.

Annie não sabia se devia rir ou se ofender. Mas de qualquer modo sentiu-se inspirado. Tateou em busca de algo, qualquer coisa, que pudesse mexer com o belo monte de merda dela — era uma espiral bem feminina, com certeza. Tudo o que pôde encontrar foi uma faca. Nada melhor para aquela tarefa — porque tinha uma lâmina larga. Só que ele não conseguiu levantar a pilha sem arrancar vários fios de seus próprios pêlos, e teve de silenciar qualquer protesto pela dor daquela operação. Mas trabalhando com cuidado, Annie ficou de pé, com a faca e um monte firme da sujeira da madame, e colocou essa sobremesa num prato. Olhou por um momento e então soube. Uma mão foi até seu cu e lá estava, como uma cereja num bolo de chocolate — a mais bela pérola negra. Sim, ele gostava bastante do efeito — tinha elegância, assim como insulto.

Tudo o que ele teve de fazer, usando uma de suas grande meias gastas era conseguir algo mais do que ele precisava naquela cabine.

Annie saiu no convés silencioso como um fantasma — um fantasma vestido só com uma meia. Não que ele fosse chamar a atenção naquele cenário de nudez depois da orgia. Então sua forma pálida deslizou pelo *Iron Tiger*, e usou uma corda — tomando cuidado para não queimar suas bolas — para descer até as águas quentes do mar do sul da China. E lá ele não tinha nada além da sua braçada para ajudá-lo, uma braçada que estranhamente continuou puxando para um lado, por isso precisava ser corrigida.

Na primeira luz da manhã, Annie saiu do mar na costa rochosa de Chep Lap Kok. Ele parou, como se tivesse consciência de que estava sozinho, pelado, e sem comida ou armas numa praia desolada. Mas então viu as velas do *Sea Change* aparecendo entre a neblina. Ele sorriu, e começou sua dolorosa caminhada pela praia rochosa.

A bordo do *Sea Change*, Barney estava no leme, o mais próximo da praia possível. Algumas aves marinhas voavam pelo navio. Então um sujeito apareceu, Barney viu uma figura familiar agachada na água. Os dois homens acenaram silenciosamente e Annie fez seu último nado para seu barco. Quando subiu, seu ferimento começou a doer novamente. Foi o suficiente para convencer Barney de que Annie tivera a pior de suas aventuras.

— Maldição, Annie! — grunhiu ele. — Você perdeu de novo?

— Apenas eu e minhas meias, Barney — disse Annie.

— Achei que você tinha ficado louco com todo aquele troço de Edward Lear!

— Gostou daquilo, não?

— Seu louco!

— Agradeça a Deus pela loucura — disse Annie. E naquele ponto levantou sua segunda meia, tão pesada que tinha desviado seu nado de sua rota certeira. Ele puxou a meia e revelou uma grande massa de pérolas. A sabedoria das pérolas.

— Jesus, Annie. Quantas?

— Cerca de 307, assim, por alto.

O nariz indagador de Barney estava afundado nas jóias.

— Ainda tem cheiro de ostra, Annie!

— Ah, bem — suspirou o capitão — frescor é tudo, Barney.

Por último, Barney olhou para ele com uma risada.

— Annie, seu desgraçado incrível.

— Bem, obrigado, Barney. E você esteve aqui quando eu pedi. Agora eu poderia vestir uma roupa, sair rápido daqui e comer meu café da manhã.

— Temos gente atrás de nós? — perguntou Barney.

— Cedo ou tarde!

Naquele exato momento, uma incrível beleza, uma mulher de origem incerta, acordou de seu sono sexual sem saber o quão perto da ruína e da fúria estava. Às vezes, talvez, é melhor continuar dormindo.

Madame Lai Choi San abriu um olho e depois o outro. Abriu as pernas e sentiu escorrer lentamente seus próprios fluidos. Sentiu-se em paz... até se apoiar num cotovelo para encontrar seu amante sonolento. Ela conhecia aqueles brancos. Dormem por dias depois do sexo. Mas Annie Doultry havia partido. E numa questão de momentos, a mulher encontrou o café da manhã recomendado a uma comandante pirata. Foi uma brincadeira de mau gosto dele ou um aviso de uma crueldade maior? Viu a tigela vazia no criado mudo e então teve certeza de que ele havia pegado cada pérola do próprio corpo dela.

Ela pensou.

Ela gritou.

Ela rugiu.

Ela uivou.

Seus próprios oficiais se amontoaram em frente à porta de sua cabine, mas com muito medo de entrar ou bater. Há profundidades de dor e fúria no grito humano que não devem ser invadidas.

Mas Ying K'ou pegou o garoto do rádio para olhar através da fechadura, então foi o sussurro aterrorizado do garoto que descreveu a cena para os outros.

— Madame. Nua. Ajoelhou diante da deusa Tin Hau. Ela tem uma faca e oh! Ela se cortou! Ela está jurando eterna vingança.

Foi então que Ying K'ou, certamente no comando, voltou ao convés e deu ordem para tomar toda a velocidade.

Era um belo dia, com um vento forte levando o *Sea Change* pelos estreitos de Hainan. Destino? Haiphong, talvez. Ou Cingapura. Por um momento, Annie estava curtindo a velocidade de seu navio e o grande monte de pérolas enfiado dentro da sua camisa. O piano estava no convés e Barney cantava:

Oh, bonequinha,
Sua bonequinha linda!

Mas um chamado abaixo os interrompeu. Era um jovem marinheiro. O rádio estava fazendo barulhos. Annie ficou de pé, rindo. Ele olhou para trás, no caminho de onde vieram. Nada. Usou seus binóculos. Nada. Então desceu, como sabia que precisava, para tomar seu remédio. Seu código Morse era tão bom que ele podia sentir o toque de Mai Ying, um Mai Ying com madame Lai em seu ombro. O garoto melhoraria logo. Mas por enquanto a mensagem era hesitante, com erros aqui e ali. Mesmo assim, Annie não tinha dúvidas do que dizia.

— Annie Doultry, estou chegando. Nunca vou deixar você partir.

— Estamos sendo perseguidos, Annie? — perguntou Barney.

— Perseguidos? — perguntou aquele apático jogador com a vida e o vento.

— Não se preocupe, Capi — disse Barney. — Vamos escapar.

— Barney — disse Annie Doultry —, esse é o resto das nossas vidas. Somos homens mortos.

— Homens mortos? O que quer dizer?

— É como o jogo sempre termina. Nunca foi diferente. Então vamos nos divertir enquanto podemos!

Com isso dito, ele mandou de volta uma mensagem dizendo:

— Bom dia, minha pérola. Estou indo para oeste.

No *Iron Tiger* houve confusão quando Mai Ying relatou a mensagem de Annie.

— Uma mentira óbvia! — grunhiu Ying K'ou esperando por sua comandante.

Madame Lai Choi San sorriu. Uma mentira óbvia? Uma admissão insolente? Não importava. Se ela seguisse aquela mesma direção, a forma redonda do globo iria acertar as coisas. Mais cedo ou mais tarde ela o encontraria. E ela navegaria pelo resto da vida para cortar sua cabeça — mas só depois de outras partes. Mas se Annie fosse o homem que ela conheceu?

— Navegaremos para oeste! — gritou ela no vento.

POSFÁCIO

O MISTÉRIO DA COLABORAÇÃO

David Thomson

MAIS DE VINTE ANOS DEPOIS de ter sido escrito, um romance aparece, *Fan-Tan*, tão vívido quanto inesperado. Seria difícil dizer qual de seus dois autores era mais carismático e ousado, ou qual teve uma vida mais complexa. Mas eles tinham coisas em comum, incluindo a tendência para uma autodestruição estilosa e um gosto para a experimentação criativa, e eles curtiam a companhia um do outro, ainda que com um espírito competitivo. O leitor comum que chega a este livro pode pensar que sabe como Marlon Brando era, então "me conte sobre Donald Cammell", ele pede. Como se Cammell fosse uma conversa mais fácil. Farei o melhor possível, mas não fique surpreso se sua estranha história apenas levar de volta para o enigma de Brando.

Donald Seton Cammell nasceu em Edimburgo, em 1934, filho de Charles Richard Cammell (1890-1969), que havia herdado a fortuna da construtora naval Cammell Laird. Charles levou sua primeira esposa para viver na França e na Suíça, num esplêndido *château*, onde ele formou uma ótima biblioteca e teve três filhos. Mas depois da decadência econômica, voltou para Edimburgo em 1932 e casou com Iona Macdonald, uma bela jovem, filha de um médico das Highlands, uma região montanhosa da Escócia. Donald (um dos três filhos desse segundo casamento) era brilhante, bonito e ansioso (ele teve um caso sério de depressão quando criança). Mas sua educação era ricamente estimulada pelos círculos literários e artísticos que seu pai cultivava.

Levado a trabalhar por causa de suas grandes perdas, Charles se tornou autor e jornalista, e então editor literário do *The Conoisseur*. Foi o campeão escocês de esgrima em 1937, assim como colaborador regular do jornal *The Scotsman,* antes de se dedicar aos livros — *Faeryland; Verses for the Centenary of Lord Byron*; dois livros de memórias, *Castles in the Air* e *Heart of Scotland* e *Aleister Crowley: The Man; The Mage; The Poet.*

Crowley (1875-1947) se autoproclamava "a besta" ou "o pior homem do mundo". Como tal, dizia praticar magia negra, magia comum, libertinagem e poesia, não necessariamente nessa ordem. Crowley e Charles Cammell eram amigos, e a influência dele em Cammell foi enorme. Alguns dizem que Crowley era um agradável charlatão; outros achavam que ele acreditava no próprio discurso. O que é certo é que ele foi uma jovem fonte da fascinação de Donald pela beleza, sexo, loucura, morte e o oculto — não necessariamente *nessa* ordem. Também era um dos elos entre a extravagante decadência vitoriana e o estetismo viciado de Londres nos vibrantes anos 1960, o Reino das Fadas que Cammell tornaria vivo dirigindo o extraordinário filme *Performance*. Crowley e Donald Cammell tinham muitos gostos em comum, incluindo trabalhar durante a noite.

A infância de Donald parece ter sido segura e feliz, com um pai legal e excêntrico, uma mãe que ele adorava e que o adorava também, assim como um irmão mais novo, David, que se tornaria algo como um discípulo e um assistente de negócios para seus loucos planos. (Havia um terceiro filho, Diarmid, mais novo, mas bem distinto também, que se tornou campeão de xadrez). Ele foi educado em Devon (uma evacuação do tempo de guerra) nas Highlands, ensinado por padres, numa escola preparatória em Fort Augustus (de onde ele fugiu) e depois em Shrewbury House, perto de Thames Ditton e Westminster.

Ele desenhou e pintou na maior parte da infância e foi encorajado por seus pais. Isso o levou à Royal Academy aos 16 anos, mas não foi tudo muito fácil? Quando seu pai escreveu outro livro, sobre Piero Annigoni, um retratista de fotos realistas que podia recriar a luz renascentista e se tornou renomado por seu lisonjeiro retrato da jovem Rainha Elizabeth, Donald foi estudar com Annigoni em Florença. Esse era um lar aparentemente boêmio, um cenário que encorajava o jovem em suas buscas sexuais.

Aos vinte anos (1954), Donald Cammell era um sucesso em Londres, um pintor de retratos bastante procurado, mulherengo, freqüentador de lugares sofisticados, mas sujeito a momentos de melancolia — claro, 1954 também foi o ano de *Sindicato de ladrões* e os filmes começavam a atrair o interesse de Donald. Ele casou com uma atriz grega, Maria Andipa, e tiveram um filho, chamado Amadis. Mas o casamento não durou, e Donald tomou a decisão de não ver, nem conhecer, o próprio filho. Foi diagnosticado como maníaco-depressivo, e procurou várias formas de tratamento. Mesmo assim, estava determinado a não ter filhos. (Levou décadas até Donald sentar-se para almoçar com Amadis em Londres — um encontro prazeroso, mas nada duradouro.)

Donald sentia-se inquieto na Londres dos anos 1950, um mundo ainda não familiarizado com a revolução sexual, a New Wave ou o surgimento de idéias literárias que iriam preencher a cabeça de Cammell. Ele ganhava dinheiro como pintor. Mudou-se para Nova York por um tempo e visitava Paris freqüentemente. Foi lá, em 1957, que um amigo, o ator Christian Marquand, apresentou Cammell para Marlon Brando (Brando deu ao seu primeiro filho o nome de Christian, por causa desse ator francês). Marlon estava na França interpretando um oficial nazista loiro em *Os deuses vencidos*. Donald ficou muito impressionado com a beleza de Marlon e com seu espírito cômico, tanto quanto com seu talento como ator. Uma ligação foi estabelecida na mente de Donald, mesmo com Brando tendo tantos admiradores que acabara aprendendo a ser casual ou cínico com eles.

Mais ou menos na mesma época, Donald começou um longo caso com a modelo texana Deborah Dixon. Viviam em Paris, mas, com as novidades fermentando em Londres nos anos 1960, visitavam cada vez mais a cidade e fizeram amizade com *marchands* e escritores, com Brian Jones e Mick Jagger dos Rolling Stones, e com o efervescente mundo do cinema inglês. Paris e Nova York haviam dado a ele um ar de sofisticação extra — o ator James Fox o chamava de "o boêmio mais atraente de Paris". Donald se apaixonou pelos escritos de Genet e Borges e estava interessado na idéia do fora-da-lei (enquanto morava em Chelsea). Ele também era um tipo de libertino — Marianne Faithfull, naquela época uma pálida florzinha e amante de Jagger, notou o gosto de Cammell para sexo a três.

Foi por essa época que ele abandonou a pintura e ficou obcecado em fazer filmes. Alguns observaram que ele parecia aliviado em ficar livre dessa obrigação paterna de fazer retratos glamourosos de pessoas ricas. Em Nova York, tentara expressionismo abstrato, mas a necessidade de pintar o estava abandonando. Ele começava a gostar mais de estrelas de *rock*, criminosos e pessoas vivendo à margem da sociedade. Ele tinha um amigo em East End, David Litvinoff, que o apresentou a gângsteres de verdade.

Uma mulher que conhecia Donald naquela época, Caroline Upcher, fala do "grande charme dele. Ele era gentil e cavalheiro, muito simpático e de maneiras impecáveis. Era também bastante ambíguo, muito atraente e atraído por mulheres, mas interessado na homossexualidade. Era um agitador e tinha um pequeno lado voyeurístico. Eu suspeito que pudesse ser cruel às vezes. Mas sua voz era imponente — da classe alta, com um toque do meio-atlântico".

Ao se tornar amigo dos Stones, Donald curtiu a atitude insolente deles perante a sociedade e seus próprios admiradores. Os Stones estavam vários degraus mais próximos da anarquia, do surreal e do ultraje da escola de arte do que a maioria dos grupos de *rock*. Quando Mick Jagger fez beicinho por não ter "*Satisfaction*" (sucesso do verão de 1965), estava ostentando uma busca sexual compulsiva, enquanto advertia os admiradores para não gostar ou confiar nele. Jagger estava deliberadamente explorando um ar de depravação, um tipo de orgasmo público, e isso se mostrava no menos estável Brian

Jones (o Stone mais contido em performance, mas repleto de desejo em pessoa). Quando a namorada de Jones, Anita Pallenberg, o deixou (e começou um caso com Keith Richards), Jones buscou refúgio no apartamento de Cammell, em Paris. Dessa forma, ele foi o modelo para o cantor de *rock*, Turner, que ia se esconder em *Performance*. E Pallenberg — que também dormira com Cammell — se tornaria não apenas a mulher principal óbvia para o filme, mas também o lado sensível e transgressor. Foi por causa do jeito de Pallenberg e seus próprios olhares devoradores que parecia que o elenco de *Performance* estava atuando seu próprio psicodrama. Naquele tempo, alguns acreditavam que Donald era bissexual — ele certamente estava interessado naqueles que eram.

Em 1968, surgiram dois filmes que levavam o nome dele: *The Touchables* e *Duffy*. No primeiro, de uma história de David Cammell, escrita primeiro por Donald e Anita Pallenberg, mas creditada a Ian La Frenais, um roqueiro é raptado por algumas fãs e torturado suavemente. No segundo, dois irmãos planejam enganar seu pai rico por causa do dinheiro dele. Eles são ajudados por um americano, Duffy, interpretado por James Coburn. Os irmãos são interpretados por James Fox e John Alderton.

Nenhum dos filmes era bom, mas Donald atraiu uma jovem americana em Londres, Sandy Lieberson, que se tornou sua agente, depois produtora. Foi Lieberson que encorajou Cammell a pensar em seu novo projeto como algo que ele deveria escrever e dirigir. Num primeiro momento, era uma longa história chamada "*The Liars*", na qual um gângster americano em fuga chega a Londres e se esconde numa casa pertencente a uma estrela de *rock* aposentada. Naquele ponto, Cammell queria Mick Jagger como a estrela do *rock* e Marlon Brando como o gângster. Ele e Marlon conversaram sobre o projeto, mas Brando desistiu. A nacionalidade do gângster então foi mudada para inglesa e terminou com James Fox (o jovem de *O Criado*), um ator que Donald há muito queria transformar de cavalheiro a gângster.

Fox também seria convencido a fazer *Performance*, que ele havia recusado por um tempo. Depois do filme, ele desistiu de interpretar e entrou numa seita religiosa. Ficou sem atuar por dez anos. Sem qualquer malícia ou mágoa agora, ele olha para trás e diz: "Donald podia ser perigoso. Tanto criativamente quanto no que faria para conseguir o que quisesse de você. Não era um típico cara do cinema. Mas era por isso que tantos de nós do meio cinematográfico ficávamos atraídos por ele. Ele tinha novas idéias e apesar de ter um lado diletante e algumas de suas coisas não darem nem um pouco certo, ainda havia a coisa bissexual de *Performance* que era nova."

Cammell pediu a Nicolas Roeg para ser seu iluminador em *Performance*, mas Roeg estava ansioso para ser promovido. Então Cammell generosamente concordou em co-dirigir o filme com Roeg, que ainda estava a cargo da fotografia. Mas era claro para todo mundo desde o começo que o roteiro e as idéias pertenciam a Donald Cammell. Por idéias, quero dizer não apenas a poética da identidade permutável entre Chas e Turner (Fox e Jagger), mas a história por trás do crime em Londres (derivada dos imprevisíveis e muito violentos irmãos Kray) e a casa em Powis Square que era um reduto de sexo e drogas, destacado do mundo exterior. Toda a escolha de elenco fora de Donald, uma marca do que Lieberson chamava de ser "um grande orquestrador de pessoas".

Performance é um filme cultuado que foi além de sua notoriedade imediata. É violento e sexual não apenas de maneira superficial, mas até mais em sugestões internas, e termina com a câmera funcionando como a bala com a qual Chas atira em Turner, uma bala que passa pela sua cabeça para confrontar o rosto de Jorge Luis Borges. Ninguém em uma centena de espectadores sabia quem era Borges, ou o que aquilo significava — mas essa era a glória e o risco de *Performance*: era entretenimento de estúdio e um feitiço bem particular ao mesmo tempo.

O filme sempre provocou reações afiadas e variadas, não apenas na Warner Brothers, a empresa que pagou por ele. Eles pararam de filmar por algum tempo e então levaram a versão de 1969 (feita por Donald) para ser clarificada em Los Angeles. Cammell e Mick Jagger protestaram: "Este filme é sobre o caso de amor pervertido entre *Homo Sapiens* e a Dama Violência." Em 1969, você podia colocar isso num pôster de filme. Mas o novo editor do filme, Frank Mazzola, foi inesperadamente solidário com Cammell, e a edição permaneceu sob controle de Cammell (apesar dele ter concordado em fazer Jagger aparecer mais no início, para tranqüilizar a Warner). Foi lançado nos Estados Unidos, em 1970, sem sucesso de bilheteria e com críticas impiedosas. Richard Schiekel, na *Time*, chamou-o de "o filme mais repulsivo e sem valor que eu já vi desde que comecei a resenhar filmes". Mas quando estreou em Londres, em 1971, foi aclamado como a epítome do modernismo e festejado pela *Time Out* como um sinal de que a Grã-Bretanha atingia a maturidade.

Marlon Brando considerou-o o tipo exato de filme *avant-garde* com o qual ele havia sonhado em se envolver mas nunca parecia se materializar nos Estados Unidos. Por muitas razões do final dos anos 1960 — Vietnã, direitos civis, o destino dos nativos americanos, além do estado de Hollywood —, Marlon Brando não amava mais seu país ou seu talento de ator. *Performance* não apenas estava cheio de grande ousadia artística e pretensão sincera (a mesma mistura na personalidade criativa de Brando), como também tinha um ar de levar a atuação além das luxuosas fronteiras do *show business* para dentro da própria *persona* do ator. Alguns anos depois, em *O último tango em Paris*, Brando encontraria formas de canalizar sua vida e sentimentos através do personagem que encenava, e suspeito que essa decisão ganhou nova esperança ao ver *Performance*.

Mas o experimento todo impulsionou Cammell de volta para os Estados Unidos, onde ele esperava ser "descoberto" como o brilhante diretor de uma causa célebre, mas também como diretor de um filme que pode ser o melhor retrato da enorme decadência do romantismo que encantou Londres no final dos anos 1960 e que o havia atingido como uma arte mais sedutora do que a pintura.

Com Frank Mazzola como seu editor e com o *cameraman* Vilmos Zsigmond, em 1971, Cammell foi para o deserto de Utah para filmar um curta de uma viagem mental chamado *The Argument*. Era estrelado por sua nova namorada, Myrian Gibril, mas tinha a pretensão apenas de ser um teste fotográfico — não foi finalizado até o final de 1999, três anos após a morte de Cammell. Mas em 1977, com a MGM, ele conseguiu outro contrato de direção para *Geração Proteus*, roteirizado por Robert Jaffe e Robert O. Hirson baseado num romance de Dean Koontz. Envolvia Julie Christie como uma mulher que é estuprada e engravida de um computador maligno. Foi um fracasso em todos os lugares que passou, apesar de ter conquistado algumas críticas boas. Donald ficara horrorizado com a estrutura de comitê do estúdio e pensara em tirar seu nome do filme. Como um pintor, Cammell tinha facilidades entediantes. Como cineasta, era possível que fosse cheio de idéias inovadoras mas destituído de fluência narrativa ou de vontade de se comprometer com as necessidades dos estúdios.

Em Los Angeles, nos anos 1970, a amizade entre Cammell e Brando se aprofundou. Esses foram os anos do *revival* de Brando — com *O poderoso chefão* e *O último tango em Paris* — e depois de uma virada ainda maior em direção ao cinismo e ao desespero, culminando em sua sabotagem virtual de *Apocalipse Now*. Mas em 1974, Brando teve um sério desentendimento com Cammell, quando o escocês começou a paquerar a menor de idade China Kong, a elegante filha de Anita Loo. O caso era bastante incomum; além disso Anita havia sido amante de Marlon, indo e vindo, por um longo período. Então o ator gostava mesmo da China. Era uma piada na família Kong a história de que ele era o "Seu Padrinho". Ele tinha convidado ela para sair várias vezes, brincado com ela, e ficou bem bravo quando Cammell (com quarenta anos) começou a pegar China na escola para levá-la ao deserto em idílios poéticos. Deve ser dito que, por toda sua vida de adulto, Brando foi fascinado por mulheres asiáticas ou mulheres de sangue misto. Essa foi uma das razões pelas quais, depois de *O grande motim* (1962), filmado no Taiti, ele comprou sua ilha retirada no Pacífico, o atol de Teti'aroa.

Cammell casou-se com China em 1978, e não muito depois disso, Brando pediu desculpas por sua desaprovação, junto com suas felicitações. Foi então, em 1979, que o próprio Brando fez uma proposta de colaboração para Donald Cammell. Foi *Fan-Tan*; e tanto a iniciativa quanto a idéia da história ser nos mares da China veio de Brando. Ele tinha uma idéia de fazer um filme sobre um capitão do mar escocês-americano nos seus cinqüenta anos (Brando tinha 55 em 1979) que faz um acordo com um bando de piratas liderados por uma cruel chinesa. Brando queria alguém em quem pudesse confiar para transformar sua idéia num roteiro e então dirigir o filme. Mas na sua mente, sempre foi intencionado como uma produção independente, não o tipo de concessão de Hollywood que ele detestava.

Ele também nem notava que *Fan-Tan* era uma aventura à moda antiga — uma história instigante, talvez, mas o tipo de filme que poderia ter sido feito há muitos anos. Com uma exceção: tinha uma certa abertura na atração — tanto sexual quanto intelectual — entre o oeste e o leste. Cammell disse que estava interessado.

O trabalho deles de 1979 gerou um tratamento de 165 páginas, datado de maio de 1979, que previa o uso de locações em Teti'aroa e estava cheio de um amor ingênuo pelos mares do sul. A ação desse romance estava concentrada no primeiro terço do tratamento. O resto envolvia uma viagem para o Taiti e um registro sobre o desenvolvimento dessas ilhas. Annie Doultry e madame Lai dividiam a ação com vários outros personagens. Muito disso veio dos próprios improvisos de Marlon enquanto trabalhavam, e era palpável naquele romance que Annie Doultry era uma versão de Marlon: brincalhão, terrível, pensativo e com sentimentos bem divergentes sobre lealdade. Se você olha para *Duelo de gigantes* (1976), encontra um Brando como Doultry, que experimenta sotaques e fantasias e às vezes finge ser mulher. A fantasia de Marlon como Doultry sempre foi a motivação por trás do projeto.

Aqui há um trecho das fitas de Brando e Cammell conversando, na qual Marlon se torna Annie Doultry — é uma cena da última parte do tratamento, não está no romance. Esse é Marlon falando:

"Bem, o.k., Doultry diz, vou ficar bêbado esta noite. Vou me divertir. Quem sabe o que traz o amanhã? Aqui, para as gaivotas. Adeus, querida, tenha uma boa noite. Ela parte. Então ela mesma é esse tipo de o-que-tiver-de-ser-será com a vida e o pensamento, oh, que porra... E aqui estou eu, devo aproveitar. Então ela continua e eu penso que Doultry a vê sentada e ele se aproxima e diz, depois de alguns drinques... Pode não parecer, mas sou um paciente e você é exatamente o que o doutor me recomendou... Ele vem com essa e ela diz, acho que não fomos apresentados. E ele diz.... Ela está sendo um pouco formal e distinta. Ele diz, esse é o Pacífico Sul... meu nome é Doultry. Ela diz, quantas vezes você disse isso? Eu não sei

— 328. Por quê? Ela diz, ninguém nunca te chamou de *dolt* (tolo)? Minha mãe costumava me chamar de *dolt* o tempo todo. E esse tipo de diálogo continua."

Não há forma melhor de descrever Teti'aroa do que nas palavras de China Kong. Ela viajou para a ilha com seu marido para ter conversas sobre *Fan-Tan* e ficou seis meses — onde eles poderiam ser melhor alojados do que com a vista e o som do mar?

"Teti'aroa era um paraíso, com certeza, mas um paraíso do jeito do Marlon: salpicado de quiosques com telhado de sapê, cada telhado formado por ramalhetes perfeitos de junco amarrados, juntinhos, vigas e pilares unidos sem um único prego, conchas gigantes usadas como pias, lençóis tão macios que você não queria sair da cama nunca mais e, acima de tudo isso, um *chef* francês que preparava nossas refeições.

Escreviam diariamente: falando, atuando, gravando, tornando os personagens vivos.

A visão deles dois subindo e descendo a pista de pouso privativa da ilha era impressionante: uma silhueta delgada e outra levemente maior. Era a mais requintada fantasia de paraíso, (...) Marlon com sua, acredite ou não, camiseta branca rasgada à la *Um bonde chamado desejo* e Donald com sua marca registrada, seu chapéu de palha panamá. (...) Poucas vezes eu vi Marlon tão satisfeito."

Brando era um anfitrião generoso para o casal; havia um contrato entre a companhia de Donald e Brando, Penny Poke Farms, e dinheiro passando de Marlon para Donald. Mas Marlon estava estranhamente relutante de passar o tratamento para qualquer estúdio. Ele odiava a idéia de uma grande companhia assumir porque disse que isso significaria perda de independência. Mas como esse épico poderia ser filmado sem dinheiro? Toda a coisa fora apenas um sonho inútil, uma forma de tornar Teti'aroa divertida por algumas semanas?

De qualquer maneira, Donald telefonou para seu irmão, David, em Londres e disse a ele: "Não vai dar certo. Marlon gosta de torturar as pessoas", e foi então que David e Donald pensaram em tornar a história num livro primeiro. Certamente o livro ajudaria o filme a ser feito? Marlon concordou: se eles tivessem um *best-seller*, aquele dinheiro poderia financiar o filme!

David chamou Caroline Upcher, a editora de ficção da Pan, e então Sonny Mehta, o dono. Caroline se lembra de que Donald não levava aquilo tudo muito a sério — ele chamava de "um bom causo". Sonny se interessou. David chamou o agente Ed Victor, um americano com base em Londres, e fecharam um acordo. Foi um contrato especial de parceria, datado de 7 de julho de 1982: "Um livro será escrito imediatamente por nós, baseado num trabalho prévio escrito por você..." Isso foi na forma de uma carta de Marlon para Donald e exigiu algumas reuniões editoriais, "depois de um certo tempo você (Donald Cammell) fará a verdadeira escrita diária. Você e eu vamos revisar o manuscrito proposto juntos, com o controle final editorial e criativo ficando a meu cargo (Marlon Brando)".

Houve ao mesmo tempo um contrato com a Pan que trazia um adiantamento de 100.000 dólares (os direitos americanos nunca foram negociados). Apesar de Marlon ter direito a metade desse dinheiro, parece que a soma total recebida na assinatura (50.000 dólares) foi paga a Donald.

Então, naquela época, em 1982-1983, Donald Cammell escreveu o romance *Fan-Tan*, ou uma versão incompleta dele, de acordo com suas primeiras conversas e mantendo a fidelidade àquele primeiro tratamento proposto por Brando. Marlon interpretou algumas cenas. E fez anotações nos rascunhos de Donald. Cammell fez pesquisas na biblioteca da Universidade da Califórnia, e encontrou uma verdadeira mulher pirata como base para madame Lai Choi San — Marlon já tinha ouvido sobre essa mulher e ficou intrigado com ela. Donald e China foram para Hong Kong, para estudar a construção de barcos, e seu antigo interesse por navios o incentivou a incluir desenhos da arquitetura do suposto navio irmão do estimado barco de Annie Doultry, o *Sea Change*. China se lembra das ligações para Marlon de Hong Kong, onde os dois homens revisavam páginas do romance.

O romance é baseado em cerca das primeiras cinqüenta páginas do tratamento de 1979, mas desenvolve certas cenas não incluídas ou apenas mencionadas no tratamento — o jogo de fan-tan, o ritual de iniciação; o tufão (talvez a passagem mais forte); a captura do navio; e, claro, o que se tornou o capítulo 8 neste volume.

Cammell fez essa escrita sozinho (à mão), apesar de ter enviado o romance datilografado (sem o final) para Brando. Houve conversas por telefone sobre ele. Com o tempo, Cammell começou a se perguntar se Brando ao menos se importara de ler o troço todo. Não havia nenhuma resposta detalhada. Sendo pressionado, Brando simplesmente disse a Cammell que não queria prosseguir com *Fan-Tan*, fosse romance ou filme. Por seu acordo original, Brando tinha os direitos criativos. Era sua propriedade.

Donald Cammell ficou furioso. Sentiu-se traído. Ele acreditava que o livro tinha méritos consideráveis, e tendo trabalhado para escrever um romance, descobriu que amava o processo. Ele ainda sonhava em fazer o filme. Às vezes pensava que Marlon havia sido mimado e manipulador, nunca querendo seguir em frente. Vou voltar a esse ponto, mas por enquanto é importante traçar a história de *Fan-Tan*.

O que surgiu no verão de 2004 (depois da morte de Marlon Brando) foi uma cópia datilografada fornecida por China Kong para Ed Victor, com a esperança de que talvez agora o livro pudesse ser reativado. Consistia de 283 páginas de narrativa datilografada, com outras 12 páginas que eram um "esboço das últimas trinta páginas do LIVRO UM" (essa descrição foi escrita à mão por Donald Cammell).

Em outras palavras, Donald escrevera tudo menos o último capítulo ou episódio do livro — o clímax da ação. Ao mesmo tempo, a referência ao "LIVRO UM" mostra sua preocupação com o resto do tratamento. Ele não ter escrito isso também, eu acho, foi uma forma de julgamento: o esboço termina sem o confronto entre Annie e a madame.

As 12 páginas da sinopse formam o que é o capítulo 8 nessa versão de *Fan-Tan*, e eu as segui com alegria em quase todos os mínimos detalhes na minha tarefa de completar a história e editar o texto como um todo. Eu me comprometi com seus dois herdeiros (os de Marlon Brando e de Donald Cammell) a pedido de Sonny Mehta (que agora estava em Nova York na Knopf), que mais uma vez se encontrou como editor de *Fan-Tan*. Meu trabalho foi terminar a história de acordo com o esboço, e editar e organizar o texto já escrito. Havia repetições que Cammell tiraria. Havia também alguns espaços em branco onde ainda viria material — e fica claro que Donald ainda acreditava que Marlon poderia dar sua contribuição.

Espero que isso esclareça a origem desse texto e acredito que o resultado é bem próximo do livro que Donald Cammell queria ver publicado. Posso dizer o mesmo sobre Marlon Brando? Isso é mais complicado. Por exemplo, é difícil explicar outra descoberta nos arquivos de Brando: uma versão de roteiro de 1993 para *Fan-Tan*, baseada no esboço geral, mas creditada apenas a Brando e registrada no Writers Guild. Pergunto a mim mesmo se Cammell sabia da sua existência.

Vocês podem pensar que Brando e Cammell nunca mais se falaram. Não é simples assim. Na verdade, em janeiro de 1986, o adiantamento de 50.000 dólares foi devolvido à Pan — por Brando. É o sinal mais claro de que assumiu a responsabilidade pela bagunça, e talvez tenha ajudado a reconciliar os dois homens.

A carreira de Donald Cammell não prosperou. Em 1987, ele dirigiu outro filme, escrito com a China, *White of the Eye*, no qual David Keith interpreta um assassino serial e Cathy Moriarty é sua esposa. É um filme bem instigante, enriquecido bastante por ter sido filmado nas indústrias de cobre fora de Globe, Arizona. Mas apesar de várias críticas positivas, foi outro fracasso de bilheteria — a falência da companhia que o produziu fez com que houvesse muito pouca promoção.

Marlon Brando viu *White of the Eye* e ficou impressionado com sua "originalidade, teor artístico e força". Isso veio de uma carta de Brando para Richard Hefner, presidente do comitê de classificação, numa tentativa bem-sucedida de fazer com que a classificação diminuísse. Donald Cammell realmente possuía um talento e uma originalidade que Brando buscava.

Naquela época, Marlon estava namorando um projeto a ser chamado *Jericho*. Era sobre uma antigo assassino da CIA chamado Harrington (mesmo nome do psiquiatra favorito de Brandon), um homem que conhecia os segredos mais negros da agência e que é levado a voltar ao serviço. A história é suporte para uma carnificina, já que Harrington mata quase todos os outros personagens. Como Cammell descreve: "a imagem geral do filme é de um homem vivendo em culpa por todo o horror que causou. Sinto que o conheço como um ator e posso ajudar a orquestrar essa interpretação, para desnudar sua alma."

Nessa época, Brando começou a dizer que esse era um roteiro que tinha de escrever sozinho. No passado, muitas aventuras haviam falhado — ele certamente admitia que *Fan-Tan* era uma delas — porque Marlon deixara que os outros escrevessem. Não é uma fantasia incomum entre os grande de Hollywood pensar que podem ser escritores apenas se tiverem tempo, paciência, uma caneta, ou conhecerem a língua. Então ele desistiu. No começo de 1988, *Variety* anunciou que Donald Cammell iria escrever e dirigir *Jericho*.

A questão sobre o que Marlon Brando pretendia escrever, ou queria escrever, é incerta. Anteriormente, em *A face oculta*, houve vários sinais de seu desejo em ser um escritor-diretor independente. Na verdade, Stanley Kubrick desistiu desse projeto quando concluiu que Marlon não estava preparado para encará-lo de forma alguma, apenas a sua própria. As filmagens se arrastaram, enquanto uma decisão desastrosa se apossava de Brando. Isso não foi nada comparado com seu desânimo com a edição. Foi falta de empenho ou de concentração? Ou algo a ver com os limites da sua criatividade decisiva em qualquer área além de atuar? Finalmente, Brando desistiu de *A face oculta* e deixou que outros o finalizassem.

Por toda sua vida, houve essa falha em manter compromissos duradouros. Mas na questão de escrever, havia outro problema. Desde seus tempos de escola, Brando sofria de um tipo de dislexia, nunca identificada ou tratada, mas concomitante ao impulso e talvez este próprio para, seu incrível mimetismo ou absorção de outras pessoas. De tempos em tempos, os amigos relatavam como estar com Brando era uma forma de ser estudado em profundidade, até que ele pudesse interpretar você, ser você, imitá-lo. Eu não digo que entendo essa condição, mas acho que deixava Brando com um raro e confuso sentimento sobre a escrita. E eu ouvi uma confirmação disso no que Cammell disse quando Brando rejeitou o livro *Fan-Tan*: "Ele não podia ler se ele mesmo não tivesse escrito."

Essa tragédia foi prevista? Se foi, é mais espantoso que Cammell tivesse feito Annie Doultry um retrato tão agradável de Brando — um errante, pensador e um sonhador, caprichoso e sensual, um palhaço e um brincalhão, um rei dos sotaques, um homem rendido pelo destino e pelo jogo, apesar de todo protesto em contrário, um homem louco por mulheres asiáticas e alguém que nasceu fatalmente para trair seus pactos. Annie é também um homem que adora navegar pelos mares do sul e que compartilha da paixão de Marlon por rádio amador.

Jericho nunca aconteceu. Você pode dizer que já esperava. De acordo com Cammell, Brando pegou um roteiro que Donald havia escrito e o destruiu, tirando tudo de bom, acrescentando as partes ruins. Mas por quê, você se pergunta, por que Donald se colocaria numa posição para ser traído novamente?

Há muitas respostas possíveis; a primeira pode ser que, nos esquemas de Hollywood, Marlon tinha poder e Donald era o eterno suplicante. Apesar de seu peso e de um histórico crônico de começar e abandonar projetos, Marlon Brando ainda era um nome que podia atrair investidores. E mais do que nunca, ele era um amargo recluso que rejeitava e desprezava a indústria cinematográfica que erguia os ouvidos à menção de seu nome. Como China percebia: "Donald era um maníaco-depressivo. Marlon não era, mas podia ser caloroso ou podia ser frio ou cruel. Os dois tinham um estranho casamento. Era por isso que se sentiam tão atraídos um pelo outro."

Isso não é fácil ou confortável de se falar sobre nossos heróis, mas havia profundas marcas de fatalismo e auto-destruição em Brando e Cammell, que eram tocados como a sinistra música do sul da Califórnia e de seus negócios. Não devemos omitir o problema da beleza e o que acontece com isso. O Marlon Brando de *Um bonde chamado desejo*, e de dez anos depois disso, era conhecido por seu visual romântico. Ele era eternamente levado a transformar essa atração em conquistas sexuais. Donald Cammell não era tão famoso nem tão admirado pelo mundo, mas era um sujeito bonito, um perseguidor do sexo pela vida toda, e não era limitado por nenhuma definição rígida do que era ou não ser heterossexual.

Não há nenhuma evidência de ligação homossexual entre Brando e Cammell — o que não é a mesma coisa que dizer que eles não pensavam nisso. Então perceba isso: Cammell manteve seu visual aos sessenta anos e até sua morte, enquanto Brando — notoriamente — no meio dos anos 1970 já era alguém que havia descuidado do visual que Deus lhe deu. Também teve o problema de China Kong, uma adorável menina com quem Marlon havia brincado, filha de uma de suas amantes. Então Donald apareceu para roubar a ninfeta quando essa ainda era menor de idade. Esse gesto brutal não merece reprovação? Não era *Fan-Tan* a própria história de uma grande traição, na qual o personagem de Marlon deixa uma chinesa em fúria (depois de tê-la usado sexualmente)?

Jericho não deu certo. Várias outras esperanças de Cammell viraram poeira nos anos seguintes. Ele tinha vontade de adaptar *Fogo pálido* de Nabokov para o cinema — pode haver maior prova de ambição artística aliada à impossibilidade? Nabokov escreveu a ele agradecendo por suas notas "fascinantes e lindamente apresentadas". Havia uma história sobre Jack, o Estripador na qual ele estava trabalhando com Keneth Tynan. Com David Cammell, queria fazer um filme sobre a vida de Emma Hamilton — Andrew Braunsberg seria o produtor daquele projeto. Então aconteceu *Machine Gun Kelly*, no qual China foi co-autora (*Machine Gun Kelly* e *Fogo pálido* — uma colisão do século XX). Pediram a ele que desse uma olhada numa idéia inicial, num argumento que acabou se tornando *Uma linda mulher*, quando ele já não tinha mais nenhum contato com isso.

O caso de *Uma linda mulher* é um bom exemplo da sorte terrível de Cammell. O projeto inicial era chamado de *$3.000* e era uma versão suja e tosca do filme que conhecemos. Cammell deu dicas no roteiro. Ao mesmo tempo, entrevistando atrizes para *Jericho*, ele conheceu Julia Roberts e a recomendou para os produtores de *$3.000*. Essa idéia funcionou, mas apenas depois que Donald havia sido dispensado e *$3.000* se tornara um filme romântico mais convencional.

Nós sabemos, mais ou menos, como Marlon Brando morreu — todos nós nos lembramos daquele sentimento de perda que veio com a notícia, e muitos se arrependeram por não terem feitos mais filmes ou mais peças de teatro com ele. Em vez disso, há essa pesada lista de projetos dos quais ele mesmo desistiu — como *Fan-Tan* — por causa de alguma necessidade de vingança de um negócio que havia decepcionado o idealista em Brando.

Donald Cammell fez um último filme, *Wild Side*, lançado em 1996. Estrelavam Christopher Walken, Anne Heche e Joan Chen, e não era livre de interesses — nada do que ele tocava era sem interesse ou livre de desejos indigestos. Era sobre sexo, intrigas, traição e muita sabedoria, e tinha cenas picantes de lesbianismo. Mas *Wild Side* foi adquirido pela empresa que o produziu, Nu Image, e foi remontado, estragado, arruinado. Cammell pediu para tirar seu nome, e foi um fracasso comercial.

Em 24 de abril de 1996, com 62 anos, em sua casa em Los Angeles e na frente de sua esposa, China, Donald Cammell atirou em sua própria cabeça. Viveu mais quarenta minutos, mais ou menos, mas já estava morto quando a ambulância chegou em sua casa, no topo de Laurel Canyon. China descreveu o que aconteceu.

"A sua depressão estava piorando. E fiquei com medo porque eu sabia que ele queria morrer por suas próprias mãos, comigo lá para vivenciar isso com ele.

"Por vinte anos eu aceitara essa possibilidade, mas quando o final parecia próximo, fiquei aterrorizada. Tentei evitar, o que o feriu terrivelmente, porque eu sempre dera força para o que ele queria fazer, sem julgá-lo, e porque, muitos anos antes, eu havia feito um juramento solene de estar lá quando chegasse a hora.

"Donald tinha medo de enlouquecer completamente. E mesmo que as coisas em sua vida estivessem indo bem — ele tinha interesse em fazer seu *Wild Side — Edição do Diretor*, assim como em financiar um projeto chamado '33 — durante os últimos sete anos, sua personalidade estava se desintegrando.

"Começou aquilo, de noite ele mudava do Donald que eu conhecia para uma pessoa que eu chamava 'Don Sem Censura', uma personalidade que dizia tudo o que passava pela sua cabeça — Donald Cammell sem reservas. Essa pessoa era enérgica, talentosa e adorava atuar. Eu acredito que o Don Sem Censura veio da frustração de Donald em não ser capaz de se expressar profissionalmente.

"Eu contava as palhaçadas do Don Sem Censura para o Donald, já que ele não se lembrava depois. Até que chegou num ponto em que Donald até se tornava o Don Sem Censura durante o dia. Por anos, Donald se divertia em ouvir o que ele havia feito ou dito naquele estado, mas o efeito viciante dessas experiências era um sinal para Donald de que era hora de abandonar o palco.

"Ele nunca fez nada na vida apenas porque os outros faziam, nem morreu assim. Ele escolheu o momento.

"Dizem que Donald não pode ter vivido tanto tempo depois de ter dado o tiro, mas deixe-me afastar esse rumor. Donald estudou o cérebro e todas as suas funções pela maior parte de sua vida adulta, e ele sabia onde colocar aquela bala, para que tivesse a maior clareza possível no momento da morte. Ele era um atirador perito e colocou a bala onde quis.

"Viveu por 45 minutos num estado de clareza e êxtase que era, para mim, inimaginável. Ficou falando continuamente, lembrando de pessoas, lugares e planos.

"Finalmente, o lugar pareceu se encher de luz, e ele morreu.

"A morte de Donald Cammell não foi um acontecimento triste. Era exatamente o que ele queria, fogos-de-artifício.

"A tristeza veio depois, para todos aqueles que conheciam e amavam-no."

James Fox, um velho amigo, lembra. "Todos ficaram surpresos — não por ter sido feito, mas pela violência do ato. Quanto mais você escutava, mais assustador se tornava. Mas então eu pensei no final de *Performance* — um tiro na cabeça."

Mais tarde, Brando se arrependeu. Ele disse que havia uma ligação entre ele e China — ela havia perdido Donald, e nessa época Brando passava pelo julgamento de seu filho Christian, por ter matado Dag Drolet, namorado de sua meia-irmã, Cheyenne. Então Cheyenne se matou. Houve um tempo em que Marlon e Donald até pensaram em Christian para interpretar um papel no filme *Fan-Tan*. Mas em 1994, Brando publicou um estranho livro de memórias — *Songs My Mother Taught Me* — e Donald não foi nem mencionado. (É uma ironia que o capítulo 40 desse livro de memórias contenha uma descrição de Marlon navegando pelos mares do sul, e dando com um recife, que é quase tão instigante quanto o furacão de *Fan-Tan*.)

Hollywood é formada pela história de todos os filmes que já produziu. E já é uma história louca e intensa o suficiente. Mas também é algo além: uma soma de loucos e sombrios sonhos e projetos que nunca foram feitos. E talvez os sonhos não realizados — como *Fan-Tan* — sejam mais românticos ou mais oníricos do que aqueles que se realizam.

NOTA

Para pesquisar e escrever esse posfácio, fui ajudado por muitas pessoas. Quero agradecer a China Kong, David Cammell, Mike Medavoy (que também procurou material nos arquivos de Brando), Ed Victor, Sonny Mehta, Sandy Lieberson, Caroline Upcher, James Fox, Chris Rodley e Kevin MacDonald (pelo seu excelente documentário sobre Cammell), Colin MacCabe (pela conversa e por seu livro sobre *Performance*), Chris Chang, Sean Arnold (pela pesquisa em Londres) e Sam Umland, co-autor com Rebeca Umland de *Donald Cammell: A Life on the Wild Side*, a ser publicado pela Fab Press. Também sou grato ao trabalho de Peter Manso e pela conversa que tive com ele.

Edição
Izabel Aleixo
Anna Carla Ferreira

Revisão de tradução
Miguel Conde

Revisão
Rachel Agavino

Diagramação
Abreu's System

Produção gráfica
Ligia Barreto Gonçalves

Este livro foi impresso em São Paulo, em março de 2006,
pela Lis Gráfica e Editora, para a Editora Nova Fronteira.
A fonte usada no miolo é Sabon, corpo 11,5/15.
O papel do miolo é pólen soft 70g/m^2, e o da capa é cartão 250g/m^2.

Visite nosso *site*: www.novafronteira.com.br